西南联大校舍

西南联大校旗

傅斯年

游国恩

朱自清

萧涤非

浦江清

编者的话

西南联大只存在了八年时间，却培育了两位诺贝尔奖得主、五位中国国家最高科技奖得主、八位"两弹一星"功勋奖章得主、一百七十多位中国科学院院士和中国工程院院士。这是教育史上的传奇。传奇的缔造并非偶然，而是源于强大的师资力量和自由的教学风气。

西南联大成立之时，虽然物资短缺，没有教室、宿舍、办公楼，但是有大师云集。闻一多、朱自清、陈寅恪、张荫麟、冯友兰等大师用他们富足的精神、自由的灵魂、独特的人格魅力以及深厚的学识修养，为富有求知欲、好奇心的莘莘学子奉上了凝聚着自己心血的课程。

闻一多的唐诗课、陈寅恪的历史课、冯友兰的哲学课……无一不在民族危难的关头闪耀着智慧的光芒，照亮了求知学子前行的道路，为文化的传承保存下了一颗颗小小的种子，也为民族的复兴带来了希望。

时代远去，我们无能为力；大师远去，我们却可以把他们留下的精神和文化财富以文字的形式永久留存。这既是大师们留下的宝贵财富，也是我们应该一直继承下去的文化宝藏。

为此，编者以西南联大为纽带，策划了一系列套书，以展现西南联大的教育精神和大师风貌，以及中华民族的文化与思想特点。已出版《西南联大文学课》《西南联大国史课》《西南联大哲学课》《西南联大文化课》《西南联大诗词课》《西南联大国学课》，本书主题是"古文课"。

本书所选各篇文章，在内容的侧重和表述方式上有很大的不同，这是各位先生在教学和写作风格上各有千秋的结果。这一点，不仅体现了先生们各自的写作特点，更体现了西南联大学术上的"自由"，以及教学上的"百花齐放"。

在整理文章时，编者秉持既忠实于西南联大课堂，又不拘泥于课堂的原则。有课堂讲义留存的，悉心收录；未留存有在西南联大任教时讲义的，而先生们在某一方面的研究卓有成就的亦予以收录；还有一部分文章是先生们在西南联大教授过的课程，只是内容不一定为在西南联大期间所写，如"浦江清讲宋元古文"一章，是由浦江清先生在北京大学任教时的讲义整理而来的，因先生在西南联大时也教授过宋元时期的文学，故予以收录。又如游国恩先生与萧涤非先生的文章，整理自1963年人民文学出版社出版、由两位先生参与编写的《中国文学史》。两位先生在西南联大任教期间，游国恩先生教授"中国文学史"一课，萧涤非先生教授"乐府"等课，因未有讲稿留存，故本书收录上述《中国文学史》中两位先生编写的相关篇目。此外，还收录萧涤非先生在清华研究院的毕业论文（后经先生在西南联大期间修改出版），取"两汉民间乐府"一节，将汉乐府的知识做更详细的补充。

　　需要特别说明的是，此前出版的《西南联大文学课》中已收录浦江清先生关于明清文学的讲义，为避免重复，故本书未收录该部分内容。感兴趣的读者可翻阅《西南联大文学课》。同时，由于诸多因素所限，编者没有收集到其他教授相关的讲义或者文章，因此本书暂无明清古文部分内容。我们还会继续搜寻相关文章，以备日后增补。

　　按照上述选篇原则，编者在任教于西南联大的诸位先生中，选择了傅斯年、游国恩、朱自清、萧涤非、浦江清等五位先生，以他们现存作品中较为完整的全集类作品或较为权威的单本作品作为底本。这些底本不但能保证本书的权威性，也能将先生们的作品风貌原汁原味地呈现出来。

　　因时代不同，某些字词的使用与现今有所不同。同时，每个人的写作习惯以及每篇文章的体例、格式等亦有不同，为保证内容的可读性、连续性以及文字使用的规范性，我们在尊重并保持原著风格与面貌的基础上，进行了仔细编校，纠正讹误。此外，编者还对原文进行了统一体例的处理，具体如下：

　　1. 部分内容存在"《论衡·正说》篇""《韩非子·喻老篇》""《两都赋·序》""《草堂集》序"等篇名表述不一致的情况，为保持原文原貌，编者未做统一处理。

　　2. 原文中作者自注均统一为随文注，以小字号进行区分；文中脚注均为编者所加注释，并以"编者注"加以区分。

　　3. 文中表示公元纪年的数字皆改为阿拉伯数字。为保持全书体例一致，编者对随文注中表示公元纪年的方法进行了统一处理，皆以"公元×××年"表示，表示时间段的，则统一为"×××—×××"，正文则保留作者原文原貌，如第五章浦江清教授的文章，表示年份基本未加"公元"，为尊重教授底稿，正文未做统一。

4. 因时代语言习惯不同造成的差异，编者对引文外的文字做了统一，如"惟"字，编者均改为现今通用的"唯"字，"人材""征实""身分""精采""贯串""利害""刻划""徬徨"等词皆改为现今通用的"人才""证实""身份""精彩""贯穿""厉害""刻画""彷徨"等词。另外，编者按现今语法规范，修订了"的""地""得"，"做""作"，以及"绝""决"等字的用法。旧时所用异体字则绝大部分改为规范字。

5. 为保障现代读者的阅读体验，本系列丛书根据2012年开始实施的《标点符号用法》，对部分原文标点符号略作改动，以统一体例，如"《崧高》、《烝民》"，改为"《崧高》《烝民》"。

6. 原文中难以辨认之处以"□"表示。

希望本书有助于读者们从整体上认识中国传统古文的特点和几位先生的学术风采；同时，更希望本书能够唤起读者对西南联大的兴趣，更多地去了解这所在民族危亡之际仍然坚守教育、传播优秀文化思想的大学，将西南联大对中国传统文化的坚持与希望传承下去。

目　录

/ 第二章 /

游国恩、萧涤非讲汉代古文

/ 第三章 /

萧涤非讲魏晋南北朝古文

/ 第四章 /

萧涤非、游国恩讲唐代古文

/ 第五章 /

浦江清讲宋元古文

〈第一章〉
傅斯年、游国恩、
朱自清讲先秦古文

《大雅》

/ 傅 斯 年 /

一、雅之训恐已不能得其确义

自汉儒以来释"雅"一字之义者，很多异说，但都不能使人心上感觉到涣然冰释。章太炎先生作《〈大雅〉〈小雅〉说》，取《毛序》"雅者政也"之义，本《孟子》"王者之迹熄而《诗》亡，《诗》亡然后《春秋》作"之说，以为雅字即是迹字，虽有若干言语学上的牵引，但究竟说不出断然的证据来。又章君说下篇引一说曰：

> 《诗谱》云："迹及商王，不风不雅。"然则称雅者放自周。周秦同地，李斯曰："击瓮叩缶，弹筝搏髀，而呼乌乌快耳者，真秦声也。"杨恽曰："家本秦也，能为秦声，酒后耳热，仰天拊缶，而呼乌乌。"《说文》："雅，楚乌也。"雅乌古同声，若雁与鴈，鳬与鹜矣！大小雅者，其初秦声乌乌，

虽文以节族，不变其名，作雅者非其本也。

此说恐是比较上最有意思的一说（此说出于何人，今未遑考得）。《小雅·鼓钟》，"以雅以南"，这一篇诗应该是南国所歌，南是地名，或雅之一词也有地方性，或者雍州之声流入南国因而光大者称雅，南国之乐，普及民间者称南，也未可知。不过现在我们未找到确切不移的证据，且把雅字这个解释存以待考好了。（《论语》"子所雅言，诗书执礼，皆雅言也"之雅字，作何解，亦未易晓。）

二、《大雅》的时代

《大雅》的时代有个强固的内证。吉甫是和仲山甫、申伯、甫侯同时的，这可以《崧高》《烝民》为证。《崧高》是吉甫作来美申伯的，其卒章曰："吉甫作颂，其诗孔硕，其风肆好，以赠申伯。"《烝民》是吉甫作来美仲山甫的，其卒章曰："吉甫作诵，穆如清风，仲山甫永怀，以慰其心。"而仲山甫是何时人，则《烝民》中又得说清楚，"四牡彭彭，八鸾锵锵。王命仲山甫，城彼东方。四牡骙骙，八鸾喈喈。仲山甫徂齐，式遄其归"。《史记·齐世家》：

> 盖太公之卒百有余年（按，年应作岁，传说谓大公卒时百有余岁也），子丁公吕伋立。丁公卒，子乙公得立。乙公卒，子癸公慈母立。癸公卒，子哀公不辰立（按，哀公以前齐侯谥用殷制，则《檀弓》五世反葬于周之说，未可信也）。哀公时纪侯谮[1]之周，周烹哀公而立其弟静，是为胡公。胡公徙都薄姑而当周夷王之时，哀公

---

[1] 谮，应作"潛"。——编者注

之同母少弟山怨胡公，乃与其党率管[1]丘人袭杀胡公而自立，是为献公。献公元年，尽逐胡公子，因徙薄姑都治临菑。九年，献公卒，子武公寿立。武公九年，周厉王出奔于彘[2]。十年王室乱，大臣行政，号曰共和。二十四年周宣王初立。二十六年武公卒，子厉公无忌立。厉公暴虐，故胡公子复入齐，齐人欲立之，乃与攻杀厉公，胡公子亦战死。齐人乃立厉公子赤为君，是为文公，而诛杀厉公者七十人。

按，厉王立三十余年，然后出奔彘，次年为共和元年。献公九年，加武公九年为十八年，则献公元年乃在厉王之世，而胡公徙都薄姑，在夷王时，或厉王之初，未尝不合。周立胡公，胡公徙都薄姑；则仲山甫徂齐以城东方，当在此时，即为此事。至献公徙临菑，乃杀周所立之胡公，周未必更转为之城临菑。《毛传》以"城彼东方"为"去薄姑而迁于临菑"，实不如以为徙都薄姑。然此两事亦甚近，不在夷王时，即在厉王之初，此外齐无迁都事，即不能更以他事当仲山甫之城齐。这样看来，仲山甫为厉王时人，彰彰明显。《国语》记鲁武公以括与戏见宣王，王立戏，仲山甫谏。懿公戏之立，在宣王十三年，王立戏为鲁嗣必在其前，是仲山甫及宣王初年为老臣也。（仲山甫又谏宣王料民，今本《国语》未纪年。）仲山甫为何时人既明，与仲山甫同参朝列的吉父[3]申伯之时代亦明，而这一类当时称颂的诗，亦当在夷王厉王

---

[1] 管，应作"营"。——编者注

[2] 《史记》原文作："武公九年，周厉王出奔，居彘。"此处保留底稿原貌。——编者注

[3] 应作"吉甫"。——编者注

时矣。这一类诗全不是追记，就文义及作用上可以断言。《烝民》一诗是送仲山甫之齐行，故曰："仲山甫徂齐，式遄其归。吉甫作诵，穆如清风。仲山甫永怀，以慰其心。"这真是我们及见之最早赠答诗了。

吉甫和仲山甫同时，吉甫又和申伯同时，申伯又和甫侯一时并称，又和召虎同受王命（皆见《崧高》），则这一些诗上及厉，下及宣，这一些人大约都是共和行政之大臣。即穆公虎在彘之乱曾藏宣王于其宫，以其子代死，时代更显然了。所以《江汉》一篇，可在厉代，可当宣世，其中之王，可为厉王，可为宣王。厉王曾把楚之王号去了，则南征北伐，城齐城朔，薄伐狁狁，淮夷来辅，固无不可属之厉王，宣王反而是败绩于姜氏之戎，又丧南国之人。

大、小《雅》中那些耀武扬威的诗，有些可在宣时，有些定在厉时，有些或者是在夷王时的，既如此明显，何以《毛叙》一律加在宣王身上？曰这都由于太把《诗》之流传次序看重了；把前面伤时的归之厉王，后面伤时的归之幽王，中间一大段耀武扬威的归之宣王。不知厉王时王室虽乱周势不衰，今所见《诗》之次序，是绝不可全依的。即如《小雅·正月》中言"赫赫宗周，褒姒灭之"，《十月》中言"周宗既灭"，此两诗在篇次中颇前，于是一部《小雅》，多半变作刺幽王的，把一切歌乐的诗、祝福之词，都当作了刺幽王。照例古书每被人移前些，而大、小《雅》的一部被人移后了些，这都由于误以《诗》之次序为全合时代的次序。

三、《大雅》之终始

《大雅》始于《文王》，终于《瞻卬》《召旻》。《瞻卬》是言幽王之乱，《召旻》是言疆土日蹙而思召公开辟南服之盛，这两篇的时代是显然的。这一类的诗是不能追记的。至于《文王》《大明》《绵》《思齐》《皇矣》《下武》《文王有声》《生民》《公刘》若干篇，有些显然是追记的。有些虽不显然是追记，然和《周颂》中不用韵的一部之文辞比较一下，便知《大雅》中这些篇章必甚后于《周颂》中那些篇章。如《大武》《清庙》诸篇能上及成康，则《大雅》这些诗至早也要到西周中季。《大雅》中已称商为大商，且云："殷之未丧师，克配上帝。"全不是《周颂》中"遵养时晦"（即"兼弱取昧"[1]义）的话，乃和平地与诸夏共生趣了。又周母来自殷商，殷士裸祭于周，俱引以为荣，则与殷之敌意已全不见。至《荡》之一篇，实在说来鉴戒自己的，末一句已自说明了。

《大雅》不始于西周初年，却终于西周初亡之世，多数是西周下一半的篇章。《孟子》说："王者之迹熄而《诗》亡，《诗》亡然后《春秋》作。"这话如把《国风》算进去是不合的；然若但就《大雅》《小雅》论，此正所谓王者之迹者，却实在不错。《大雅》结束在平王时，其中有平王的诗，而《春秋》始于鲁隐公元年，正平王之四十九年也。

---

[1] 另有"兼弱攻昧"一说。——编者注

四、《大雅》之类别

《大雅》本是做来作乐用的，则《大雅》各篇之类别，应以乐之类别而定，我们现在是不知道这些类别的了。若以文辞的性质去作乐章的类别，恐怕是不能通达的。但现在无可奈何，且就所说的物事之不同，分析《大雅》有几类，也许可借以醒眉目。

（一）述德

《文王》《大明》《绵》《思齐》《皇矣》《下武》《文王有声》《生民》《笃公刘》[1]九篇，皆述周之祖德。这不能是些很早的文章，章句整齐，文辞不艰，比起《周颂》来，顿觉时代的不同。又称道商国，全无敌意，且自引为商室之甥，以为荣幸，这必在平定中国既久，与诸夏完全同化之后。此类述祖德词中每含些儆戒的意思，如《文王》。又《皇矣上帝》[2]一篇，文王在那里见神见鬼，是"受命"一个思想之最充满述说者，俨然一篇自犹太《旧约》中出的文字。

（二）成礼

成礼之辞，《小雅》中最多，在《大雅》中有《棫朴》《旱麓》《灵台》《行苇》《既醉》《凫鹥》《假乐》《泂酌》《卷阿》九篇。

---

[1] 即《公刘》篇。《诗经》篇名多取首句或其中二字，两种方法皆可找到对应篇目，后文不再一一说明。——编者注

[2] 与上文的《皇矣》是同一篇。——编者注

（三）儆戒

《民劳》《板》《荡》《抑》四篇。此类不必皆在周室既乱之后，《周诰》各篇固无一不是儆戒之辞。

（四）称伐

《崧高》《烝民》《韩奕》《江汉》《常武》五篇皆发扬蹈厉，述功称伐者，只《常武》一篇称周王，余皆诵周大臣者。

（五）丧乱之音

《桑柔》《云汉》《瞻卬》《召旻》四篇，皆丧乱之辞。其中《召旻》显是东迁以后语，曰蹙国百里矣。《瞻卬》应是幽王时诗，故曰"哲妇倾城"，词中只言政乱，未及国亡。《桑柔》一篇，《左传》以为芮伯刺厉王者，当是刘歆所加。曰"靡国不泯"，曰"灭我立王"，皆幽王末平王初政象，厉王虽出奔，王室犹强；共和行政，不闻丧乱，犬戎灭周，然后可云靡国不泯耳。《云汉》一篇，恐亦是东迁后语，大兵之后，继以凶年，故曰："天降丧乱，饥馑荐臻。"《小雅·十月之交》明言宗周已灭，其中又言"降丧饥馑，斩伐四国"，故《云汉》或与《十月之交》为同时诗。

《小雅》

/ 傅 斯 年 /

一、《小雅》《大雅》何以异

《小雅》《大雅》之不在一类，汉初诗学中甚显，故言四始不言三始，而《鹿鸣》《文王》分为《小雅》《大雅》之始。但春秋孔子时每统言曰《雅》，不分大小，如《诗·鼓钟》"以雅以南"，《论语》"雅颂各得其所"，都以雅为一个名词的。即如甚后出的《大戴礼记·投壶篇》所指可歌之雅，有在南中者，而大、小《雅》之分，寂然无闻。我们现在所见大、小《雅》之别，以《左传》襄二十九年吴季札观乐一节所指为最早，而《史记》引鲁诗四始之说，始陈其义。我们不知《左传》中这一节是《国语》中之旧材料或是后来改了的。我们亦不及知《雅》之分小大究始于何时，何缘而作此分别？大约《雅》可分为小大，或由于下列二事：（一）乐之不同；（二）用之不同。其实此两事正可为一事，乐之不同每缘所用之处不同，而所用之处既不同，则乐必不能尽同也，我们现在对于"诗三百"中乐之情状，所知无多，则此问题正不能解决，姑就文辞以作类别，当可见到《小雅》《大雅》虽有若干论及同类事者，而不同者亦多。《颂》《大雅》《小雅》《风》四者之间，界限并不严整，《大雅》一小部分似《颂》，《小雅》一小部分似《大雅》，《国风》一小部分似《小雅》。取其大体而论，则《风》《小雅》《大雅》《颂》各别；核其篇章而观，则《风》（特别是"二南"[1]）与《小雅》有出入，《小雅》与《大雅》有出入，《大雅》与《周颂》有出入，而"二南"与《大雅》或《小雅》与《周颂》，则全无出入矣。此正所谓"连环式的分配"，图之如下：

《周颂》　《大雅》　《小雅》　"二南"

今试以所用之处为标，可得下列之图，但此意仅就大体，其详未必尽合也。

宗庙	朝廷	大夫士[2]	民间	
			邶以下国风	《邶》《鄘》《卫》以下之《国风》中，只《定之方中》一篇类似《小雅》，其余皆是民间歌词，与礼乐无涉（王柏删诗即将《定之方中》置于《雅》，以类别论，故可如此观，然不知《雅》乃周室南国之《雅》，非与《邶风》相配者）。
		周南召南		
		小	雅	
大	雅			
周	颂			
鲁	颂			
商	颂			

---

[1]　"二南"，指《周南》《召南》。——编者注

[2]　战国以前，士排在大夫之后，战国以前典籍中表示阶级序列用"大夫士"。——编者注

故略其不齐，综其大体，我们可说《风》为民间之乐章，《小雅》为周室大夫士阶级之乐章，《大雅》为朝廷之乐章，《颂》为宗庙之乐章。

二、《小雅》之词类

《小雅》各篇所叙何事，今以类相从，制为一表，上与《大雅》比，下与"二南"、《豳风》比，亦可证上文"连环式的分配"之一说。《国风》中只取"二南"及《豳》者，因《雅》是周室所出，"二南"亦周室所出，《豳》则"周之既东"，其他《国风》属于别个方土民俗，不能和《雅》配合在一域之内。

表中类别之词，恐有类似于《文选》之分诗赋者，此实无可如何事，欲见其用，遂不免于作这个模样的分别了。

大雅	小雅	周南、召南	豳风
述祖德 《文王》《大明》 《绵》《思齐》 《皇矣》《下武》 《文王有声》 《生民》《笃公刘》 成礼 《棫朴》《旱麓》 《灵台》《行苇》 《既醉》《凫鹥》 《假乐》《泂酌》 《卷阿》	宴享相见称福之辞 一、宴享 　《鹿鸣》《彤弓》（以上宾客）。《常棣》《頍弁》（以上兄弟）。《伐木》（友生）。《鱼丽》《南有嘉鱼》《南山有台》《湛露》《瓠叶》（以上未指明宴享者）		

大雅	小雅	周南、召南	豳风
	二、相见 《蓼萧》《菁菁者莪》《庭燎》《瞻彼洛矣》《裳裳者华》《隰桑》《采菽》（此是朝王之诗） 三、称福 《天保》《桑扈》《鸳鸯》《斯干》（成室之诵）。《无羊》（诵富）。《楚茨》《信南山》《甫田》《大田》（以上恰是雅中之对待七月者）。《鱼藻》（遥祝五福） 以上三类但示大别，实不能尽分也	《樛木》 《螽斯》 《麟趾》	《七月》
	四、戎猎 《车攻》《吉日》	《驺虞》	
	五、婚乐 《车辖》	《关雎》 《桃夭》 《鹊巢》	
称伐 《崧高》《烝民》 《韩奕》《江汉》 《常武》 儆戒 《民劳》《板》 《荡》 丧乱 《桑柔》《云汉》 《瞻卬》《召旻》	诵功 《六月》《采芑》《黍苗》 怨诗 一、伤乱政 《沔水》《节南山》《巧言》《何人斯》《巷伯》《青蝇》（以上四诗刺谗佞）。《角弓》（刺不亲亲）。《菀柳》（？） 二、悲丧亡 《正月》《十月之交》《雨无正》《小旻》《小宛》《小弁》	《甘棠》 《汝坟》	

大雅	小雅	周南、召南	幽风
	三、感愤 《祈父》《黄鸟》《我行其野》 《苕之华》《无将大车》		
	四、不平 《大东》（颇似《伐檀》）， 《四月》《北山》 以上一与二、三与四，姑假 定其分，实不能固以求之	《小星》	
	行役及伤离 《四牡》《皇皇者华》《采 薇》《出车》《杕杜》《鸿 雁》《小明》《鼓钟》《渐 渐之石》《何草不黄》	《草虫》	《东山》 《破斧》
	杂诗 一、弃妇词 《谷风》（恰类邶之谷风）， 《白华》		
	二、思亲之词 《蓼莪》		
	三、怨旷词 《采绿》	《卷耳》 《殷其雷》。 以礼为防 之诗	
	四、思女子之辞 《都人士》		
	五、行路难 《绵蛮》	《汉广》 《行露》 爱情诗 《摽有梅》 《江有汜》 《野有 死麕》 妇事及妇词 《葛覃》 《采蘩》 《采蘋》 《苤苢》	《伐柯》
	六、未解者 《鹤鸣》《白驹》		

大雅	小雅	周南、召南	豳风
		状诗《兔罝》《羔羊》《何彼秾矣》	《九罭》《狼跋》作鸟语诗《鸱鸮》

三、"雅者政也"

《毛诗·卫序》云："雅者政也，言王政之所由废兴也，政有大小，故有小雅焉，有大雅焉。"这句话大意不差，然担当不住一一比按。《六月》《采芑》诸篇所论，何尝比《韩奕》《崧高》为小？《瞻卬》《召旻》又何尝比《正月》《十月》为大？不过就全体论，《大雅》所论者大，《小雅》所论者较小罢了。《雅》与《风》之绝不同处，即在《风》之为纯粹的抒情诗（这也是就大体论），《雅》乃是有作用的诗，所以就文辞的发扬论，《风》不如《雅》，就感觉的委曲亲切论，《雅》亦有时不如《风》。

四、《雅》之文体

《雅》之体裁，对于《国风》甚不同处有三：第一，篇幅较长；第二，章句整齐；第三，铺张甚丰。这正是由于《风》是自由发展的歌谣，《雅》是有意制作的诗体。故《雅》中诗境或不如《风》多，《风》中文辞或不如《雅》之修饰。恐这个关系颇有类于《九章》《九辩》与《汉赋》之相对待处。以体裁之发展而论定时代，或者我们要觉得《国风》之大部应在《雅》之大部之先，而事实恰相反。这因为《国风》中各章成词虽后，而其体则流传已久；《雅》中各章出年虽早，而实是当年一时间之发展而已。楚国诗体已进化至屈宋丰长之赋，而《垓下》《大风》犹是不整之散章，与《风》《雅》之关系同一道理。

论屈原文学的比兴作风

/ 游 国 恩 /

一、屈赋的特征

一九四三年，我做过一次讲演，题目是《论楚辞中的女性问题》。后来这篇讲稿被附录于一九四六年出版的《屈原》之后，改题为《楚辞女性中心说》。大意是从屈赋用"比兴"的作风[1]上说明屈原自比为女子，以发明屈赋在文艺上一种独特的风格及其影响，然而这只是从文字上证明或解释屈原每每以女性自比的一个观点立说，并未涉及屈原全部文艺作风的根本问题。即是说：屈赋何以会有这一种作风呢？而且它所用的"比兴"材料除了以女性为中心外，仍极广泛；从文学技巧上说，这作风的根本意义又是什么呢？这些进一步的推论便是今天此文的目的。

---

[1] 作风，在本文中指艺术家或作品的风格。——编者注

屈原辞赋多用"比兴",这一现象前人早已指出。例如王逸说:

《离骚》之文,依《诗》取兴,引类譬喻。故善鸟香草,以配忠贞;恶禽臭物,以比谗佞;灵修美人,以媲于君;宓妃佚女,以譬贤臣;虬龙鸾凤,以托君子;飘风云霓,以为小人。(《楚辞章句·离骚序》)

刘勰也承袭着说:

虬龙以喻君子,云霓以譬谗邪,比兴之义也。(《文心雕龙·辩骚》)

又说:

楚襄信谗,而三闾忠烈;依《诗》制《骚》,讽兼比兴。(《文心雕龙·比兴》)

他们这些话虽未免挂一漏万,也不甚正确;但所谓"引类譬喻",所谓"讽兼比兴"的原则却是无可怀疑的。

倘若需要一一指出屈赋中关于"比兴"的文辞,恐怕"遽数之,不能终其物"了。然而为加强我的论据起见,得先把显而易见的例子概括地介绍一下。

(一)以栽培香草比延揽人才的有如:

余既滋兰之九畹兮,又树蕙之百亩。畦留夷与揭车兮,杂杜衡与芳芷。冀枝叶之峻茂兮,愿俟时乎吾将刈。虽萎绝其亦何伤兮,哀众芳之芜秽!(《离骚》)

(二)以众芳芜秽比好人变坏的有如:

兰芷变而不芳兮,荃蕙化而为茅。何昔日之芳草兮,今直为此萧艾也！岂其有他故兮？莫好修之害也！余以兰为可恃兮，羌无实而容长；委厥美以从俗，苟得列乎众芳。椒专佞以慢慆兮，樧又欲充乎[1]佩帏……览椒兰其若兹兮，又况揭车与江离？（《离骚》）

（三）以善鸟恶禽比忠奸异类的有如：

> 鸷鸟之不群兮，自前世而固然。（《离骚》）

> 鸾鸟凤皇，日以远兮；燕雀乌鹊，巢堂坛兮。（《涉江》）

> 有鸟自南兮，来集汉北。（《抽思》）

> 凤皇在笯兮，鸡鹜翔舞。（《怀沙》）

（四）以舟车驾驶比用贤为治的有如：

> 乘骐骥以驰骋兮，来吾道夫先路。

> 彼尧舜之耿介兮，既遵道而得路；何桀纣之猖披兮，夫唯捷径以窘步！惟夫党人之偷乐兮，路幽昧以险隘。岂余身之惮殃兮？恐皇舆之败绩。（以上《离骚》）

> 乘骐骥而驰骋兮，无辔衔而自载；乘氾附[2]以下流兮，无舟楫而自备。（《惜往日》）

（五）以车马迷途比惘怅失志的有如：

> 悔相道之不察兮，延伫乎吾将反，（昔《楚辞概论》中论《离骚》写作时代，以"相道不察""延伫将反"数语为《离骚》放逐的证者未审。盖此乃用比语为设想，非正言也。）回朕车以复路兮，及行迷之未远。

---

[1] "乎"一为"夫"。——编者注

[2] "氾附"一为"泛泭"。泭，古同"桴"，木筏。——编者注

步余马于兰皋兮，驰椒丘且焉止息。（《离骚》）

知前辙之不遂兮，未改此度；车既覆而马颠兮，蹇独怀此异路！勒骐骥而更驾兮，造父为我操之。迁逡次而勿驱兮，聊假日以须时。（《思美人》）

（六）以规矩绳墨比公私法度的有如：

固时俗之工巧兮，偭规矩而改错；背绳墨以追曲兮，竞周容以为度。

何方圜之能周兮？夫孰异道而相安？

举贤而授能兮，循绳墨而不颇。

不量凿而正柄[1]兮，固前修以菹醢。

勉陞降以上下兮，求矩矱之所同。（以上《离骚》）

刓方以为圜兮，常度未替。

章画志墨兮，前图未改。（以上《怀沙》）

（七）以饮食芳洁比人格高尚的有如：

朝饮木兰之坠露兮，夕餐秋菊之落英。苟余情其信姱以练要兮，长顑颔亦何伤？

折琼枝以为羞兮，精琼爢以为粻。（以上《离骚》）

梼木兰以矫蕙兮，糳[2]申椒以为粮；播江离与滋菊兮，愿春日以为糗芳。（《惜诵》）

登昆仑兮食玉英。（《涉江》）

---

[1]　"柄"应为"枘"。——编者注

[2]　指舂过的精米。——编者注

吸湛露之浮源兮，漱凝霜之雾雰。（《悲回风》）

（八）以服饰精美比品德坚贞的有如：

扈江离与辟芷兮，纫秋兰以为佩。

擥[1]木根以结茞兮，贯薜荔之落蕊；矫菌桂以纫蕙兮，索胡绳之纚纚。謇吾法夫前修兮，非世俗之所服。

制芰荷以为衣兮，集芙蓉以为裳。不吾知其亦已兮，苟余情其信芳。高余冠之岌岌兮，长余佩之陆离。芳与泽其杂糅兮，唯昭质其犹未亏。忽反顾以游目兮，将往观乎四荒。佩缤纷其繁饰兮，芳菲菲其弥章。

溘吾游此春宫兮，折琼枝以继佩，及荣华之未落兮，相下女之可诒。（以上《离骚》）

余幼好此奇服兮，年既老而不衰。带长狭[2]之陆离兮，冠切云之崔嵬。被明月兮佩宝璐……（《涉江》）

（九）以撷采芳物比及时自修的有如：

汩余若将不及兮，恐年岁之不吾与。朝搴阰之木兰兮，夕揽洲之宿莽。（《离骚》）

惜吾不及古人兮，吾谁与玩此芳草？（《思美人》）

（十）以女子身份比君臣关系的有如：

众女嫉余之娥[3]眉兮，谣诼谓余以善淫。（《离骚》）

众踥蹀而日进兮，美超远而逾迈。（《哀郢》）

---

[1]　擥，同"揽"。——编者注

[2]　"狭"应为"铗"，剑柄，指代剑。——编者注

[3]　"娥"应为"蛾"。——编者注

惟佳人之永都兮，更统世而自贶。

惟佳人之独怀兮，折若椒以自处。（以上《悲回风》）

结微情以陈词兮，矫以遗乎[1]美人。昔君与我成言兮，曰黄昏以为期。羌中道而回畔兮，反既有此他志。（《抽思》）

思美人兮，擥涕而伫眙。媒绝路阻兮，言不可结而诒。（《思美人》）

妒佳冶之芬芳兮，嫫母姣而自好；虽有西施之美容兮，谗妒入以自代。（《惜往日》）

此外还有通篇以物比人的如《橘颂》；通篇以游仙比遁世的如《远游》；以古事比现实的，如《离骚》中对重华的"陈词"，灵氛劝告的"吉故"，及《涉江》的"接舆髡首"，《惜往日》的"百里为虏"等段都是。其中又有比中的比，如《离骚》既以托媒求女比求通君侧的人，却更以"鸩"和"鸠"来比媒人的不可靠；《思美人》既以媒理比说项介绍的人，而又以"薜荔""芙蓉"比媒人的不易得。因为他既怕举趾缘木，又怕褰裳濡足，所以下文说："登高吾不说，入下吾不能。"若此之类，都是比中有比，意外生意，在表现技巧上可谓极尽巧妙的能事。至于屈赋各篇中尚有虽非正式用"比兴"，而其词句之间有意无意，仍隐含"比兴"意味者尤不可胜举。（如《惜诵》："欲高飞而远集兮，君罔谓汝何之；欲横奔而失路兮，坚志而不忍。"一则以鸟为喻，一则以驾为喻。）由此看来，屈原的辞赋差不多全是用"比兴"法来写的了，其间很少有用"赋"体坦白地、正面地来说的了。所以

---

[1] "乎"一为"夫"。——编者注

说他"依《诗》取兴，引类譬喻"，是不可否认的事实。后来许多作家，从宋玉到两汉，甚至于更后，都一直承袭着这种作风，而成为辞赋中甚至于我国文学中的一个特殊的风格。

二、屈赋比兴作风的来源

现在我要问：屈赋这种比兴的特殊风格是从哪里来的呢？我的答案是：它一面与古诗有关，一面又与春秋战国时的"隐语"有关。归根究底，都是从人民口头创作出来的，并反映出人民在统治者压力下的反抗。但两者相较，《楚辞》与后者关系或更密切些。

《诗》有"六义"，第一是"风"，第二是"赋"。"风"是什么呢？《毛诗序》说：

> "风"，风（讽）也。

又说：

> 下以风刺上，主文而谲谏，言之者无罪，闻之者足以戒，
> 故曰"风"。

可见"风"就是讽刺，就是"谲谏"。这儿，当然需要说话的艺术了。为了要达到说话的目的，尽管不妨运用语言的技巧，所以李善注说：

> "风刺"，谓譬喻，不斥言也。……"谲谏"，咏歌依
> 违，不直谏也。

这是够说明一部分"风"诗的基本精神了。至于辞赋的目的也是讽喻。《楚辞》如此，汉赋也是如此。这一点汉朝人是深切了解的。《史记·屈原传》说：

屈原既死之后，楚有宋玉、唐勒、景差之徒者，皆好辞而以赋见称。然皆祖屈原之从容辞令，终莫敢直谏。

从容[1]辞令而不直谏，岂不明明是讽谏的态度吗？淮南王刘安叙《离骚传》说：

其文约，其辞微……其称文小，而其指极大；举类迩而见义远。

文约辞微，称小指大，类迩义远，不是风诗主文谲谏[2]的作风吗？《汉书·司马相如传》赞：

相如虽多虚辞滥说，然其归，引之于节俭，比与《诗》之风谏何异？[3]

又《扬雄传》：

雄以为"赋"者，将以风也。

又谓：

往时武帝好神仙，相如上《大人赋》，欲以风。

又《汉书·艺文志》：

大儒荀卿[4]，及楚臣屈原，离谗忧国，皆作赋以风（喻）。

又班固《两都赋·序》：

---

[1] 从容，本义为舒缓、不急迫，这里形容文辞委婉曲折。——编者注

[2] 主文谲谏，泛指婉转陈词规劝，语出《诗经·序》。主文，在这里的意思是用配乐诗歌表达创作者的思想内容，引申为用譬喻来规劝。——编者注

[3] 此句为《汉书》引用司马迁对司马相如的评价，原文作："相如虽多虚辞滥说，然要其归引之于节俭，此亦《诗》之风谏何异？"——编者注

[4] 荀卿，指荀子。——编者注

或以抒下情而通讽喻。

所以从文学的性质和技巧上说，辞赋与诗歌根本没有什么不同。所以王逸谓屈原依诗人之义而作《离骚》；所以班固谓屈赋有恻隐古诗之义而目之为"古诗之流"。

还有一点很重要，那就是春秋时的赋诗与歌诗。《汉书·艺文志》：

> 古者诸侯卿大夫交接邻国，以微言相感。当揖让之时，必称诗以谕其志。……春秋之后，周道浸坏，聘问歌咏不行于列国，学《诗》之士，逸在布衣，而贤人失志之赋作矣。

接着他就说荀卿、屈原的赋都有古诗的意味。这段话不但最足以说明辞赋的起源，而且连带说明了辞赋本身的继承性。但我以为这里当特别注意的便是"微言相感"四个字。这就是说：在诸侯大夫交际的场合里，彼此需要互相表示意志的，都不肯直白地说出来，而必须赋一章或一篇古诗以为暗示。这便是"以微言相感"。这种戏剧意味，在今日或不免觉得可笑；但在当时的士大夫看来，反而觉得是雍容闲雅的事吧。不过古诗的意义随赋者的利用而不同，其中多半是断章取义的。而所赋或所歌的诗，其用意所在，又必须视双方私人或国家的关系、感情及国际地位种种不同，教对方去猜，去捉摸，往往言在此而意在彼，听者或受者若不能立刻发现其用意何在，那真会教人受窘而不能答赋的；或虽勉强应付，而不能与赋者的意思针锋相对，牛头不对马嘴，也是很丢人的事。后者的例子如襄公十六年《左传》所载晋侯盟齐高厚，因其歌诗不类。前者的例子则如昭公十二年《左传》一段记载：

> 夏，宋华定来聘，通嗣君也。享之。为赋《蓼萧》，弗知，又不答赋。昭子曰：“必亡！宴语之不怀，宠光之不宣，令德之不知，同福之不受，将何以在？”

原来《蓼萧》诗云"燕笑语兮，是以有誉处兮"，是表示主人乐与华定燕语的意思。又云"既见君子，为龙为光"，是表示主人以得见客人为光荣的意思。又云"宜兄宜弟，令德寿凯"，是表示客人有令德，祝他既寿且乐的意思。又云"和鸾雍雍，万福攸同"，是表示愿与客人同享福禄的意思。这简直是一个谜，相当难猜。华定不能针对这些意思答谢，便引起了主人的大不满，而遭受到严重的批评。

还有主人赋诗不伦不类，客人不敢接受，因而也不答赋的，如文公四年卫宁武子聘鲁，公与之宴，为赋《湛露》及《彤弓》的事便是。可见春秋时诸侯大夫相交接，赋诗和答赋都不是一件容易事。但出谜的还比较容易些，猜谜的可十分困难了。因为至少要具备三个条件：第一，要诗篇读得烂熟；第二，要相当了解它的意义；第三，要神经敏感，对方一说出来，马上就抓得住他的用意，而能迅速对付。例如僖公二十三年《左传》记秦穆公享公子重耳一事：

> 他日，公享之。子犯曰：“吾不如衰之文也，请使衰从。”公子赋《河水》，公赋《六月》。赵衰曰：“重耳拜赐！”公子降拜，稽首。公降一级而辞焉。衰曰：“君称所以佐天子者命重耳，重耳敢不拜？”

《小雅·六月》一篇是尹吉甫佐周宣王征伐的诗，秦伯引来比喻若将来公子返晋，必能匡扶王室。这个意义太隆重了，幸亏那位随从秘书，不然，或竟不免失礼了。

一部《左传》所载赋诗答诗的事不知多少，无非是借诗为喻，不能全切合事情，亦不能不切合事情，仿佛依稀地有点像，又有点不像，但彼此心里的中心意思都不曾说出来。所以春秋时诸侯卿大夫这种国际交接的仪式，若说他就等于今日猜谜的游戏，毫不为过。

春秋以来，楚人与诸侯各国交际频繁，自然会感到有学诗的必要；所以在《左传》中楚人引诗来谈话的，或赋诗见意的已是数见不鲜。对于那"主文而谲谏"的讽刺文学及其应用已经证明其肄习娴熟，运用自如了，国际上猜谜式的文学游戏也弄惯了的了。然则屈原辞赋中的"从容辞令""婉而多讽"的"比兴"作风是不难得到合理的解释的。

以上是说明《楚辞》的作风与古诗的关系，以下再推论它与"隐语"的关系。

"隐"或作"谲"，春秋时又名"廋辞"。《国语·晋语》五："范文子暮退于朝。武子曰：'何暮也？'对曰：'有秦客廋辞于朝，大夫莫之能对也；吾知三焉。'"韦昭注："廋，隐也：谓以隐伏谲诡之言问于朝也。"《文心雕龙·谐隐篇》云："'谲'者，隐也；遁辞以隐意，谲譬以指事也。"《汉书·艺文志》有《隐书》十八篇。颜师古引刘向《别录》云："《隐书》者，疑其言以相问，对者以虑思之，可以无不喻。"先秦的所谓"隐"，大概就是现今的"谜"，至少它是"谜"的前身。故刘彦和又说："君子嘲隐，化为谜语。"春秋、战国时，这种隐戏颇为流行。齐、楚两国的人且有以"隐语"为讽谏的风气。我们试看那时候的"隐"。

（一）《韩非子·难三篇》

人有设桓公"隐"者，曰："一难，二难，三难，何也？"桓公不能射，以告管仲。管仲对曰："一难也，近优而远士；二难也，去其国而数之海；三难也，君老而晚置太子。"桓公曰："善！"不择日而庙礼太子。

（二）《吕氏春秋·审应览·重言篇》

"荆庄王立，三年不听（政），而好"谳"。成公贾入谏。王曰："不榖禁谏者，今子谏，何故？"对曰："臣非敢谏也，愿与君王'隐'也。"王曰："胡不设不榖矣？"对曰："有鸟止于南方之阜，三年不动，不飞，不鸣，是何鸟也？"王射之，曰："……三年不动，将以定其志也；其不飞，将以长其羽翼也；其不鸣，将以览民则也。是鸟虽无飞，飞则冲天；虽无鸣，鸣将惊人。"……明日，朝，所进者五人，所退者十人。群臣大说，荆国之众相贺也。（按《韩非子·喻老篇》，《史记·楚世家》，《新序·杂事》二并载其事，互有出入。而《史记·滑稽传》[1]又以为淳于髡说齐威王事。）

（三）《列女传·楚处庄侄传》

处庄侄言"隐"于襄王曰："大鱼失水，有龙无尾。墙欲内崩，而王不视。"王曰："不知也。"对曰："大鱼失水者，离国五百里也；乐之于前，不思祸之起于后也。有龙无尾者，年既四十，无太子也；国无弼辅，必且殆也。墙欲内崩，

---

[1] 即《史记·滑稽列传》。——编者注

而王不视者，祸乱且成，而王不改也。"

（四）《史记·田完世家》载淳于髡见驺忌子[1]

〔淳于髡〕曰："得全全昌，失全全亡。"驺忌子曰："谨受令，请无离前。"[2]淳于髡曰："狶[3]膏棘轴，所以为滑也，然而不能运方穿。"驺忌子曰："谨受令，请谨事左右。"淳于髡曰："弓胶昔干，所以为合也，然而不能傅合疏罅。"驺忌子曰："谨受令，请谨自附于万民。"淳于髡曰："狐裘虽弊，不可补以黄狗之皮。"驺忌子曰："谨受令，请谨择君子，毋杂小人其间。"淳于髡曰："大车不较，不能载其常任；琴瑟不较，不能成其五音。"驺忌子曰："谨受令，请谨修法律而督奸吏。"淳于髡说毕，趋出至门，而面其仆曰："是人者，吾语之微言五，其应我若响之应声。是人必封不久矣。"（按"微言"即"隐语"。）

（五）《新序·杂事篇》二[4]

齐有妇人，丑极无双，号曰无盐女。……自诣宣王，愿一见。……于是宣王乃召见之，谓曰："亦有奇能乎？"无盐女对曰："无有，直慕大王之美义耳。"王曰："虽然，何喜？"良久曰："窃尝喜隐。"王曰："隐，固寡人之所愿也。试一行之。"言未卒，忽然不见。宣王大惊，立发《隐

---

[1] 驺忌子，即"邹忌"。——编者注

[2] "请无离前"一为"请谨母离前"。——编者注

[3] 狶，今作"豨"，指大猪。——编者注

[4] 与前文《新序·杂事》二是同一篇。即前文中的《新序·杂事》二。——编者注

书》而读之。退而惟之，又不能得。明日，复更召而问之，又不以"隐"对。但扬目衔齿，举手拊肘，曰："殆哉！殆哉！"如此者四。

以上五条都是属于"隐"的故事。此外还有许多无其名而有其实者，若臧文仲母识文仲被拘（见《列女传·鲁臧孙母传》），齐人说靖郭君罢城薛（见《战国策·齐策》一），及淳于髡为齐威王请救于赵（见《史记·滑稽传》），等等，不胜枚举。我们试一分析"隐"的性质，不外：（1）用事物为比喻；（2）设者与射者的辞原则上须为韵语；（3）用以讽谏。上引五条除第一条和第四条的第一则外，其余都有比喻，唯第五条则全是"哑谜"，乃属罕见。又第二条的"设辞"无韵，而《韩非子·喻老篇》有之。《喻老篇》："右司马御，而与王'隐'曰：'有鸟止南方之阜，三年不翅，不飞不鸣，嘿然无声，此为何名？'"全用韵语，似较《吕览》《史记》《新序》诸书所记为得其实。至于以"隐"为讽谏的工具，先秦时有此风气。这作用与"三百篇"以诗为讽的意义也相同。刘彦和所谓"大者兴治济身，其次弼违晓惑"（《文心雕龙·谐隐》），确有此等功效。到后来像东方朔之流只用它来开开玩笑，"谬辞诋戏，无益规补"，那就失掉用"隐"的本意了。〔《汉书·东方朔传》："（郭）舍人恚曰：'朔擅诋欺天子从官，当弃市！'上问朔：'何故诋之？'对曰：'臣非敢诋之，乃与为隐耳。'……舍人不服，因曰：'臣愿复问朔隐语。'……朔应声辄声辄对，变诈锋出，莫能穷者。"〕

由此见来，"隐"的性质无论为体为用，其实都与辞赋相表里。所谓"遁辞以隐意，谲譬以指事"的讽谏方法与屈赋惯用"比兴"的作风初无分别。它们简直是一而二，二而一的讽刺文学。所以《汉志》列《隐书》于"杂赋"之末，不是为了这个缘故吗？（以上参看拙著《先秦文学》第十六章及《屈赋考源》"余论"）

所以我说屈赋这种作风，远溯一点，他的来源与古诗有关，与古者诸侯卿大夫相交接，聘问歌咏诗的"微言相感"有关。而关系更密切的莫过于春秋、战国时的"隐语"。因为从春秋到战国，设"隐"讽谏已经成为风气，尤其在齐、楚两国特别流行；所以屈原文艺的作风直接受其影响是不足怪的。

三、余论

我们试再进一步研究，不但《楚辞》与"隐"有关，而且发现战国时一般的赋乃至其他许多即物寓意、因事托讽的文章几乎无不带有"隐"的意味。例如荀卿的《赋篇》便是这样。试看他的《箴赋》云：

有物于此：生于山阜，处于室堂。无知无巧，善治衣裳；不盗不窃，穿窬而行。日夜离合，以成文章。以能合从，又善连衡。下覆百姓，上饰帝王。功业甚博，不见贤良。时用则存，不用则亡。臣愚不识，敢请之王。王曰："此夫始生巨，其成功小者邪？长其尾而锐其剽者邪？头铦达而尾赵缭者邪？一往一来，结尾以为事。无羽无翼，反覆甚极。尾生而事起，尾遭而事已。簪以为父，管以为母。既以缝表，又以连里——夫是之谓箴理。"

《赋篇》中包括五赋，这是最末一首，作风完全相同。看它种种"疑其言以相问"的影射法，来描写关于"箴"的事情，显然是一种隐语了。它通篇除最末一句外，都暗射着针的，都是针的谜面；最后一句才说出答案来，那就是谜底；所以这篇小赋简直是一根针儿的谜语了。在《赋篇》中第三首《云赋》里有云："君子设辞，请测意之。"设辞测意，这不明明白白告诉我们是猜谜吗？猜谜说是先秦的"射隐"，汉以后又变为"射覆"（见《汉书·东方朔传》）。荀卿的时代稍后于屈原，他的赋竟由《楚辞》的"比兴"作风完全变成隐语，这其间的关系可以思过半矣。又按《战国策·楚策》四载有荀子谢春申君一书，书后有赋云：

> 宝玉隋珠，不知佩兮；袆衣与丝，不知异兮；闾娵子奢，莫之媒兮；嫫母求之，又甚喜之兮。以瞽为明，以聋为聪，以是为非，以吉为凶。呜呼上天！曷惟其同？（《荀子·赋篇》及《韩诗外传》四略异）

这不消说仍是屈赋用"比兴"的作风了。但我们应该注意：荀卿曾经游学于齐，三为祭酒。后来又宦游于楚，春申君以为兰陵令，遂家于兰陵。他与齐楚两国的关系如此之深，所以他的辞赋必然受屈原的影响，同时也受过当时隐语家淳于髡等人的影响是可以断言的（参看《先秦文学》第十六章及《屈赋考源》"余论"）。

此外那时还有许多非赋非隐，似赋似隐的文章，例如宋玉《对楚王问》一篇（见《新序·杂事篇》《文选》题宋玉作，恐非，但改"威王"为"襄王"则近是），庄辛说楚襄王一篇（见《战国策·楚策》四），楚人以弋说襄王一篇（见《史记·楚世家》），都是始则"遁辞以隐意，谲譬以指事"，终则"言之者无罪，闻之者足以戒"。又如齐驺忌以琴音说齐威王（见《史记·田完世家》），淳于髡以饮酒说威王罢长夜之饮（见《史记·滑稽传》），及庄子与赵文王说剑（见《庄子·说剑篇》），等等，都是因事托讽，借题发挥，其性质又无乎不同。兹录《宋玉对楚王问》一篇以示例：

> 楚襄王问于宋玉曰："先生其有遗行与？何士庶民不誉之甚也？[1]"宋玉对曰："唯，然，有之。愿大王宽其罪，使得毕其辞：客有歌于郢中者，其始曰《下里巴人》，国中属而和者数千人。其为《阳阿》《薤露》，国中属而和者数百人。其为《阳春白雪》，国中属而和者不过数十人。引商刻羽，杂以流徵，国中属而和者不过数人而已。是其曲弥高，其和弥寡。故鸟有凤而鱼有鲲：凤皇[2]上击九千里，绝云霓，负苍天，足乱浮云，翱翔乎杳冥之上。夫藩篱之鷃，岂能与之料天地之高哉？鲲鱼朝发于昆仑之墟，暴鬐于碣石，暮宿于孟诸。夫尺泽之鲵，岂能与之量江海之大哉？故非独鸟有凤而鱼有鲲也，士亦有之。夫圣人瑰意琦行，超然独处，世俗之民，又安知臣之所为哉？"

推而论之，自"风""骚"的"比兴"作风完成以后，我国文学——尤其是诗，便一直向这条道路迈进。所谓"寄托"，所谓"微辞"，所谓"婉而多讽"，所谓"兴发于此而义归于彼"者，无不据此为出发点。汉、魏以后诗家有一种主要作风，白乐天生平所兢兢自守，

---

[1] 一为"何民众庶不誉之甚也"。——编者注

[2] "凤皇"一为"凤凰"。——编者注

唯恐失之者，也就是这一点。其后咏物的诗，鸟兽草木鱼虫一类的赋之专以物比人者，是属于这一类的；乐府诗中如《子夜》《读曲》等歌专以事物谐声切义的方法为比者，也是属于这一类的；纬书中图谶，诸书记及史籍《五行志》中的歌谣，在可解不可解之间，而事后往往"应验"者，也是属于这一类的；甚至后世的骈体文专以典故为象征者，也是属于这一类的。其在散文，则先秦诸子用之以说理（尤其是《庄子》《韩非》《吕氏春秋》等），纵横家用之以说事（尤其是《战国策》），乃至后世古文家集中的杂说，小说戏剧的讽刺与嘲骂，往往借着一个故事或一件事物来做根据，以为推论、解释、辩驳、寓意、抒情的助者，莫不与《风》《骚》的"比兴"及战国时滑稽优倡者流所乐道的"隐语"同源而分流，殊途而同归。于此，不但《风》《骚》和"隐语"的关系我们看得极其清楚，就是"比兴"及"隐语"与我国一切文学的关系也是极其清楚的了。然则"比兴"与"隐语"对我国文学的因缘不是够深的吗？

《周易》

/ 朱 自 清 /

　　在人家门头上，在小孩的帽饰上，我们常见到八卦那种东西。八卦是圣物，放在门头上，放在帽饰里，是可以辟邪的。辟邪还只是它的小神通，它的大神通在能够因往知来，预言吉凶。算命的、看相的、卜课的，都用得着它。他们普通只用五行生克的道理就够了，但要详细推算，就得用阴阳和八卦的道理。八卦及阴阳五行和我们非常熟习，这些道理直到现在还是我们大部分人的信仰，我们大部分人的日常生活不知不觉之中教这些道理支配着。行人不至、谋事未成、财运欠通、婚姻待决、子息不旺，乃至种种疾病疑难，许多人都会去求签问卜、算命看相，可见影响之大。讲五行的经典，现在有《尚书·洪范》，讲八卦的便是《周易》。

　　八卦相传是伏羲氏画的。另一个传说却说不是他自出心裁画的。那时候有匹龙马从黄河里出来，背着一幅图，上面便是八卦，伏羲只照着描下来罢了。但这因为伏羲是圣人，那时代是圣世，天才派了龙马赐给他这件圣物。所谓"河图"，便是这个。那讲五行的《洪范》，据说也是大禹治水时在洛水中从一只神龟背上得着的，也出于天赐。所谓"洛书"，便是那个。但这些神怪的故事，显然是八卦和五行的宣传家造出来抬高这两种学说的地位的。伏羲氏，恐怕压根儿就没有这个人，他只是秦汉间儒家假托的圣王。至于八卦，大概是有了筮法以后才有的。商民族是用龟的腹甲或牛的胛骨卜吉凶，他们先在甲骨上钻一下，再用火灼；甲骨经火，有裂痕，便是兆象，卜官细看兆象，断定吉凶；然后便将卜的人、卜的日子、卜的问句等用刀笔刻在甲骨上，这便是卜辞。卜辞里并没有阴阳的观念，也没有八卦的痕迹。

卜法用牛骨最多，用龟甲是很少的。商代农业刚起头，游猎和畜牧还是主要的生活方式，那时牛骨头不缺少。到了周代，渐渐脱离游牧时代，进到农业社会了，牛骨头便没有那么容易得了。这时候却有了筮法，作为卜法的辅助。筮法只用些蓍草，那是不难得的。蓍草是一种长寿草，古人觉得这草和老年人一样，阅历多了，知道的也就多了，所以用它来占吉凶。筮的时候用它的杆子，方法已不能详知，大概是数的。取一把蓍草，数一下看是什么数目，看是奇数还是偶数，也许这便可以断定吉凶。古代人看见数目整齐而又有变化，认为是神秘的东西。数目的连续、循环以及奇偶，都引起人们的惊奇。那时候相信数目是有魔力的，所以巫术里用得着它。我们一般人直到现在，还嫌恶奇数，喜欢偶数，该是那些巫术的遗迹。那时候又相信数目是有道理的，所以哲学里用得着它。我们现在还说，凡事都有定数，这就是前定的意思；这是很古的信仰了。人生有数，世界也有数，数是算好了的一笔账；用现在的话说，便是机械的。数又是宇宙的架子，如说太极生两仪，两仪生四象（二语见《易·系辞》。太极是混沌的元气，两仪是天地，四象是日月星辰），就是一生二、二生四的意思。筮法可以说是一种巫术，是靠了数目来判断吉凶的。

八卦的基础便是一、二、三的数目。整画"━"是一；断画"╍"是二；三画叠而成卦是"☰"。这样配出八个卦，便是☰、☱、☲、☳、☶、☵、☴、☷，乾、兑、离、震、艮、坎、巽、坤是这些卦的名字。那整画、断画的排列，也许是在排列着蓍草时触悟出来的。八卦到底太简单了，后来便将这些卦重起来，两卦重作一个，按照算学里错列与组合[1]的必然，成了六十四卦，就是《周易》里的卦数。蓍草的应用，也许起于民间；但八卦的创制、六十四卦的推演，巫与卜官大约是重要的角色。古代巫与卜官同时也就是史官，一切的记载、一切的档案，都掌管在他们手里。他们是当时知识的权威，参加创卦或重卦的工作是可能的。筮法比卜法简便得多，但起初人们并不十分信任它。直到春秋时候，还有"筮短龟长"的话（《左传》僖公四年）。那些时代，大概小事才用筮，大事还得用卜的。

筮法袭用卜法的地方不少。卜法里的兆象，据说有一百二十体，每一体都有十条断定吉凶的"颂"辞（《周礼·春官·大卜》）。这些是现成的辞。但兆象是自然地灼出来的，有时不能凑合到那一百二十体里去，便得另造新辞。筮法里的六十四卦，就相当于

---

[1] 错列与组合，即数学中的排列组合。——编者注

一百二十体的兆象。那断定吉凶的辞，原叫作繇辞，"繇"是抽出来的意思。《周易》里一卦有六画，每画叫作一爻——六爻的次序，是由下向上数的。繇辞有属于卦的总体的，有属于各爻的；所以后来分称为卦辞和爻辞。这种卦、爻辞也是卜筮官的占筮记录，但和甲骨卜辞的性质不一样。

从卦、爻辞里的历史故事和风俗制度看，我们知道这些是西周初叶的记录，记录里好些是不连贯的，大概是几次筮辞并列在一起的缘故。那时卜筮官将这些卦、爻辞按着卦、爻的顺序编辑起来的，便成了《周易》这部书。"易"是"简易"的意思，是说筮法比卜法简易的意思。本来呢，卦数既然是一定的，每卦、每爻的辞又是一定的，检查起来，引申推论起来，自然就"简易"了。不过这只在当时的卜筮官如此。他们熟习当时的背景，卦、爻辞虽"简"，他们却觉得"易"。到了后世就不然了，筮法久已失传，有些卦、爻辞简直就看不懂了。《周易》原只是当时一部切用的筮书。

《周易》现在已经变成了儒家经典的第一部，但早期的儒家还没注意这部书。孔子是不讲怪、力、乱、神的。《论语》里虽有"五十以学《易》，可以无大过矣"的话，但另一个本子作"五十以学，亦可以无大过矣"（《古论证》作"易"，《鲁论语》作"亦"）；所以这句话是很可疑的。孔子只教学生读《诗》《书》和《春秋》，确没有教读《周易》。《孟子》称引《诗》《书》，也没说到《周易》。《周易》变成儒家的经典，是在战国末期。那时候阴阳家的学说盛行，儒家大约受了他们的影响，才研究起这部书来。那时候道家的学说也盛行，也从另一面影响了儒家。儒家就在这两家学说的影响之下，给《周易》的卦、爻辞作了种种新解释。这些新解释并非在忠实地、确切地解释卦、爻辞，其实倒是借着卦、爻辞发挥他们的哲学。这种新解释存下来的，便是所谓《易传》。

《易传》中间较有系统的是彖辞和象辞。彖辞断定一卦的含义——"彖"就是"断"的意思。象辞推演卦和爻的象，这个"象"字相当于现在所谓"观念"。这个字后来成为解释《周易》的专门名词。但彖辞断定的含义，象辞推演的观念，其实不是真正从卦、爻里探究出来的；那些只是作传的人附会在卦、爻上面的。这里面包含着多量的儒家伦理思想和政治哲学；象辞的话更有许多和《论语》相近的。但说到"天"的时候，不当作有人格的上帝，而只当作自然的道，却是道家的色彩了。这两种传似乎是编纂起来的，并非一人所作。此外有《文言》和《系辞》。《文言》解释乾坤两卦；《系辞》发挥宇宙观、人生观，偶然也有分别解释卦、爻的话。这些似乎都是抱残守缺、汇集众说而成。到了汉代，又新发现了《说卦》《序卦》《杂卦》三种传。《说卦》推演卦象，说明某卦的观念象征着自然界和人世间的某些事物，譬如乾卦象征着天，又象征着父之类。《序卦》说明六十四卦排列先后的道理。《杂卦》比较各卦意义的同异之处。这三种传据说是河内一个女子在什么地方找着的，后来称为《逸易》；其实也许就是汉代人作的。

八卦原只是数目的巫术，这时候却变成数目的哲学了。那整画"━"是奇数，代表天；那断画"━ ━"是偶数，代表地。奇数是阳数，偶数是阴数，阴阳的观念是从男女来的。有天地，不能没有万物，正和有男女就有子息一样，所以三画才能成一卦。卦是表示阴阳变化的，《周易》的"易"，也便是变化的意思。为什么要八个卦呢？这原是算学里错列与组合的必然，但这时候却想着是万象的分类。乾是天，是父等；坤是地，是母等；震是雷，是长子等；巽是风，是长女等；坎是水，是心病等；离是火，是中女等；艮是山，是太监等；兑是泽，是少女等。这样，八卦便象征着也支配着整个的大自然，整个的人间世了。八卦重为六十四卦，卦是复合的，卦象也是复合的，作用便更复杂、更具体了。据说伏羲、神农、黄帝、尧、舜一班圣人看了六十四卦的象，悟出了种种道理，这才制造了器物，建立了制度、耒耜以及文字等等东西；"日中为市"等等制度，都是他们从六十四卦推演出来的。

这个观象制器的故事，见于《系辞》。《系辞》是最重要的一部《易传》。这传里借着八卦和卦、爻辞发挥着的融合儒、道的哲学，和观象制器的故事，都大大地增加了《周易》的价值，抬高了它的地位。《周易》的地位抬高了，关于它的传说也就多了。《系辞》里只说伏羲作八卦；后来的传说却将重卦的，作卦、爻辞的，作《易传》的人，都补出来了。但这些传说都比较晚，所以有些参差，不尽能像"伏羲画卦说"那样成为定论。重卦的人，有说是伏羲的，有说是神农的，有说是文王的。卦、爻辞有说全是文王作的，有说爻辞是周公作的；有说全是孔子作的。《易传》却都说是孔子作的。这些都是圣人。《周易》的经传都出于圣人之手，所以和儒家所谓道统，关系特别深切；这成了他们一部传道的书。所以到了汉代，便已跳到六经之首了。（《庄子·天运》篇和《天下》篇所说六经的次序是：《诗》《书》《礼》《乐》《易》《春秋》，到了《汉书·艺文志》变成了《易》《诗》《书》

《礼》《乐》《春秋》了。）但另一面阴阳八卦与五行结合起来，三位一体地演变出后来医卜、星相种种迷信，种种花样，支配着一般民众，势力也非常雄厚。这里面儒家的影响却很少了，大部分还是《周易》原来的卜筮传统的力量。儒家的《周易》是哲学化了的；民众的《周易》倒是巫术的本来面目。

《尚书》

/ 朱 自 清 /

　　《尚书》是中国最古的记言的历史。所谓记言，其实也是记事，不过是一种特别的方式罢了。记事比较的是间接的，记言比较的是直接的。记言大部分照说的话写下来，虽然也须略加剪裁，但是尽可以不必多费心思。记事需要化自称为他称，剪裁也难，费的心思自然要多得多。

　　中国的记言文是在记事文之先发展的。商代甲骨卜辞大部分是些问句，记事的话不多见。两周金文也还多以记言为主。直到战国时代，记事文才有了长足的进展。古代言文大概是合一的，说出的、写下的都可以叫作"辞"。卜辞我们称为"辞"，《尚书》的大部分其实也是"辞"。我们相信这些辞都是当时的"雅言"（"雅言"见《论语·述而》），就是当时的官话或普通话。但传到后世，这种官话或普通话却变成诘屈聱牙的古语了。

《尚书》包括虞、夏、商、周四代，大部分是号令，就是向大众宣布的话，小部分是君臣相告的话。也有记事的，可是照近人的说法，那记事的几篇，大都是战国末年人的制作，应该分别地看。那些号令多称为"誓"或"诰"，后人便用"誓""诰"的名字来代表这一类。平时的号令叫"诰"，有关军事的叫"誓"。君告臣的话多称为"命"；臣告君的话却似乎并无定名，偶然有称为"谟"（《说文》言部，"谟，议谋也。"）的。这些辞有的是当代史官所记，有的是后代史官追记；当代史官也许根据亲闻，后代史官便只能根据传闻了。这些辞原来似乎只是说的话，并非写出的文告；史官记录，意在存作档案，备后来查考之用。这种古代的档案，想来很多，留下来的却很少。汉代传有《书序》，来历不详，也许是周、秦间人所作。有人说，孔子删《书》为百篇，每篇有序，说明作意。这却缺乏可信的证据。孔子教学生的典籍里有《书》，倒是真的。那时代的《书》是个什么样子，已经无从知道。"书"原是记录的意思（《说文》书部，"书，著也。"）；大约那所谓"书"只是指当时留存着的一些古代的档案而言；那些档案恐怕还是一件件的，并未结集成书。成书也许是在汉人手里。那时候这些档案留存着的更少了，也更古了，更稀罕了；汉人便将它们编辑起来，改称《尚书》。"尚"，"上"也；《尚书》据说就是"上古帝王的书"（《论衡·正说》篇）。"书"上加一"尚"字，无疑的是表示着尊信的意味。至于《书》称为"经"，始于《荀子》（《劝学》篇）；不过也是到汉代才普遍罢了。

　　儒家所传的"五经"中，《尚书》残缺最多，因而问题也最多。秦始皇烧天下诗书及诸侯史记，并禁止民间私藏一切书。到汉惠帝时，才开了书禁；文帝接着更鼓励人民献书。书才渐渐见得着了。那时传《尚书》的只有一个济南伏生。（裴骃《史记集解》引张晏曰："伏生名胜，《伏氏碑》云。"）伏生本是秦博士[1]。始皇下诏烧诗书的时候，他将《书》藏在墙壁里。后来兵乱，他流亡在外。汉定天下，才回家；检查所藏的《书》，已失去数十篇，剩下的只二十九篇了。他就守着这一些，私自教授于齐、鲁之间。文帝知道了他的名字，想召他入朝。那时他已九十多岁，不能远行到京师去。文帝便派掌故官晁错来从他学。伏生私人的教授，加上朝廷的提倡，使《尚书》流传开去。伏生所藏的本子是用"古文"写的，还是用秦篆写的，不得而知；他的学生却只用当时的隶书抄录流布。这就是东汉以来所谓《今尚书》或《今文尚书》。汉武帝提倡儒学，立"五经"博士；宣帝时每经又都分家数立官，共立了十四博士。每一博士各有弟子员[2]若干人。每家有所谓"师法"或"家法"，从学者必须严守。这时候经学已成利禄的途径，治经学的自然就多起来了。《尚书》也立下欧阳（和伯）、大小夏侯（夏侯胜、夏侯建）三博士，却都是伏生一派分出来的。当时去伏生已久，传经的儒者为使人尊信的缘故，竟有硬说《尚书》完整无缺的。他们说，二十九篇是取法天象的，一座北斗星加上二十八宿，不正是二十九吗（《论衡·正说》篇）！这二十九篇，东汉经学大师马融、郑玄都给作过注；可是那些注现在差不多亡失干净了。

---

[1]　博士，古代学官名，起源于战国。博士掌古通今，汉初以前为顾问性质，汉武帝之后专掌经学教授。——编者注

[2]　弟子员，汉代对太学生的称谓。——编者注

汉景帝时，鲁恭王为了扩展自己的宫殿，去拆毁孔子的旧宅。在墙壁里得着"古文"经传数十篇，其中有《书》。这些经传都是用"古文"写的；所谓"古文"，其实只是晚周民间别体字。那时恭王肃然起敬，不敢再拆房子，并且将这些书都交还孔家的主人、孔子的后人叫孔安国的。安国加以整理，发现其中的《书》比通行本多出十六篇；这称为《古文尚书》。武帝时，安国将这部书献上去。因为语言和字体的两重困难，一时竟无人能通读那些"逸书"，所以便一直压在皇家图书馆里。成帝时，刘向、刘歆父子先后领校皇家藏书。刘向开始用《古文尚书》校勘今文本子，校出今文脱简及异文各若干。哀帝时，刘歆想将《左氏春秋》《毛诗》《逸礼》及《古文尚书》立博士；这些都是所谓"古文"经典。当时的"五经"博士不以为然，刘歆写了长信和他们争辩（《汉书》本传）。这便是后来所谓今古文之争。

今古文之争是西汉经学一大史迹。所争的虽然只在几种经书，他们却以为关系孔子之道即古代圣帝明王之道甚大。"道"其实也是幌子，骨子里所争的还在禄位与声势；当时今古文派在这一点上是一致的。不过两派的学风确也有不同处。大致今文派继承先秦诸子的风气，"思以其道易天下"（语见章学诚《文史通义·官公》上），所以主张通经致用。他们解经，只重微言大义；而所谓微言大义，其实只是他们自己的历史哲学和政治哲学。古文派不重哲学而重历史，他们要负起保存和传布文献的责任；所留心的是在章句、训诂、典礼、名物之间。他们各得了孔子的一端，各有偏畸的地方。到了东汉，书籍流传渐多，民间私学日盛。私学压倒了官学，古文经学压倒了今文经学；

学者也以兼通为贵，不再专主一家。但是这时候"古文"经典中《逸礼》即《礼》古经已经亡佚，《尚书》之学，也不昌盛。

东汉初，杜林曾在西州（今新疆境）得漆书《古文尚书》一卷，非常宝爱，流离兵乱中，老是随身带着。他是怕"《古文尚书》学"会绝传，所以这般珍惜。当时经师贾逵、马融、郑玄都给那一卷《古文尚书》作注，从此《古文尚书》才显于世（《后汉书·杨伦传》）。原来"《古文尚书》学"直到贾逵才真正开始，从前是没有什么师说的。而杜林所得只一卷，绝不如孔壁所出的多，学者竟爱重到那般地步，大约孔安国献的那部《古文尚书》，一直埋没在皇家图书馆里，民间也始终没有盛行，经过西汉末年的兵乱，便无声无息地亡失了吧。杜林的那一卷，虽经诸大师作注，却也没传到后世；这许又是三国兵乱的缘故。《古文尚书》的运气真够坏的，不但没有能够露头角，还一而再地遭到了些冒名顶替的事儿。这在西汉就有。汉成帝时，因孔安国所献的《古文尚书》无人通晓，下诏征求能够通晓的人。东莱有个张霸，不知孔壁的书还在，便根据《书序》，将伏生二十九篇分为数十，作为中段，又采《左氏传》及《书序》所说，补作首尾，共成《古文尚书百二篇》。每篇都很简短，文意又浅陋。他将这伪书献上去，成帝教用皇家图书馆藏着的孔壁《尚书》对看，满不是的。成帝便将张霸下在狱里，但却还存着他的书，并且听它流传世间。后来张霸的再传弟子樊并谋反，朝廷才将那书毁废。这第一部伪《古文尚书》就从此失传了。

到了三国末年，魏国出了个王肃，是个博学而有野心的人。他伪作了《孔子家语》《孔丛子》（《孔子家语》托名孔安国，《孔丛子》托名孔鲋），又伪作了一部孔安国的《古文尚书》，还带着孔安国的传。他是个聪明人，伪造这部《古文尚书》孔传，是很费了心思的。他采辑群籍中所引"逸书"，以及历代嘉言，改头换面，巧为连缀，成功了这部书。他是参照汉儒的成法，先将伏生二十九篇分割为三十三篇，另增多二十五篇，共五十八篇（桓谭《新论》作五十八，《汉书·艺文志》自注作五十七），以合于东汉儒者如桓谭、班固所记的《古文尚书》篇数。所增各篇，用力阐明儒家的"德治主义"，满纸都是仁义道德的格言。这是汉武帝罢黜百家，专崇儒学以来的正统思想，所谓大经、大法，足以取信于人。只看宋以来儒者所口诵心维的"十六字心传"（见真德秀《大学衍义》。所谓十六字是："人心惟危，道心惟微，惟精惟一，允执厥中。"在伪《大禹谟》里，是舜对禹的话），正在他伪作的《大禹谟》里，便见出这部伪书影响之大。其实《尚书》里的主要思想，该是"鬼治主义"，像《盘庚》等篇所表现的。"原来西周以前，君主即教主，可以为所欲为，不受什么政治道德的拘束。逢到臣民不听话的时候，只要抬出上帝和先祖来，自然一切解决。"这叫作"鬼治主义"。"西周以后，因疆域的开拓，交通的便利，富力的增加，文化大开。自孔子以至荀卿、韩非，他们的政治学说都建筑在人性上面。尤其是儒家，把人性扩张得极大。他们觉得政治的良好只在诚信的感应；只要君主的道德好，臣民自然风从，用不到威力和鬼神的压迫。"这叫作"德治主义"。〔以上引顾颉刚《盘庚中篇今译》（《古史辨》第二册）。〕看古代的档案，包含着"鬼治主义"思想的，自然比包含着"德治主义"思想的可信得多。但是王肃的时代早已是"德治主义"的时代，他的伪书所以专从这里下手，他果然成功了。只是词旨坦明，毫无诘屈聱牙之处，却不免露出了马脚。

晋武帝时候，孔安国的《古文尚书》曾立过博士（《晋书·荀嵩传》）；这《古文尚书》大概就是王肃伪造的。王肃是武帝的外祖父，当时即使有怀疑的人，也不敢说话。可是后来经过怀帝永嘉之乱，这部伪书也散失了，知道的人很少。东晋元帝时，豫章内史梅赜发现了它，便拿来献到朝廷上去。这时候伪《古文尚书》孔传便和马、郑注的尚书并行起来了。大约北方的学者还是信马、郑的多，南方的学者才是信伪孔的多。等到隋统一了天下，南学压倒了北学，马、郑《尚书》，习者渐少。唐太宗时，因章句繁杂，诏令孔颖达等编撰《五经正义》；高宗永徽四年（公元653年），颁行天下，考试必用此本。《正义》成了标准的官书，经学从此大统一。那《尚书正义》便用的伪《古文尚书》孔传。伪孔定于一尊，马、郑便更没人理睬了；日子一久，自然就残缺了，宋以来差不多就算亡了。伪《古文尚书》孔传，如此这般冒名顶替了一千年，直到清初的时候。

这一千年中间，却也有怀疑伪《古文尚书》孔传的人。南宋的吴械首先发难。他有《书稗传》十三卷（陈振孙《直斋书录解题》四），可惜不传了。朱子因孔安国的"古文"字句皆完整，又平顺易读，也觉得可疑（见《朱子语类》七十八）。但是他们似乎都还没有去找出确切的证据。至少朱子还不免疑信参半；他还采取伪《大禹谟》里"人心""道心"的话解释"四书"，建立道统呢。元代的吴澄才断然地将伏生今文从伪古文分出；他的《尚书纂言》只注解今文，将伪古文除外。明代梅鸷著《尚书考异》，更力排伪孔，并找出了相当的证据。但是严密钩稽决疑定谳的人，还得等待清代的学者。这里该提出三个可尊敬的名字。第一是清初的阎若璩，著《古文尚书疏证》；第二是惠栋，著《古文尚书考》。两书辨析详明，证据确凿，教伪孔体无完肤，真相毕露；但将作伪的罪名加在梅赜头上，还不免未达一间。第三是清中叶的丁晏，著《尚书余论》，才将真正的罪人王肃指出。千年公案，从此可以定论。这以后等着动手的，便是搜辑汉人的伏生《尚书》说和马、郑注。这方面努力的不少，成绩也斐然可观；不过所能做到的，也只是抱残守缺的工作罢了。伏生《尚书》从千年迷雾中重露出真面目，清代诸大师的劳绩是不朽的。但二十九篇固是真本，其中也还该分别地看。照近人的意见，《周书》大都是当时史官所记，只有一二篇像是战国时人托古之作。《商书》究竟是当时史官所记，还是周史官追记，尚在然疑之间。《虞》[1]《夏书》大约多是战国末年人托古之作，只《甘誓》那一篇许是后代史官追记的。这么着，《今文尚书》里便也有了真伪之分了。

---

[1] 《虞》，即《虞书》。——编者注

《春秋》三传

/ 朱 自 清 /

"春秋"是古代记事史书的通称。古代朝廷大事，多在春、秋二季举行，所以记事的书用这个名字。各国有各国的春秋，但是后世都不传了。传下的只有一部《鲁春秋》，《春秋》成了它的专名，便是《春秋经》了。传说这部《春秋》是孔子作的，至少是他编的。鲁哀公十四年，鲁西有猎户打着一只从没有见过的独角怪兽，想着定是个不祥的东西，将它扔了。这个新闻传到了孔子那里，他便去看。他一看，就说："这是麟啊。为谁来的呢！干什么来的呢！唉唉！我的道不行了！"说着流下泪来，赶忙将袖子去擦，泪点儿却已滴到衣襟上。原来麟是个仁兽，是个祥瑞的东西；圣帝、明王在位，天下太平，它才会来，不然是不会来的。可是那时代哪有圣帝、明王？天下正乱纷纷的，麟来得真不是时候，所以让猎户打死；它算是倒了运了。

孔子这时已经年老，也常常觉着生得不是时候，不能行道；他为周朝伤心，也为自己伤心。看了这只死麟，一面同情它，一面也引起自己的无限感慨。他觉着生平说了许多教；当世的人君总不信他，可见空话不能打动人。他发愿修一部《春秋》，要让人从具体的事例里，得到善恶的教训。他相信这样得来的教训，比抽象的议论深切著明[1]得多。他觉得修成了这部《春秋》，虽然不能行道，也算不白活一辈子。这便动起手来，九个月书就成功了。书起于鲁隐公，终于获麟；因获麟有感而作，所以叙到获麟绝笔，是纪念的意思。但是《左传》里所载的《春秋经》，获麟后还有，而且在记了"孔子卒"的哀公十六年后还有：据说那却是他的弟子们续修的了。

这个故事虽然够感伤的，但我们从种种方面知道，它却不是真的。《春秋》只是鲁国史官的旧文，孔子不曾掺进手去。《春秋》可是一部信史，里面所记的鲁国日食，有三十次和西方科学家所推算的相合，这绝不是偶然的。不过书中残缺、零乱和后人增改的地方，都很不少。书起于隐公元年，到哀公十四年止，共二百四十二年（前722—前481）；后世称这二百四十二年为春秋时代。书中纪事按年月日，这叫作编年。编年在史学上是个大发明；这教历史系统化，并增加了它的确实性。《春秋》是我国现存的第一部编年史。书中虽用鲁国纪元，所记的却是各国的事，所以也是我们第一部通史。所记的齐桓公、晋文公的霸迹最多；后来说"尊王攘夷"是《春秋》大义，便是从这里着眼。

---

[1] 著明：显明。——编者注

古代史官记事，有两种目的：一是证实，二是劝惩。像晋国董狐不怕权势，记"赵盾弑其君"（《左传》宣公二年）；齐国太史记"崔杼弑其君"（《左传》襄公二十五年），虽杀身不悔，都为的是证实和惩恶，作后世的鉴戒。但是史文简略，劝惩的意思有时不容易看出来，因此便需要解说的人。《国语》记楚国申叔时论教太子的科目，有"春秋"一项，说"春秋"有奖善、惩恶的作用，可以戒劝太子的心。孔子是第一个开门授徒，拿经典教给平民的人，《鲁春秋》也该是他的一种科目。关于劝惩的所在，他大约有许多口义传给弟子们。他死后，弟子们散在四方，就所能记忆的又教授开去。《左传》《公羊传》《穀梁传》，所谓《春秋》三传里，所引孔子解释和评论的话，大概就是捡的这一些。

三传特别注重《春秋》的劝惩作用；证实与否，倒在其次。按三传的看法，《春秋》大义可以从两方面说：明辨是非，分别善恶，提倡德义，从成败里见教训，这是一；夸扬霸业，推尊周室，亲爱中国，排斥夷狄，实现民族大一统的理想，这是二。前者是人君的明鉴，后者是拨乱反正的程序。这都是王道。而敬天事鬼，也包括在王道里。《春秋》里记灾，表示天罚；记鬼，表示恩仇，也还是劝惩的意思。古代记事的书常夹杂着好多的迷信和理想，《春秋》也不免如此；三传的看法，大体上是对的。但在解释经文的时候，却往往一个字一个字地咬嚼；这一咬嚼，便不顾上下文穿凿附会起来了。《公羊》《穀梁》，尤其如此。

这样咬嚼出来的意义就是所谓"书法"，所谓"褒贬"，也就是所谓"微言"。后世最看重这个。他们说孔子修《春秋》，"笔则笔，削则削"（《史记·孔子世家》），"笔"是书，"削"是不书，都有大道理在内。又说一字之褒，比教你作王公还荣耀；一字之贬，比将你作罪人杀了还耻辱。本来孟子说过，"孔子成《春秋》而乱臣贼子惧"（《孟子·滕文公》下），那似乎只指概括的劝惩作用而言。等到褒贬说发展，孟子这句话倒像更坐实了。而孔子和《春秋》的权威也就更大了。后世史家推尊孔子，也推尊《春秋》，承认这种书法是天经地义；但实际上他们却并不照三传所咬嚼出来的那么穿凿附会地办。这正和后世诗人尽管推尊《毛诗传笺》里比兴的解释，实际上却不那样穿凿附会地作诗一样。三传，特别是《公羊传》和《穀梁传》，和《毛诗传笺》在穿凿解经这件事上是一致的。

三传之中，公羊、穀梁两家全以解经为主，左氏却以叙事为主。公、穀以解经为主，所以咬嚼得更厉害些。战国末期，专门解释《春秋》的有许多家，公、穀较晚出而仅存。这两家固然有许多彼此相异之处，但渊源似乎是相同的；他们所引别家的解说也有些是一样的。这两种《春秋经传》经过秦火，多有残缺的地方；到汉景帝、武帝时候，才有经师重加整理，传授给人。公羊、穀梁只是家派的名称，仅存姓氏，名字已不可知。至于他们解经的宗旨，已见上文；《春秋》本是儒家传授的经典，解说的人，自然也离不了儒家，在这一点上，三传是大同小异的。

《左传》这部书，汉代传为鲁国左丘明所作。这个左丘明，有的说是"鲁君子"，有的说是孔子的朋友；后世又有说是鲁国的史官的。（《史记·十二诸侯年表序》说是"鲁君子"；《汉书·刘歆传》说"亲见夫子""好恶与圣人同"；杜预《春秋序》说是"身为国史"。）这部书历来讨论得最多。汉时有"五经"博士。凡解说"五经"自成一家之学的，都可立为博士。立了博士，便是官学；那派经师便可做官受禄。当时《春秋》立了公、穀二传的博士。《左传》流传得晚些，古文派经师也给它争立博士。今文派却说这部书不得孔子《春秋》的真传，不如公、穀两家。后来虽一度立了博士，可是不久还是废了。倒是民间传习的渐多，终于大行！原来公、穀不免空谈，《左传》却是一部仅存的古代编年通史（残缺又少），用处自然大得多。《左传》以外，还有一部分国记载的《国语》，汉代也认为左丘明所作，称为《春秋外传》。后世学者怀疑这一说的很多。据近人的研究，《国语》重在"语"，记事颇简略，大约出于另一著者的手，而为《左传》著者的重要史料之一。这书的说教，也不外尚德、尊天、敬神、爱民，和《左传》是很相近的。只不知著者是谁。其实《左传》著者我们也不知道。说是左丘明，但矛盾太多，不能教人相信。《左传》成书的时代大概在战国，比公、穀二传早些。

《左传》这部书大体依《春秋》而作；参考群籍，详述史事，征引孔子和别的"君子"解经评史的言论，吟味书法，自成一家言。但迷信卜筮，所记祸福的预言，几乎无不应验；这却大大违背了证实的精神，而和儒家的宗旨也不合了。晋范宁作《穀梁传序》说："左氏艳而富，其失也巫。""艳"是文章美，"富"是材料多；"巫"是多叙鬼神，预言祸福。这是句公平话。注《左传》的，汉代就不少，但那些许多已散失；现存的只有晋杜预注，算是最古了。

杜预作《春秋序》，论到《左传》，说"其文缓，其旨远"，"缓"是委婉，"远"是含蓄。这不但是好史笔，也是好文笔。所以

《左传》不但是史学的权威，也是文学的权威。《左传》的文学本领，表现在记述辞令和描写战争上。春秋列国，盟会颇繁，使臣会说话不会说话，不但关系荣辱，并且关系利害，出入很大，所以极重辞令。《左传》所记当时君臣的话，从容委曲，意味深长，只是平心静气地说，紧要关头却不放松一步，真所谓恰到好处。这固然是当时风气如此，但不经《左传》著者的润饰功夫，也绝不会那样在纸上活跃的。战争是个复杂的程序，叙得头头是道，已经不易，叙得有声有色，更难；这差不多全靠忙中有闲，透着优游不迫神儿才成。这却正是《左传》著者所擅长的。

"四书"

/ 朱 自 清 /

　　"四书""五经"到现在还是我们口头上一句熟语。"五经"是《易》《书》《诗》《礼》《春秋》；"四书"按照普通的顺序是《大学》《中庸》《论语》《孟子》，前二者又简称《学》《庸》，后二者又简称《论》《孟》；有了简称，可见这些书是用得很熟的。本来呢，从前私塾里，学生入学，是从"四书"读起的。这是那些时代的小学教科书，而且是统一的标准的小学教科书，因为没有不用的。那时先生不讲解，只让学生背诵，不但得背正文，而且得背朱熹的小注。只要囫囵吞枣地念，囫囵吞枣地背；不懂不要紧，将来用得着，自然会懂的。怎么说将来用得着？那些时候行科举制度。科举是一种竞争的考试制度，考试的主要科目是八股文，题目都出在"四书"里，而且是朱注的"四书"里。科举分几级，考中的得着种种出身或资格，凭着这种资格可以建功立业，也可以升官发财；作好作歹，都得先弄个资格到手。科举几乎是当时读书人唯一的出路。每个学生都先读"四书"，而且读的是朱注，便是这个缘故。

将朱注"四书"定为科举用书，是从元仁宗皇庆二年（公元1313年）起的。规定这四种书，自然因为这些书本身重要，有人人必读的价值；规定朱注，也因为朱注发明书义比旧注好些、切用些。这四种书原来并不在一起，《学》《庸》都在《礼记》里，《论》《孟》是单行的。这些书原来只算是诸子书，朱子原来也只称为"四子"；但《礼记》《论》《孟》在汉代都立过博士，已经都升到经里去了。后来唐代的"九经"里虽然只有《礼记》，宋代的"十三经"却又将《论》《孟》收了进去。（"九经"：《易》、《书》、《诗》、三《礼》、《春秋》三传。十三经：《易》、《书》、《诗》、三《礼》、《春秋》三传、《论语》、《孝经》、《尔雅》、《孟子》。）《中庸》很早就被人单独注意，汉代已有关于《中庸》的著作，六朝时也有，可惜都不传了。（《汉书·艺文志》有《中庸说》二篇，《隋书·经籍志》有戴颙《中庸传》二卷，梁武帝《中庸讲疏》一卷。）关于《大学》的著作，却直到司马光的《大学通义》才开始，这部书也不传了。这些著作并不曾教《学》《庸》普及，教《学》《庸》和《论》《孟》同样普及的是朱子的注，"四书"也是他编在一起的，"四书"的名字也因他而有。

但最初用力提倡这几种书的是程颢、程颐兄弟。他们说："《大学》是孔门的遗书，是初学者入德的门径。只有从这部书里，还可以知道古人做学问的程序。从《论》《孟》里虽也可看出一些，但不如这部书的分明易晓。学者必须从这部书入手，才不会走错了路。"（原文见《大学章句》卷头）这里没提到《中庸》。可是他们是很推尊《中庸》的。他们在另一处说："'不偏'叫作'中'，'不易'叫作'庸'；'中'是天下的正道，'庸'是天下的定理。《中庸》是孔门传授心法的书，是子思记下来传给孟子的。书中所述的人生哲理，意味深长；会读书的细加玩赏，自然能心领神悟，终身受用不尽。"（原文见《中庸章句》卷头）这四种书到了朱子手里才打成一片。他接受二程的见解，加以系统地说明，四种书便贯穿起来了。

他说，古来有小学、大学。小学里教洒扫进退的规矩和礼、乐、射、御、书、数，所谓"六艺"的。大学里教穷理、正心、修己、治人的道理。所教的都切于民生日用，都是实学。《大学》这部书便是古来大学里教学生的方法，规模大，节目详；而所谓"格物、致知、诚意、正心、修身、齐家、治国、平天下"，是循序渐进的。程子说是"初学者入德的门径"，就是为此。这部书里的道理，并不是为一时一事说的，是为天下后世说的。这是"垂世立教的大典"（原文见《中庸章句》卷头），所以程子举为初学者的第一部书。《论》《孟》虽然也切实，却是"应机接物的微言"（朱子《大学或问》卷一），问的不是一个人，记的也不是一个人。浅深先后，次序既不分明，抑扬可否，用意也不一样，初学者领会较难。所以程子放在第二步。至于《中庸》，是孔门的心法，初学者领会更难，程子所以另论。

但朱子的意思，有了《大学》的提纲挈领，便能领会《论》《孟》里精微的分别去处；融贯了《论》《孟》的旨趣，也便能领会《中庸》里的心法。人有人心和道心；人心是私欲，道心是天理。人该修养道心，克制人心，这是心法。朱子的意思，不领会《中庸》

里的心法，是不能从大处着眼，读天下的书，论天下的事的。他所以将《中庸》放在第三步，和《大学》《论》《孟》合为"四书"，作为初学者的基础教本。后来规定"四书"为科举用书，原也根据这番意思。不过朱子教人读"四书"，为的成人；后来人读"四书"，却重在猎取功名；这是不合于他提倡的本心的。至于顺序变为《学》《庸》《论》《孟》，那是书贾因为《学》《庸》篇页不多，合为一本的缘故；通行既久，居然约定俗成了。

《礼记》里的《大学》，本是一篇东西，朱子给分成经一章，传十章；传是解释经的。因为要使传合经，他又颠倒了原文的次序，并补上一段儿。他注《中庸》时，虽没有这样大的改变，可是所分的章节，也与郑玄注的不同。所以这两部书的注，称为《大学章句》《中庸章句》。《论》《孟》的注，却是融合各家而成，所以称为《论语集注》《孟子集注》。《大学》的经一章，朱子想着是曾子追述孔子的话；传十章，他相信是曾子的意思，由弟子们记下的。《中庸》的著者，朱子和程子一样，都接受《史记》的记载，认为是子思（《孔子世家》）。但关于书名的解释，他修正了一些。他说，"中"除"不偏"外，还有"无过无不及"的意思；"庸"解作"不易"，不如解作"平常"的好（《中庸或问》卷一）。照近人的研究，《大学》的思想和文字，很有和荀子相同的地方，大概是荀子学派的著作。《中庸》，首尾和中段思想不一贯，从前就有人疑心。照近来的看法，这部书的中段也许是子思原著的一部分，发扬孔子的学说，如"时中""忠恕""知仁勇""五伦"等。首尾呢，怕是另一关于《中庸》的著作，经后人混合起来的；这里发扬的是孟子的天人相通的哲理，所谓"至诚""尽性"，都是的。著者大约是一个孟子学派。

《论语》是孔子弟子们记的。这部书不但显示一个伟大的人格——孔子，并且让读者学习许多做学问、做人的节目：如"君子""仁""忠恕"；如"时习""阙疑""好古""隅反""择善""困学"等，都是可以终身应用的。《孟子》据说是孟子本人和弟子公孙丑、万章等共同编定的。书中说"仁"兼说"义"，分辨"义""利"甚严；而辩"性善"，教人求"放心"，影响更大。又说到"养浩然之气"，那"至大至刚""配义与道"的"浩然之气"（《公孙丑》）；这是修养的最高境界，所谓天人相通的哲理。书中攻击杨朱、墨翟两派，辞锋咄咄逼人。这在儒家叫作攻异端，功劳是很大的。孟子生在战国时代，他不免"好辩"，他自己也觉得的（《滕文公》）。他的话流露着"英气"，"有圭角"，和孔子的温润是不同的。所以儒家只称为"亚圣"，次于孔子一等（《孟子集注序》说引程子说）。《孟子》有东汉的赵岐注。《论语》有孔安国、马融、郑玄诸家注，却都已残佚，只零星地见于魏何晏的《集解》里。汉儒注经，多以训诂名物为重；但《论》《孟》词意显明，所以只解释文句，推阐义理而止。魏晋以来，玄谈大盛，孔子已经道家化；解《论语》的也多参入玄谈，参入当时的道家哲学。这些后来却都不流行了。到了朱子，给《论》《孟》作注，虽说融会各家，其实也用他自己的哲学作架子。他注《学》《庸》，更显然如此。他的哲学切于世用，所以一般人接受了，将他解释的孔子当作真的孔子。

他那一套"四书"注实在用尽了平生的力量，改定至再至三；

直到临死的时候，他还在改定《大学·诚意》章的注。注以外又作了《四书或问》，发扬注义，并论述对于旧说的或取或舍的理由。他在"四书"上这样下功夫，一面固然为了诱导初学者，一面还有一个用意，便是排斥老、佛，建立道统。他在《中庸章句序》里论到诸圣道统的传承，末尾自谦说，"于道统之传，不敢妄议"；其实他是隐隐在以传道统自期呢。《中庸》传授心法，正是道统的根本。将它加在《大学》《论》《孟》之后而成"四书"，朱子自己虽然说是给初学者打基础，但一大半恐怕还是为了建立道统，不过他自己不好说出罢了。他注"四书"在宋孝宗淳熙年间（1174—1189）。他死后，朝廷将他的"四书"注审定为官书，从此盛行起来。他果然成了传儒家道统的大师了。

《战国策》

/ 朱 自 清 /

春秋末年，列国大臣的势力渐渐膨胀起来。这些大臣都是世袭的，他们一代一代聚财养众，明争暗夺了君主的权力，建立起自己的特殊地位。等到机会成熟，便跳起来打倒君主自己干。那时候各国差不多都起了内乱。晋国让韩、魏、赵三家分了，姓姜的齐国也让姓田的大夫占了。这些，周天子只得承认了。这是封建制度崩坏的开始。那时候周室也经过了内乱，土地大半让邻国抢去，剩下的又分为东、西周；东、西周各有君王，彼此还争争吵吵的。这两位君王早已失去春秋时代"共主"的地位，而和列国诸侯相等了。后来列国纷纷称王，周室更不算回事；他们至多能和宋、鲁等小国君主等量齐观罢了。

秦、楚两国也经过内乱，可是站住了。它们本是边远的国家，却渐渐伸张势力到中原来。内乱平后，大加整顿，努力图强，声威便更广了。还有极北的燕国，向来和中原国家少来往，这时候也有力量向南参加国际[1]政治了。秦、楚、燕和新兴的韩、魏、赵、齐，是那时代的大国，称为"七雄"。那些小国呢，从前可以仰仗霸主的保护，做大国的附庸；现在可不成了，只好让人家吞的吞、并的并，算只留下宋、鲁等两三国，给七雄当缓冲地带。封建制度既然在崩坏中，七雄便各成一单位，各自争存，各自争强；国际政局比春秋时代紧张多了，战争也比从前严重多了。列国都在自己边界上修起长城来。这时候军器进步了，从前的兵器都用铜打成，现在有用铁打成的了。战术也进步了。攻守的方法都比从前精明，从前只用兵车和步卒，现在却发展了骑兵了。这时候还有以帮人家作战为职业的人。这时候的战争，杀伤是很多的。孟子说："争地以战，杀人盈野；争城以战，杀人盈城。"（《离娄》）可见那凶惨的情形。后人因此称这时代为战国时代。

在长期混乱之后，贵族有的做了国君，有的渐渐衰灭。这个阶级算是随着封建制度崩坏了。那时候的国君，没有了世袭的大臣，便集权专制起来。辅助他们的是一些出身贵贱不同的士人。那时候君主和大臣都竭力招揽有技能的人，甚至学鸡鸣、学狗盗的也都收留着。这是所谓"好客""好士"的风气。其中最高的是说客，是游说之士。当时国际关系紧张，战争随时可起。战争到底是劳民伤财的，况且难得有把握；重要的还是做外交的功夫。外交办得好，只凭口舌排难解纷，可以免去战祸；就是不得不战，也可以多找一些与国、一些

---

[1] 指东周末的诸侯国之间。——编者注

帮手。担负这种外交的人，便是那些策士、那些游说之士。游说之士既然这般重要，所以立谈可以取卿相；只要有计谋，会辩说就成，出身的贵贱倒是不在乎的。

七雄中的秦，从孝公用商鞅变法以后，日渐强盛。到后来成了与六国对峙的局势。这时候的游说之士，有的劝六国联合起来抗秦，有的劝六国联合起来亲秦。前一派叫"合纵"，是联合南北各国的意思；后一派叫"连横"，是联合东西各国的意思——只有秦是西方的国家。合纵派的代表是苏秦，连横派的是张仪，他们可以代表所有的战国游说之士。后世提到游说的策士，总想到这两个人；提到纵横家，也总是想到这两个人。他们都是鬼谷先生的弟子。苏秦起初也是连横派。他游说秦惠王，秦惠王老不理他；穷得要死，只好回家。妻子、嫂嫂、父母，都瞧不起他。他恨极了，用心读书，用心揣摩；夜里倦了要睡，用锥子扎大腿，血流到脚上。这样整一年，他想着成了，便出来游说六国合纵。这回他果然成功了，佩了六国相印，又有势又有钱。打家里过的时候，父母郊迎三十里，妻子低头，嫂嫂爬[1]在地上谢罪。他叹道："人生世上，势位富贵，真是少不得的！"张仪和楚相喝酒，楚相丢了一块璧。手下人说张仪穷而无行，一定是他偷的，绑起来打了几百下。张仪始终不认，只好放了他。回家，他妻子说："唉，要不是读书游说，哪会受这场气！"他不理，只说："看我舌头还在吧？"妻子笑道："舌头是在的。"他说："那就成！"后来果然做了秦国的相；苏秦死后，他也大大得意了一番。

---

[1] "趴"字更准确，为尊重原文风貌，未改。——编者注

苏秦使锥子扎腿的时候，自己发狠道："哪有游说人主不能得金玉锦绣，不能取卿相之尊的道理！"这正是战国策士的心思。他们凭他们的智谋和辩才，给人家画策，办外交；谁用他们就帮谁。他们是职业的，所图的是自己的功名富贵；帮你的时候帮你，不帮的时候也许害你。翻覆，在他们看来是没有什么的。本来呢，当时七雄分立，没有共主，没有盟主，各干各的，谁胜谁得势。国际间没有是非，爱帮谁就帮谁，反正都一样。苏秦说连横不成，就改说合纵，在策士看来，这正是当然。张仪说舌头在就行，说是说非，只要会说，这也正是职业的态度。他们自己没有理想，没有主张，只求揣摩主上的心理，拐弯儿抹角投其所好。这需要技巧；《韩非子·说难》篇专论这个。说得好固然可以取"金玉锦绣"和"卿相之尊"，说得不好也会招杀身之祸；利害所关如此之大，苏秦费一整年研究揣摩不算多。当时各国所重的是威势，策士所说原不外战争和诈谋；但要因人、因地进言，广博的知识和微妙的机智都是不可少的。

记载那些说辞的书叫《战国策》，是汉代刘向编定的，书名也是他提议的。但在他以前，汉初著名的说客蒯通，大约已经加以整理和润饰，所以各篇如出一手。《汉书》本传里记着他"论战国时说士权变，亦自序其说，凡八十一篇，号曰《隽永》"，大约就是刘向所根据的底本了〔罗根泽《战国策作于蒯通考》及《补证》（《古史辨》第四册）〕。蒯通那支笔是很有力量的。铺陈的伟丽，叱咤的雄豪，固然传达出来了；而那些曲折微妙的声口，也丝丝入扣，千载如生。读这部书，真是如闻其语，如见其人。汉以来批评这部书的都用儒家的眼光。刘向的序里说战国时代"捐礼让而贵战争，弃仁义而用诈谲，苟以取强而已矣"，可以代表。但他又说这些是"高才秀士"的"奇策异智"，"亦可喜，皆可观"。这便是文辞的作用了。宋代有个李文叔，也说这部书所记载的事"浅陋不足道"，但"人读之，则必乡其说之工，而忘其事之陋者，文辞之胜移之而已"。又道，说的还不算难，记的才真难得呢（李格非《书战国策后》）。这部书除文辞之胜外，所记的事，上接春秋时代，下至楚、汉兴起为止，共二百零二年（前403—前202），也是一部重要的古史。所谓战国时代，便指这里的二百零二年；而战国的名称也是刘向在这部书的序里定出的。

／第二章／

游国恩、萧涤非

讲汉代古文

贾谊和汉初散文

/ 游 国 恩 /

贾谊（前200—前168），洛阳人，西汉初期一个杰出的政治家和文学家。"年十八，以能诵诗书属文称于郡中"；二十余，为博士，提出改革制度的主张，表现了卓越的政治才能，得到文帝的赏识。但却因此受到守旧派的诋毁，被贬为长沙王太傅。在贬谪中，他仍不忘国事。后为梁怀王太傅，死时年仅三十三岁。所著文章五十八篇，刘向编为《新书》。《新书》在流传过程中，多有散佚，因而残缺不全，个别篇章也可能经过割裂窜改，但绝非伪书。

贾谊在《新书》中总结了秦代灭亡的原因，汲取了秦末农民起义的教训，发展了先秦的民本思想。他说："自古及今，凡与民为敌者，或迟或速，而民必胜之。"（《大政》上）为了解决人民生计问题，他提倡"农本"，反对富人奢侈浪费。面对迅速巩固政权、完善封建制度的历史任务，贾谊又提出了一系列的主张。如要求削弱诸侯和限制豪强商贾的非法活动，以加强中央集权、维护国家的统一和社会的安定，主张更完善地建立以等级制为中心的封建礼制，以巩固封建统治。这些主张适应汉初统一形势的需要，在当时有一定的进步作用。

贾谊的散文大致可分为三类。一是专题性的政论文，如《过秦》《大政》等篇。《过秦》分上、中、下三篇，是贾谊最著名的作品，其中心思想是总结秦代兴亡的历史原因。上篇主要叙述秦国力量的强大，是全文的关键。它用渲染、比衬手法显示秦国的声威。如写六国人才众多，"以什倍之地、百万之众，仰（《史记》作'叩'）关而攻秦"，结果却为秦人"追亡逐北，伏尸百万，流血漂橹"。但就是这个"席卷天下""威震四海"的王朝，却在"率散乱之众数百"的陈涉"奋臂大呼"下土崩瓦解。经过这一比衬，文章有力地突出了秦代迅速灭亡的根本原因。这就是：农民起义的威力，足以给封建地主阶级以致命的打击，统治者如果不向农民做些让步，即一点"不施仁义"，那只有失尽民心、走上灭亡的道路。所以作者在中篇中从各方面来阐明民心的作用，读完中篇，人们自然地得出这样的结论：只要民心一失，无论如何强大也不免覆灭的命运。这样，上文对强秦的夸张又起了加强文章中心思想的作用。《过秦》篇在文字上颇重修饰，又善于铺张渲染，有战国纵横家的遗风。

二是针对各种具体问题而发的疏牍文，所谓《陈政事疏》（见《汉书》卷四十八。这是班固采摘《新书》五十八篇中"切于世事者"拼凑而成，文字与今本《新书》前五卷若干篇章大致相同）及《新书》前四卷"事势"类就是这种文章。它的一个特色是观察敏锐，能透过太平景象，觉察到社会潜伏的矛盾和危机。例如《数宁》篇说："曰天下安且治者，非至愚无知，固谀者耳……夫抱火措之积薪之下，而寝其上，火未及然，因谓之安，偷安者也。方今之势，何以异此？"作者还敢于大胆揭露这些矛盾和危机，加强其笔锋犀利、言辞激切、感情强烈的特色。

例如《时变》篇：

> 胡以孝弟循顺为？善书而为吏耳。胡以行义礼节为？家富而出官耳。骄耻偏而为祭尊，黥劓者攘臂而为政。行惟狗彘也，苟家富财足，隐机盱视而为天子耳！唯告罪昆弟，欺突伯父，逆于父母乎？然钱财多也，衣服循也，车马严也，走犬良也。矫诬而家美，盗贼而财多，何伤？

对于富人豪强的横行霸道，作者就是这样无情地揭露，猛烈地抨击的。

三是利用各种历史材料和故事来说理的文章，《新书》后六卷的"连语""杂事"大都属于这一类。其语言浅显，叙述也较生动。贾谊的散文都有善用比喻的特点，语言富于形象性。他的文章风格对唐宋的政论文是颇有影响的。

贾谊又是汉初著名的辞赋家。赋本是诵的意思，《汉书·艺文志》说："不歌而诵谓之赋。"荀卿《赋篇》第一次以"赋"名篇，汉人沿袭其义，凡辞赋都称为"赋"。汉初骚体的楚辞逐渐变化，新的赋体正在孕育形成，故贾谊的赋兼有屈原、荀卿二家体制。他的《吊屈原赋》为谪往长沙途经湘水时所作，借凭吊古人来抒发自己的感慨。例如说：

> 彼寻常之污渎兮，岂容吞舟之鱼？横江湖之鳣鲸兮，固将

制于蝼蚁。

在那个时代，作者确实是一个深谋远虑、高瞻远瞩的杰出人物，但却遭到保守官僚的排挤，政治抱负未得施展。作者以其抑郁不平之气倾注在《吊屈原赋》中，虽痛逝者，实以自悼。他的《鹏鸟赋》为谪居长沙时所作。赋中据老庄"万物变化"之理，说明祸福荣辱皆不足介意。这是作者谪居时哀伤情绪的自我排遣。汉初黄老思想流行，赋中充满了"纵躯委命"的消极思想。这是作者处在逆境中的心情的反映。还有《惜誓》一篇，被收在《楚辞》中，或以为贾谊所作，但王逸已经"疑不能明"。贾谊的赋在形式上趋向散体化，同时又大量使用四字句，句法比较整齐。这是新赋体的特点，显示了从楚辞向新体赋过渡的痕迹。

汉初除贾谊外还有不少散文家，他们的文章大都或论秦之得失，以为统治者的借鉴；或针对时弊，提出自己的主张。文章的语言多受辞赋影响，有很多排偶句，风格颇有战国说辞的遗风。这一方面固然是前代传统的影响，另一方面也是当时游士说客仍然存在于诸侯王国的缘故。后来，随着诸侯势力的削弱和儒学独尊局面的形成，这种文章风格也逐渐消失。在这些散文家中，以晁错和邹阳成就为较高。

晁错（？—前154），文景时人，官至御史大夫。著有《贤良文学对策》《言兵事疏》《守边劝农疏》《论贵粟疏》等。其中以《守边劝农疏》《论贵粟疏》（此二疏原为一文。《汉书·晁错传》于《守边劝农疏》前云：错复言守边备塞，劝农力本当世急务二事曰……"然此疏实只言守边备塞一事。另有《论贵粟疏》载于《汉书·食货志》，正言劝农力本事，故知二疏原为一篇）最为著名。此二疏主张募民备塞，防御匈奴的入侵。他又敏锐地注意到农民流亡的社会现象，指出人民流亡的原因是由于生活的贫困；而人民的贫困主要是由于官府的"急政暴赋"和商人的兼并所造成；所以主张务农贵粟，提出募粟入官、得以拜爵除罪的政策。晁错的文章善于从历史事实、当前情况、各种利弊得失等方面做具体分析，立论精辟而切于实际，其不足之处是略乏文采。

邹阳，文景时人，曾为吴王、梁孝王门客，著有《上吴王书》《狱中上梁王书》等。而后者是作者在狱中的自我表白。《汉书·邹阳传》说他为人有智略，而这篇文章恰好体现了"有智略"的特色。因梁王听信谗言，心有余怒，直说则不利，所以用大量篇幅说明知人与不知人之别。指出知人必须不"惑于众口"，不"移于浮辞"，这就动摇了梁王对谗言的信赖。作者善于把握这一关键，一切问题便迎刃而解。本文博引史实，排比铺张，有战国游说家气味[1]。《汉书·艺文志》有邹阳七篇，列入纵横家，不是没有原因的。

---

[1] 意为有战国时期游说家的特点。——编者注

伟大的历史家、散文家司马迁
（节选）

/ 游 国 恩 /

司马迁的生平和著作

司马迁（前145—前87?），字子长，左冯翊夏阳（今陕西韩城）人。父司马谈有广博的学问修养，曾"学天官于唐都，受易于杨何，习道论于黄子"，又曾为文"论六家之要旨"，批评了儒、墨、名、法和阴阳五家，而完全肯定地赞扬了道家，这说明他是深受当时流行的黄老思想的影响的。司马谈在这篇论文中所表现的明晰的思想和批判精神，无疑给司马迁后来为先秦诸子作传以良好的启示，而且对司马迁的思想、人格和治学态度也必然有影响。汉武帝即位后，司马谈做了太史令，为了供职的方便，他移家长安。在此以前，司马迁"耕牧河山之阳"，即帮助家人做些农业劳动，同时大概已学习了当时通行的文字——隶书。随父到长安后，他又学习了"古文"（如《说文》

的"籀文"和"古文"等），并向当时的经学大师董仲舒学习公羊派《春秋》，向孔安国学习古文《尚书》。这些对年轻的司马迁都有很深的影响。

司马迁在二十岁那一年开始了漫游生活。这就是他在《史记·太史公自序》中所说的："二十而南游江淮，上会稽，探禹穴，窥九嶷，浮于沅湘。北涉汶泗，讲业齐鲁之都，观孔子之遗风，乡射邹峄，厄困鄱薛彭城，过梁楚以归。"归后"仕为郎中"，又"奉使西征巴蜀以南，南略邛、笮、昆明"。以后又因侍从武帝巡狩、封禅，游历了更多的地方。这些实践活动丰富了司马迁的历史知识和生活经验，扩大了司马迁的胸襟和眼界，更重要的是使他接触到广大人民的经济生活，体会到人民的思想感情和愿望，这对他后来著作《史记》有极其重要的意义。

元封元年（公元前110年），汉武帝东巡，封禅泰山。封建统治阶级认为这是千载难逢的盛典，司马谈因病留在洛阳，未能参加，又急又气，生命危在旦夕。这时司马迁适从西南回来，他就把自己著述历史的理想和愿望遗留给司马迁，司马迁流涕说："小子不敏，请悉论先人所次旧闻，弗敢阙！"三年后，司马迁继任为太史令，他以极大的热情来对待自己的职务，"绝宾客之知，亡室家之业，日夜思竭其不肖之才力，一心营职以求亲媚于主上"，并开始在"金匮石室"即国家藏书处阅读、整理历史资料。这样经过了四五年的准备，在太初元年（公元前104年），他主持了改秦汉以来的颛顼历为夏历的工作后，就开始了继承《春秋》的著作事业，即正式写作《史记》，实践他父亲论载天下之文的遗志。这年司马迁是四十二岁。

正当司马迁专心著述的时候，巨大的灾难降临在他的头上。天汉二年（公元前99年）李陵抗击匈奴，兵败投降，朝廷震惊。司马迁认为李陵投降出于一时无奈，必将寻找机会报答汉朝。正好武帝问他对此事的看法，他就把他的想法向武帝说了。武帝因而大怒，以为这是替李陵游说，并借以打击贰师将军李广利。司马迁就这样得了罪，并在天汉三年下"蚕室"，受"腐刑"。这是对他极大的摧残和耻辱。他想到了死，但又想到著述还没有完成，不应轻于一死。他终于从"西伯拘而演《周易》，仲尼厄而作《春秋》，屈原放逐乃赋《离骚》，左丘失明厥有《国语》"等先圣先贤的遭遇中看到自己的出路，于是"就极刑而无愠色"，决心"隐忍苟活"以完成自己著作的宏愿。出狱后，司马迁升为中书令，名义虽比太史令为高，但只是"扫除之隶""闺阁之臣"，与宦者无异，因而更容易唤起他被损害、被污辱的记忆，他"每念斯耻，汗未尝不发背沾衣"。但他的著作事业却从这里得到了更大的力量，并在《史记》若干篇幅中流露了对自己不幸遭遇的愤怒和不平。到了太始四年（公元前93年），司马迁在给他的朋友任安的信中说："近自托于无能之辞，网罗天下放失旧闻，考之行事，稽其成败兴坏之理，凡百三十篇。"可见《史记》一书这时已基本完成了。从此以后，他的事迹就不可考，大概卒于武帝末年。他的一生大约与武帝相始终。

司马迁接受了儒家的思想，自觉地继承孔子的事业，把自己的著作看成是第二部《春秋》。但他并不承认儒家的独尊地位，他还同时接受了各家特别是道家的影响。他的思想中有唯物主义因素和批判精神，特别由于自身的遭遇，更增加了他的反抗性。班彪、班固父子指责司马迁"是非颇谬于圣人：论大道则先黄老而后六经，序游侠则退处士而进奸雄，述货殖则崇势力而羞贫贱"，这正说明了司马迁的思想比他的许多同时代人站得更高，而为一些封建正统文人所无法理解。我们今天正是从这些封建正统文人的指责中，看到了司马迁进步思想的重要方面。

《史记》是我国历史学上一个划时代的标志，是一部"究天人之际，通古今之变，成一家之言"的伟大著作，是司马迁对我国民族文化特别是历史学方面的极其宝贵的贡献。全书包括本纪、表、书、世家和列传，共一百三十篇，五十二万六千五百字。"本纪"除《秦本纪》外，叙述历代最高统治者帝王的政迹；"表"是各个历史时期的简单大事记，是全书叙事的联络和补充；"书"是个别事件的始末文献，它们分别叙述天文、历法、水利、经济、文化、艺术等方面的发展和现状，与后世的专门科学史相近；"世家"主要叙述贵族侯王的历史；"列传"主要是各种不同类型、不同阶层人物的传记，少数列传则是叙述国外和国内少数民族君长统治的历史。《史记》就是通过这样五种不同的体例和它们之间的相互配合和补充而构成了完整的体系。它的记事，上自黄帝，下至武帝太初（前104—前101）年间，全面地叙述了我国上古至汉初三千年来的政治、经济、文化多方面的历史发展，是我国古代历史的伟大总结。

司马迁的著作，除《史记》外，《汉书·艺文志》还著录赋八篇，今仅存《悲士不遇赋》一篇和有名的《报任安书》。《报任安书》表白了他为了完成自己的著述而决心忍辱含垢的痛苦心情，是研究司马迁生平思想的重要资料，也是一篇饱含感情的杰出散文。《悲士不遇赋》也是晚年的作品，抒发了作者受腐刑后和不甘于"没世无闻"的愤激情绪。

《史记》人物传记的文学价值

《史记》开创了我国纪传体的史学，同时也开创了我国的传记文学。在"本纪""世家"和"列传"中所写的一系列历史人物，不仅表现了作者对历史的高度概括力和卓越的见识，而且通过那些人物的活动，生动地展开了广阔的社会生活画面，表现了作者对历史和现实的批判精神，表现了作者同情广大的被压迫、被剥削的人民，为那些被污辱、被损害的人鸣不平的战斗热情。因此，两千多年来，《史记》不仅是历史家学习的典范，而且也成为文学家学习的典范。

《史记》是一部具有强烈的人民性和战斗性的传记文学名著，这首先表现在对封建统治阶级——特别是汉王朝统治集团和最高统治者丑恶面貌的揭露和讽刺。司马迁写汉高祖刘邦固然没有抹杀他统一楚汉纷争、建立伟大国家的作用，但也没有放过对他虚伪、狡诈和无赖品质的揭露。为了避免被祸害，司马迁在《高祖本纪》中不能不写那些荒诞的传说，把他写成是"受命而帝"的神圣人物。但在《项羽本纪》中却通过与项羽的鲜明对比，写出了他的怯懦、卑琐和无能。在垓下之战以前，刘邦几乎无不处于挨打受辱的地位，而下面两个片段更真实地描写了他的流氓无赖、残酷无情的嘴脸。

……汉王乃得与数十骑遁去……道逢得孝惠、鲁元，乃载行。楚骑追汉王，汉王急，推堕孝惠、鲁元车下。滕公常下收载之，如是者三，曰："虽急，不可以驱，奈何弃之！"于是遂得脱……

> 当此时，彭越数反梁地，绝楚粮食，项王患之。为高俎，置太公其上，告汉王曰："今不急下，吾烹太公。"汉王曰："吾与项羽俱北面受命怀王，曰'约为兄弟'，吾翁即若翁，必欲烹而翁，则幸分我一杯羹。"

其他如在《留侯世家》中写刘邦贪财好色，《萧相国世家》中写刘邦猜忌功臣，而《淮阴侯列传》中则借韩信的口，谴责了刘邦诛杀功臣的罪行，道出了"狡兔死，走狗烹；高鸟尽，良弓藏；敌国破，谋臣亡"这一封建社会君臣能共患难而不能共安乐的真理。作者正是通过这些描写揭露了刘邦真实的精神面貌，从而勾消了在本纪中所作的一些神圣颂扬。对于"今上"汉武帝的暴力统治，作者也流露了悲愤和厌恶的情绪。《循吏列传》中写孙叔敖、郑子产等五人，没有一个汉代人。而《酷吏列传》却全写汉代人，其中除景帝时的郅都外，其余九人都是汉武帝时暴力统治的执行者。张汤"为人多诈，舞智以御人"，但最为武帝所信任。他治狱时，善于巧立名目，完全看汉武帝眼色行事。杜周也是同样角色，当别人质问他："君为天子决平，不循三尺法，专以人主意指为狱。狱者固如是乎？"杜周却回答说："三尺安出哉？前主所是著为律，后主所是疏为令，当时为是，何古之法乎？"这里司马迁彻底揭露了封建社会中所谓法律的虚伪性，指出它不过是统治者任意杀人的工具。《酷吏列传》中还揭露了统治者屠杀人民的罪行。义纵任定襄太守时，一日竟"杀四百余人，其后郡中不寒而栗"。王温舒任河内太守时，捕郡中"豪猾"，连坐千余家；二三日内，大举屠杀，"至流血十余里"。汉朝惯例，春天不杀人，王温舒顿足说："嗟乎，令冬月益展一月，足吾事矣！"对此，司马迁愤怒地说："其好杀伐行威，不爱人如此！"这是人民的正义呼声。酷吏虽也打击豪强，但主要是镇压人民。作者在写这群酷吏时，每每指出"上以为能"，用意显然在于表示对汉武帝的讽刺和愤慨。《史记》中还描写了统治阶级内部复杂尖锐的矛盾。最著名的如《魏其武安侯列传》写窦婴与田蚡两代外戚之间的明争暗斗，互相倾轧，以及他们同归于尽的下场。这样，作者就进一步揭露了统治阶级残酷暴虐的本质，表达了对现实的深刻批判。

司马迁不仅大胆地揭露了封建统治集团的罪恶，而且也热情地描写了广大被压迫人民的起义反抗。在《酷吏列传》中作者叙述广大人民的反抗形势说："自温舒等以恶为治，而郡守、都尉、诸侯二千石欲为治者，其治大抵尽放温舒。而吏民益轻犯法，盗贼滋起。南阳有梅免、白政，楚有殷中、杜少，齐有徐勃，燕赵之间有坚卢、范生之属。大群至数千人，擅自号，攻城邑，取库兵，释死罪，缚辱郡太守、都尉，杀二千石，为檄告县趣具食。小群盗以百数，掠卤乡里者，不可胜数也。"这些反抗虽为统治者所镇压，但并没有被消灭，不久又"复聚党阻山川者，往往而群居，无可奈何"。从这些叙述中我们可以看出，司马迁是同情人民的起义反抗的，他承认了"官逼民反"的合理性。基于这种认识，司马迁热情歌颂了秦末农民的起义。他在《陈涉世家》里，详细地叙述了陈涉发动起义的经过和振臂一呼群雄响应的革命形势，指出了农民起义的正义性，分析了他们失败的基本原因，并肯定了他们推动历史前进的不朽功绩。认为"桀纣失其道而汤武作；周失其道而《春秋》作；秦失其政而陈涉发迹。诸侯作难，风起云蒸，卒亡秦族。天下之端，自涉发难"。他更以极其饱满的情绪写《项羽本纪》，项羽的勇猛直前摧毁暴力统治的英雄形象给予读者极深的印象。作者虽批评项羽"自矜功伐，奋其私智而不师古""欲以力征经营天下"，指出了他必然失败的原因，但仍把他看成秦汉之际的中心人物，寄予深刻的同情，说他"乘势起陇亩之中，三年，遂将五诸侯灭秦，分裂天下，而封王侯，政由羽出，号为霸王。位虽不终，近古以来，未尝有也"！司马迁这样热烈地歌颂人民对暴力统治的反抗，以及把陈涉和项羽分别安排在"世家"和"本纪"的做法，都充分显露了他卓越的思想见解和救世济民的热情。这是以后的封建正统史家所不可能达到的思想高度。

《史记》的人民性、战斗性，还表现在记载那些为正史官书所不肯收的下层人物，并能从被压迫、被剥削人民的观点出发，分别给他们以一定的评价。《游侠列传》写朱家"振人不赡，先从贫贱始"；写郭解"振人之命，不矜其功"。在对游侠的"言必信""行必果""已诺必诚，不爱其躯"的高尚品格的热烈歌颂中，表达了封建社会人民要求摆脱被侮辱、被损害处境的善良愿望。《刺客列传》写荆轲的勇敢无畏、视死如归的英雄行为是那么绘声绘色，激荡人心。在我们今天看来，刺客的个人暴力行动不可能真正解决政治上任何实质问题，但在漫长的封建黑暗统治之下，刺客们自我牺牲、反抗强暴的侠义精神，却是可歌可泣，在一定程度上打击了封建暴力统治的气焰，恰如夜空一颗皎洁的明星，给人们以鼓舞和希望。作者热情地说："此其义或成或不成，然其立意较然，不欺其志，名垂后世，岂妄也哉！"

《史记》中还写了一系列的爱国英雄。《廉颇蔺相如列传》通过完璧归赵、渑池之会、将相交欢等历史情节的叙述，突出了蔺相如勇敢机智的英雄性格和"先国家之急而后私仇"的高贵品质。在《魏公子列传》中，作者亲切地用了一百四十七个"公子"，叙述信陵君"仁而下士"的故事，不仅因为这位公子真能放下贵族的架子，"自迎夷门侯生""从博徒卖浆者游"，而且更重要的，是因为他这样做的结果，终于得到游士、门客的帮助，抵抗了秦国的侵略，救赵存魏，振奋诸侯。《李将军列传》也是作者用力写作的一篇。"君不见，沙场征战苦，至今犹忆李将军""但使龙城飞将在，不教胡马渡阴山"。汉代名将李广，千百年来，一直为人们所景慕。他的保卫祖国边疆的功绩，超凡绝伦的勇敢，以及敌人闻之丧胆的声威，是通过太史公的笔深深地铭刻在人们心上的。但李广的一生却是在贵戚的排挤压抑中度过的，作者对他"引刀自到"的悲惨结局，寄予深厚的同情，同时也流露了自己不幸遭遇的感慨，从而对封建统治阶级的压抑人才进行了有力地揭露和抨击。作者不仅写出了李广保卫祖国、奋身疆场的功绩，而且也写出了他的体恤士兵、热爱人民的品质：

> 广廉，得赏赐辄分其麾下，饮食与士共之。终广之身，为二千石四十余年，家无余财，终不言家产事。……广之将兵，乏绝之处，见水，士卒不尽饮，广不近水；士卒不尽食，广不尝食。宽缓不苛，士以此爱乐为用。

正因为如此，当李广被迫自杀后，"广军士大夫一军皆哭。百姓闻之，知与不知，无老壮皆为垂涕"。作者通过这些描写，不仅说明将帅应该爱护士卒，而且告诉他们，只有上下一心，同甘共苦，才能战胜敌人，保卫祖国。

　　总之，作为传记文学的《史记》的思想内容是丰富深刻的：它一方面揭露了统治者及其爪牙的无比丑恶，画出他们的真实的脸谱；另一方面表达了人民的思想感情和愿望，歌颂人民及其领袖的起义反抗，以及可歌可泣的爱国英雄和救人困急的侠义之士，表现了我们伟大民族的革命传统和优良品质，这对今天都还有积极意义。

　　《史记》的思想意义是和作者精心的构思、高度的写作技巧密不可分的。作为一种历史著作，《史记》是忠实于历史事实的记载的，所以刘向、扬雄、班氏父子等都称之为"实录"。但作者却在"实录"的基础上，塑造了鲜明的人物形象，表现了人物思想性格的重要特征，具有极强的艺术感染力量，这是《史记》传记的主要特点，也是作者匠心独运的所在。

　　司马迁是怎样在坚持历史真实的原则下写人物的呢？我们且看他在《留侯世家》中的一句话："〔留侯〕所与上从容言天下事甚众，非天下所以存亡，故不著。"这说明作者并不是有事必录，而是有所选择的。张良平日与高祖谈论的天下事很多，但只写那些和天下存亡有重大关系的事件，从而表现其性格特征。写其他人物当然也不例外，即只写重要的，能够表现人物特征的东西。在《留侯世家》中还有这样的话："语在项羽事中""语在淮阴事中"；其他各篇也常常有这样的话。这就是前人指出过的"互见法"。司马迁使用这种方法情况很复杂，有的注明，有的并没有注明，它不只是消极地避免叙述的重复，而且是积极地运用资料，为突出人物的特征服务。例如《项羽本纪》集中了许多重要事件突出他的喑噁叱咤、气盖一世的性格特征。作者对他的行为在传赞中虽有所贬责，但热情的歌颂、深切的同情却是主要的。这样，就体现了项羽这个历史人物的形象的完整性。作者在本纪中没有过多地去批评项羽个人的缺点和军事上、政治上的错误，而把它放在《淮阴侯列传》，借韩信的口中道出，这样既不至损害项羽英雄形象的塑造，而又显出韩信的非凡的才能和过人的见识。就这样，司马迁通过对历史材料的选择、剪裁和集中，不仅使许多人物传记正确地反映了他们在历史上的活动和作用，而且突出了他们的思想和性格，表达了作者的爱憎。

《史记》中人物形象的丰富饱满、生动鲜明，不仅得力于司马迁对材料的取舍和安排，而且也得力于他运用了多种方法去表现人物的思想性格和特征。作者在写作人物传记时，尽力避免一般地梗概地叙述，而是抓住主要事件，具体细致地描写人物的活动，使人物性格突出。救赵存魏是信陵君一生的重大事件，但《魏公子列传》中却没有过多地写他在这一事件中政治的、军事的种种活动，而把描写的重心放在他如何和夷门监者侯嬴、屠者朱亥的交往以及"从博徒卖浆者游"的故事上，通过这些故事的具体描写，突出了他的仁而下士、勇于改过、守信重义、急人之难的性格。特别值得提出的是信陵君自迎侯生的一段：

> 公子于是乃置酒大会宾客。坐定，公子从车骑，虚左，自迎夷门侯生。侯生摄敝衣冠，直上载公子上坐，不让，欲以观公子。公子执辔愈恭。侯生又谓公子曰："臣有客在市屠中，愿枉车骑过之。"公子引车入市，侯生下见其客朱亥，俾倪故久立，与其客语，微察公子。公子颜色愈和。当是时，魏

将相宗室宾客满堂，待公子举酒。市人皆观公子执辔，从骑皆窃骂侯生。侯生视公子色终不变，乃谢客就车。至家，公子引侯生坐上坐，遍赞宾客，宾客皆惊。酒酣，公子起，为寿侯生前……

作者通过不同的角度去写信陵君，他写侯生毫不谦让直上公子上座，写侯生故意久立市中以微察公子，写市人皆观公子执辔，写公子从骑者窃骂侯生，写宾客们的惊讶。通过这些不同人物的不同反应，愈来愈突出信陵君始终如一的谦虚下士的态度，使我们有身临其境的感觉。司马迁还善于通过琐事来显示人物性格的特征，如《酷吏列传》写张汤儿时的一个故事：

其父为长安丞。出，汤为儿，守舍。还，而鼠盗肉。其父怒，笞汤。汤掘窟，得盗鼠及余肉，劾鼠掠治，传爰书、讯鞫论报。并取鼠与肉，具狱磔堂下。其父见之，视其文辞如老狱吏，大惊。遂使书狱。

这虽然是儿时游戏，却异常生动地突出了张汤的残酷的性格。再如《万石张叔列传》中的一段：

〔石〕建为郎中令，书奏事，事下，建读之曰："误书！'马'字与尾当五，今乃四，不足一。上谴死矣！"甚惶恐。其为谨慎，虽他皆如是。万石君少子庆为太仆。御出，上问车中几马？庆以策数马毕，举手曰："六马。"庆于诸子中最为简易矣，然犹如此。

作者通过这些细节，写出了石家一门的拘谨性格和伴君如伴虎的心情。其他如《留侯世家》写张良为圯上老人进履；《淮阴侯列传》写韩信忍辱胯下；《李斯列传》写李斯少时见厕鼠和仓鼠而发感叹等，都是以琐事刻画人物性格的例子。这些是司马迁表现人物所用的故事化的方法。这种方法避免了平板的叙述，使人物形象具有动人的艺术力量。

为了表现人物，司马迁还通过许多紧张斗争的场面，把人物推到矛盾冲突的尖端，让人物在紧张的斗争中，表现他们各自的优点和弱点，表现他们的性格特征。《项羽本纪》鸿门宴一节是很有代表性的。鸿门宴前，楚汉两军几至火并，而楚强汉弱。刘邦、项羽此时相会斗争是相当激烈的。作者就通过这场面对面的斗争来表现人物性格。刘邦的懦怯而有机智，项羽的坦率而少谋略，以及其他人物，如范增、张良、樊哙、项伯等的性格，都由于在这场斗争中的不同态度而有很好的表现。再如《魏其武安侯列传》中灌夫使酒骂座和东朝廷辩论两个场面也写得十分好。前者写在宴会上人们对田蚡、窦婴、灌夫的不同态度，不仅写尽了贵族社会的炎凉世态，而且也很好地表现了这些人物的不同性格：田蚡得势后的矜持傲慢，窦婴失势后结欢当权者的用心和强争面子的窘态，特别是灌夫始则不悦，继则怒而指桑骂槐，终于演成与田蚡的直接冲突，充分地表现了他"为人刚直""不好面谀"的性格。后者写大臣们在武帝面前辩论灌夫的曲直，彼此吞吞吐吐，不敢明断是非，武帝大怒，退入后宫，十足表现了饱经世故的官僚们的虚伪和圆滑。故事化的手法和紧张场面的运用，使《史记》的人物传记饶有波澜，人物形象各具特征，如见其人，如闻其声，因而成为历史与文学互相结合的典范著作。

《史记》在语言运用上也有极大的创造。从文学角度看，其最大的特色就是善于用符合人物身份的口语来表现人物的神情态度和性格特点。刘邦和项羽都曾见过秦始皇，从他们所表示的感慨中可以看出他们性格的不同。项羽说："彼可取而代也！"语气极为坦率，可以想见他强悍爽直的性格。刘邦却说："嗟乎！大丈夫当如此也！"说得委婉曲折，又正好表现他贪婪多欲的性格。《陈涉世家》中写陈涉称王后，陈涉旧时伙伴见他所居宫殿说："夥颐！涉之为王沉沉者。""夥颐"是陈涉故乡的土语，是多的意思，这里用以形容陈涉宫殿陈设的丰富；"沉沉"是形容宫殿广大深邃，又带有惊异的语气，它生动地表现了农民的质朴性格。在《张丞相列传》中，作者还写出了周昌的口吃和他又急又怒的神情。《史记》还有一些对话则更深刻地表现了人物的不同性格和当时的精神状态。《平原君列传》中毛遂自荐一节，表现了平原君和毛遂不同的身份和性格，特别是毛遂犀利明快的对答和"请处囊中"的自白，真是"英姿雄风，千载而下，尚可想见，使人畏而仰之"（洪迈《容斋五笔》卷五）。《史记》在叙事和记言中还常常引用民谣、谚语和俗语。由于它们产生、流传于民间，概括了广大的社会生活，是一种精粹的富于战斗性和表现力的语言，因此，使《史记》的语言更加丰富生动，并且有力地表达了作者对历史事件和人物的批判。如《淮南衡山列传》引民歌、《魏其武安侯列传》引颍川儿歌，对统治阶级进行了讽刺和斥责；《李将军列传》引谚曰"桃李不言，下自成蹊"，来说明好人不用自我宣传，自然会获得别人的尊敬。此外如"千金之子，不死于市""天下熙熙，皆为利来；天下攘攘，皆为利往"（以上《货殖列传》）；"以权利合者，权利尽而交疏"（《郑世家》）；"利令智昏"（《平原君列传》）

等，都是对旧社会、旧风习的深刻揭露，有助于读者对历史、人物的理解。最后应该指出，《史记》的语言，在现在看来全部都是所谓文言而不是白话，但它是在当时口语的基础上提炼加工的书面语，与当时语言是相当接近的。而且为了使那些古奥难懂的古籍能为一般人所理解，司马迁在引用古书时，往往把已经僵化或含义不明的词句改成一般易懂的语言。正因为如此，《史记》直到今天，我们读起来基本上是明白晓畅的。

班固的汉书

（节选）

/ 游 国 恩 /

　　司马迁开创了纪传体的历史学，同时也开创了传记文学。由于《史记》的杰出成就以及它的历史记载截止到汉武帝时代，后来就有不少文人学者如刘向、刘歆、扬雄、史岑等皆缀集时事来续补它，但大都文辞鄙俗，不能和《史记》相比。班固的父亲班彪有鉴于此，乃采集前史遗事，傍贯异闻，著"后传"数十篇。"后传"仍是递续《史记》的，不能独立成书，但它成为班固著《汉书》的重要基础。《汉书》独立成书，是我国第一部断代史，同样对后代史学和文学发生了巨大的影响。旧时史汉、班马并称，是有它的一定理由的。

　　班固（32—92），字孟坚，扶风安陵（今陕西咸阳）人。幼年聪慧好学，"九岁能属文，诵诗书"，十六岁入洛阳太学，博览群经九流百家之言，"所学无常师，不为章句，举大义而已""性宽和容众，不以才能高人"，因此，颇为当时儒者所钦佩。二十三岁，父班彪死，还乡里三年。明帝永平元年（公元58年）开始私撰《汉书》。五年后，有人上书明帝，控告他私改国史，被捕入狱。弟班超上书解释，明帝阅读了他著作的初稿，不但没有惩罚，反而对他的才能十分赞许，召为兰台令史。过了一年，升为郎，典校秘书，并继续《汉书》的编著工作。经过二十余年努力，至章帝建初七年（公元82年）基本完成，一部分"志""表"是在他死后由妹班昭和马续续成的。章帝时，班固升为玄武司马，与诸儒讲论五经同异于白虎观，撰成《白虎通德论》。和帝永元元年，大将军窦宪出征匈奴，班固为中护军，随军出征。窦宪得罪后，牵连到班固，入狱死，时年六十一。

《汉书》在体制上全袭《史记》，只改"书"为"志"，取消"世家"，并入"列传"。有十二本纪、八表、十志、七十列传，共一百篇。它叙述自汉高祖元年至王莽地皇四年共二百二十九年的断代历史。

班固出身于仕宦家庭，受正统儒家思想影响极深，因此，他缺乏司马迁那样深刻的见识和批判精神，他站在封建统治阶级立场来评价历史事件和人物，特别由于他奉旨修书，所以《汉书》虽多半取材于《史记》，却没有《史记》那样强烈的人民性和战斗精神。但班固作为一个历史家，还是重视客观历史事实的，因此，在一些传记中也暴露了统治阶级的罪行，如《外戚列传》写了宫闱中种种秽行，特别是成帝和昭仪亲手杀死许美人的儿子一段，充分暴露了统治阶级残忍险毒的本质。在《霍光传》中揭发了外戚专横暴虐及其爪牙鱼肉人民的罪行，在一些字里行间表示了对他们的谴责。在《东方朔传》中抨击了武帝微行田猎和扩建上林苑扰害人民、破坏农业生产的行为。在

《汉书》的一些传记中也接触到了人民的疾苦，像《龚遂传》中他写了人民"困于饥寒而吏不恤"，因而铤而走险，流露了作者对人民的同情。也正是从这一点出发，他对那些能体恤人民疾苦的正直官吏，如龚遂、召信臣等都特为表扬，对酷吏则肯定其"摧折豪强，扶助贫弱"的进步一面，斥责其残酷凶暴的一面。此外，班固对司马迁的不幸遭遇、东方朔的怀才不遇，也都寄予同情，表现了他的爱憎。所有这些都是《汉书》值得肯定的地方。

作为史传文学，《汉书》有不少传记也写得十分成功。《朱买臣传》写朱买臣在失意和得意时不同的精神面貌以及人们对他的不同待遇，从那些具体的描写中，充分揭发了封建社会中世态炎凉的现象。《陈万年传》通过陈咸头触屏风的细节，写出了陈万年谄媚权贵、卑鄙无耻的丑态；《张禹传》也只通过了张禹自己的行为、生活和谈话，写出了张禹虚伪狡诈、贪财图位的丑恶形象。最著名的是《苏武传》。它表扬了苏武坚贞不屈的民族气节和高尚的品德，通过许多具体生动情节的描写，突出了苏武视死如归、不为利诱、艰苦卓绝的英雄形象，特别是李陵劝降时，表现了苏武始终如一凛然不可犯的严正态度，更给人以深刻的印象。尽管李陵动之以情义，诱之以利害，娓娓动听，但苏武却丝毫没有动摇。他的言语不多，却字字有力，表示了为国家宁愿肝脑涂地的坚决信念。因此，当苏武说出"自分已死久矣，王必欲降武，请毕今日之欢，效死于前"的话时，李陵竟不禁自惭形秽而喟然叹息地说："嗟乎！义士！陵与卫律之罪，上通于天！"两两对照，形象是异常鲜明的。最后写李陵送苏武返汉也很精彩：

于是李陵置酒贺武曰："今足下还归，扬名于匈奴，功显于汉室，虽古竹帛所载，丹青所画，何以过子卿？陵虽驽怯，令汉且贳陵罪，全其老母，使得奋大辱之积志，庶几乎曹柯之盟，此陵宿昔之所不忘也！收族陵家，为世大戮，陵尚复何顾乎？已矣！令子卿知吾心耳！异域之人，一别长绝！"陵起舞，歌曰："径万里兮度沙幕，为君将兮奋匈奴。路穷绝兮矢刃摧，士众灭兮名已隤，老母已死，虽欲报恩将安归？"陵泣下数行，因与武决。

这又是极其鲜明的对照。虽然这里只写了李陵向苏武表白自己内心悲痛的一段谈话，但其中所流露的重个人恩怨得失而轻国家民族的思想，却更加反衬出苏武留居匈奴十九年坚持民族气节的高尚品格。

《汉书》的许多"纪""传"大都采用《史记》原文，但作者在取舍之间也费了一番整理剪裁的功夫，不能完全看作抄袭。《汉书》叙事一般说来不如《史记》的生动，但简练整饬，详赡严密，有自己的特点。《汉书》中附录了大量的辞赋和散文，这是它为后来文章家爱好的一个原因，但因此也影响了它叙事的集中和人物特征的鲜明、突出。

班固又是东汉前期最著名的辞赋家，著有《两都赋》《答宾戏》《幽通赋》等。东汉建都洛阳，关中父老犹望复都长安，而班固持异议，因作《两都赋》。赋中假设西都宾向东都主人夸耀西汉都城（长安）的繁盛，官苑的富丽，东都主人则责备他"驰骋乎末流"，转而向他称说今朝的盛事。他先颂扬光武帝的建国，继述明帝修洛邑（东都），"备制度"，再称田猎、祭祀、朝会、饮宴的盛况，以显示今朝的声威，最后归于节俭，"以折西宾淫侈之论"。《两都赋》体制宏大，亦有不少警句，但他竭力模仿司马相如，仍旧是西汉大赋的继续，没有自己的独特风格。《答宾戏》仿东方朔《答客难》、扬雄《解嘲》，表现作者"笃志于儒学，以著述为业"的志趣。《幽通赋》仿《楚辞》，也是述志之作。

班固在《两都赋序》、《汉书》一些传赞和《艺文志·诗赋略》中表达了自己对辞赋的看法。他认为辞赋源于古诗，要求辞赋应有《诗》的讽谏作用。但由于东汉初期社会还比较稳定，他陶醉于"海内清平，朝廷无事"的歌颂，因此，就不可能看到汉赋的根本弱点。他不同意扬雄对辞赋的看法，他说："相如虽多虚辞滥说，然要其归，引之于节俭，此亦《诗》之风谏何异。扬雄以为靡丽之赋，劝百而讽一，犹骋郑、卫之声，曲终而奏雅，不已戏乎！"（《汉书·司马相如传赞》）这就未免夸张司马相如赋的讽谏作用。班固还从"润色鸿业"出发，把言语侍从之臣日月献纳和公卿大臣时间[1]作的辞赋都说成是"或以抒下情而通讽谕，或以宣上德而尽忠孝"，这些看法代表了封建统治阶级对文学的要求和正统儒家一般的文学观点，对东汉辞赋的泛滥文坛起了推波助澜的作用，影响后世文学亦不小。不过，我们也正从这里看到汉代辞赋为统治阶级服务的本质。

---

[1] 应为"花时间"。——编者注

两汉民间乐府

/ 萧 涤 非 /

《汉书·艺文志》云："自汉武立乐府而采歌谣，于是有赵、代之讴，秦、楚之风，皆感于哀乐，缘事而发。亦足以观风俗，知薄厚云。"此汉民间乐府所由来也。

自今论之，民间乐府之于两汉，一如《诗》《骚》之于周、楚。其文学价值之高以及对于后世影响之大，皆足以追配《诗经》《楚辞》鼎足而三。后人每标举汉赋以与唐诗、宋词、元曲，相提并论，非知言也。夫一代有一代之音乐，斯一代有一代之音乐文学，唐诗宋词元曲，皆所谓一代之音乐文学也。今举"不歌而诵"之赋与之校衡，亦为不类。善夫《通志·乐府总序》之言曰："诗者，人心之乐也。不以世之污隆而存亡，岂三代之时，人有是心，心有是乐，三代之后，人无是心，心无是乐乎？继三代之作者，乐府也！乐府之作，宛同风雅！"真卓见也。《诗薮》亦云："汉乐府采摭闾阎，非由润色，然质而不俚，浅而能深，近而能远，天下至文，靡以过之！后世言诗，断自两汉，宜也。"此岂所谓"似不从人间来"之辞赋所能比拟哉？

《乐府诗集》列《相和歌辞》一类，其中"古辞"，即为汉世民间之作。所谓"相和"者，《宋书·乐志》云："相和，汉旧曲也。丝竹更相和，执节者歌。"又云："凡乐章古词，今之存者，并汉世街陌谣讴，《江南可采莲》《乌生十五子》《白头吟》之属是也。"《古今乐录》云："凡《相和》有笙、笛、节、鼓、琴、琵琶七种。"按《汉书·礼乐志》："初，高帝过沛，作风起之诗，令沛中僮儿百二十人习而歌之。至孝惠时，以沛宫为原庙，皆令歌儿习吹以相和。"此"相和"二字之始见者。志又云："武帝定郊祀礼，作十九章之歌，以正月上辛用事甘泉圜丘，使童男女七十人俱歌，昏祠至明。"又《宋书·乐志》："《但歌》四曲，出自汉世，无弦节作伎，最先一人唱，三人和。"据此，则汉世相和歌法亦有两种：一为一人独唱，即所谓"执节者歌"，一则多人合唱也。

《相和歌辞》外，《杂曲》中亦间有民间之作，综计约三十余篇，当为汉乐府之精英，以其价值不仅在文学，且足补史传之阙文，而使吾人灼见当日社会各方之状况也。然在当时，则此种作品，地位似甚低，搢绅之士，悉狃于雅、郑之谬见，以义归廊庙者为雅，以事出闾阎者为郑，故班固著《汉书》，于《安世》《郊祀》二歌，一字靡遗，而于此种民歌，则唯录其总目，本文竟一字不载。历五百年之久，至梁沈约作《宋书·乐志》，始稍稍收入于正史。更历五百年，宋郭茂倩纂《乐府诗集》，始更有所增补。然其散佚，盖亦多矣。呜呼！孔子定诗，首列《二南》，《论语》所引，《国风》为多，而两汉经生文人，乃弃此如遗，视若无睹，三百年间，曾无专集，良可痛惜也。

汉乐"古词"，其正确之时代，本甚难断言，今姑就一已所见，依作品之风格，及有本事足征者，略别东西，作一较有系统之叙述。大抵西汉之作，朴茂直梗，东汉则趋于平妥。准斯以观，傥亦庶几乎。

西汉民间乐府

揆之事理；证以班书所录吴、楚、汝南歌诗，邯郸、河间歌诗，燕、代、雁门、云中、陇西歌诗，周谣歌诗，秦歌诗，以及淮南、南郡、雒阳、齐、郑等诸歌诗之篇目，西汉民歌，其数量当远过于东汉。唯今则适得其反。在三十余首古词中，吾人能确认其为西汉之作者，不过寥寥数首而已。

（1）《江南》：

> 江南可采莲，莲叶何田田！鱼戏莲叶间。鱼戏莲叶东，鱼戏莲叶西。鱼戏莲叶南，鱼戏莲叶北。

吴兢《乐府古题要解》："江南古词，盖美芳辰丽景，嬉游得时。"按此篇始载《宋书·乐志》，《通志·相和歌》亦首列《江南曲》，以为正声。当为传世五言乐府之最古者，殆武帝时所采吴楚歌诗。西北二字，古韵通，《楚辞·大招》："无东无西，无南无北。"是其证。

（2）《薤露》：（相和曲）

薤上露，何易晞！露晞明朝更复落，人死一去何时归？

（3）《蒿里》：

蒿里谁家地？聚敛魂魄无贤愚。鬼伯一何相催促，人命不得少踟蹰！

《古今注》曰："薤露蒿里，并丧歌也。本出田横门人，横自杀，门人伤之，为作悲歌，言人命奄忽，如薤上之露易晞灭也。亦谓人死魂魄归于蒿里。至汉武帝时，李延年乃分为二曲，《薤露》送王公贵人，《蒿里》送士大夫庶人。使挽柩者歌之，亦谓之《挽歌》。"是二歌盖作于汉初。然以其中多用七言句一事按之，必经李延年润色增损，以武帝之世，乐府始大倡七言也。要为西汉文字无疑。

薤露一名，始见《文选·宋玉对楚王问》："其为阳阿薤露，国中属而和者数百人。""蒿里"者，《汉书·武五子传》："蒿里召兮郭门阅。"师古注："蒿里，死人里。"又《武帝纪》："太初元年十二月禅高里。"注引伏俨曰："山名，在泰山下。"师古曰："此高字，自作高下之高。而死人之里，谓之蒿里，或呼为下里者也。字则为蓬蒿之蒿。或者既见泰山神灵之府，高里山又在其旁，即误以高里为蒿里，混同一事。文学之士，共有此谬，陆士衡尚不免，（按指陆《泰山吟》："梁甫亦有馆，蒿里亦有亭。"）况其余乎！今流俗书本，此高字有作蒿者，妄加增耳。"然则高里自高里，乃泰山下一山名；蒿里自蒿里，为死人里之通称，或曰下里，不容相混也。

此二曲者，至东汉已不仅为丧歌。有用之宴饮者，如《后汉书·周举传》："商（大将军梁商）大会宾客，宴于洛水，举时称疾不往，商与亲暱酣饮极欢，及酒阑倡罢，续以《薤露》之歌，座中闻者皆为掩涕。太仆张种时亦在焉，会还，以事告举，举叹曰：此所谓哀乐失时，非其所也，殃将及乎。商至秋果薨。"有用之婚嫁者，如《风俗通》云："时京师殡、婚、嘉会，皆作魁櫑，酒酣之后，续以《挽歌》。魁櫑，丧家之乐；《挽歌》，执绋相偶和之者。"按曹植有《元会》诗，而云"悲歌厉响，咀嚼清商"。所谓悲歌，当即挽歌，则知流风所及，至魏犹未泯。于此，亦可见二曲感人之深矣。

（4）《鸡鸣》：（相和曲）

> 鸡鸣高树巅，狗吠深宫中。荡子何所之？天下方太平。刑法非有贷，柔协正乱名。黄金为君门，璧玉为轩堂。上有双樽酒，作使邯郸倡。刘王碧青甍，后出郭门王。舍后有方池，池中双鸳鸯。鸳鸯七十二，罗列自成行。鸣声何啾啾，闻我殿东厢。兄弟四五人，皆为侍中郎。五日一时来，观者满路傍。黄金络马头，颎颎何煌煌。桃生露井上，李树生桃傍。虫来啮桃根，李树代桃僵。树木身相代，兄弟还相忘！

按汉作多"缘事而发"，此诗必有所刺！云天下方太平者，微词也。正言若反。夫刑法非有所假贷，况正当此乱名之时乎？故戒荡子以不可轻犯法网。乱名者，谓善恶无别，尊卑无序，即下文所叙僭越诸事。《尔雅·释诂》："协，服也。"柔协，犹柔服。《左传》："伐叛，刑也。柔服，德也。"此盖谓优柔姑息，为乱名之渐。《汉书·外戚列传》：赵昭仪"居昭阳舍，……切皆铜沓冒，黄金涂。壁带往往为黄金釭，函蓝田璧，明珠翠羽饰之。"注云："切，门限也。沓冒，其头也。涂，以黄金涂铜上也。壁带，壁之横木露出如带者也。于壁带之中，往往以金为釭，若车釭之形也。其釭中著玉璧明珠翠羽耳。"是金门玉堂唯皇家为能有之，非臣下所得僭用。刘王者，汉同姓诸侯王也。郭门王，则郭门外之异姓诸侯王也。陈沆云："汉制，非刘氏不得王。故惟宗室王家，得殿砌青鸶，而僭效之者则郭门之王氏也。郭门，其所居之地。鸳鸯七十二，伎妾之盛也。"按《汉书·武五子·昌邑哀王贺传》："贺到霸上，旦至广明东都门，（龚）遂曰：'礼，奔丧，望见国都哭，此长安东郭门也。'贺曰：'我嗌痛，不能哭。'至城门，遂复言。贺曰：'城门与郭门等耳。'"是长安当西汉时，城门外别有郭门也。陈氏以为所居之地，盖得之。凡此，皆诗所谓"乱名"之事。

朱乾《乐府正义》云："本言其僭侈，言外有尊本宗，抑外戚意，此诗人微旨。"说甚有见。按西汉外戚，势最猖獗，故《汉书·王商传赞》云："自宣、元、成、哀，外戚兴者，许、史、三王、丁、傅之家，皆重侯累将，穷贵极富，见其位矣，未见其人也。"而就中尤以三王之一，五侯家为最僭侈。《汉书·元后传》："河平（成帝）二年（公元前26年），上悉封舅谭为平阿侯，商成都侯，立红阳侯，根曲阳侯，逢时高平侯，五人同日受封，故世谓之五侯。"此事在当日，度必轰动天下，为世艳羡也。《传》又云："上幸商第，见穿城引水，意恨，内衔之，未言。后微行出，过曲阳侯第，又见园中土山渐台，似类白虎殿，于是上怒……乃使尚书责问司隶校尉、京兆尹：知成都侯商擅穿帝城，决引沣水，曲阳侯根骄奢僭上，赤墀青琐、司隶、京兆，皆阿纵不举奏正法。二人顿首省户下。……是日，诏尚书奏文帝时诛将军薄昭故事。商、立、根皆负斧质谢，上不忍诛。"此五侯之僭侈，固尝触天子之怒者。《传》又云："五侯群弟，争为奢侈，赂遗珍宝，四面而至，后庭姬妾，各数十人，僮奴以千百数。罗钟磬，舞郑女，作倡优狗马驰逐。大治第室，起土山渐台，洞门高廊阁道，连属弥望。百姓歌之曰：'五侯初起，曲阳最怒。坏决高都，连竟外杜。土山渐台西白虎。'（注：皆仿效天子之制也）其奢侈如此！"此五侯之僭侈见于民歌者。又刘向《极谏外家封事》云："今王氏一姓，乘朱轮华毂者二十三人，大将军（王凤）秉事用权，五侯骄奢僭盛，并作威福，尚书、九卿、州牧、郡守，皆出其门。历上古至秦汉，外戚僭贵，未有如王氏者也。"此五侯之僭侈，见于宗室大臣之奏疏者。与诗所咏甚切合，疑即为五侯作也。

又王凤于五侯，本属同产，凤卒后，以次当及平阿侯谭为大司马，乃凤以其不附己，因以死保从弟音以自代，致谭、音二人搆隙。其后，曲阳侯根复阴陷红阳侯立，致立被遣就国，皆兄弟相忘之事也。要之此诗必有所刺，其所表现之时代，亦为一骄奢僭侈之时代，而求之两汉，厥为五侯之事，适足以当之，则此篇固亦西汉末作品也。

（5）《乌生八九子》：

乌生八九子，端坐秦氏桂树间。唶！我秦氏家有遨游荡子，工用睢阳彊，苏合弹。左手持彊弹两丸，出入乌东西。唶！我一丸即发中乌身，乌死魂魄飞扬上天。阿母生乌子时，乃在南山岩石间。唶！我人民安知乌子处？蹊径窈窕安从通？白鹿乃在上林西苑中，射工尚复得白鹿脯。唶！我黄鹄摩天极

高飞，后宫尚复得烹煮之。鲤鱼乃在洛水深渊中，钓竿尚得鲤

鱼口。嗟！我人民生，各各有寿命，死生何须复道前后！

句格苍劲，迥异寻常。黄鹄二句，与《铙歌》"黄鹄高飞离哉翻，关

弓射鹄，令我主寿万年"情事相同。又篇中言及上林苑，上林苑当

景、武之世，多养白鹿狡兔，为游猎之地，并足为作于西京（长安）

之证。

　　此篇为寓言，极言祸福无形，主意只在末二句。《文选》李善

注："古《乌生八九子》歌曰：黄鹄摩天极高飞。"是作"嗟我"一

读。朱嘉徵云："嗟音借，叹声，一音谪。嘽、嗟，多辞句也。"陈

祚明曰："嗟字，读嗟叹之音。"李子德曰："嗟，托乌语以发之。

白鹿、鲤鱼不用嗟字，极有理。"是诸家又皆作嗟字一读也。按《史

记·滑稽列传》："郭舍人疾言骂之曰：'咄！老女子何不疾行？陛

下已壮矣！'"又《外戚世家》："武帝下车泣曰：'嚄！大姊何藏

之深也！'"又《汉书·东方朔传》，朔笑之曰："咄！口无毛，声

謷謷，尻益高。"又《后汉·光武纪》[1]："后望气者苏伯阿为王莽

使至南阳，望见舂陵郭，嗟曰：'气佳哉！郁郁葱葱然。'"注云：

"嗟，叹也。音子夜反。"则知汉人原有此种语法。作嗟字读，似于

义为长。我秦氏，我黄鹄，盖乌与黄鹄自我也。此类汉乐府中多有

之。如《豫章行》："何意万人巧，使我离根株。"则白杨自我也。

《蜨蝶行》："奈何卒逢三月养子燕，接我苜蓿间。"则蜨蝶自我

也。《战城南》："为我谓乌，且为客豪。"则死者自我也。《白鹄

---

[1]　即《后汉书·光武帝纪》。——编者注

行》："吾欲衔汝去，口噤不能开。吾欲负汝去，毛羽何摧颓。"吾，亦白鹄自吾也。所谓"我人民""我黄鹄"者，亦犹《汉书》："我儿子，安敢望汉天子！"（《匈奴传》）又"我丈夫，一取单于耳"（《李陵传》）之类。

《毛传》："善其事曰工。"彊，彊弩也。睢阳，古宋国地，汉为梁所都，梁孝王尝广睢阳城七十里，其人夙善为弓，故云。苏合，西域香也。

（6）《董逃行》：（清调曲）

吾欲上谒从高山。山头危险大难。遥望五岳端，黄金为阙班璘。但见芝草叶落纷纷。（一解）

百鸟集来如烟。山兽纷纶麟辟邪。其端鹍鸡声鸣，但见山兽援戏相拘攀。（二解）

小复前行玉堂，未心怀流还。传教出门："来！门外人何求所言？""欲从圣道求得一命延！"（三解）

教敕凡吏受言："采取神药若木端。玉兔长跪捣药虾蟆丸。奉上陛下一玉柈。服此药可得神仙。"（四解）

服尔神药莫不欢喜，陛下长生老寿。四面肃肃稽首。天神拥护左右。陛下长与天相保守！（五解）

按别有《董逃歌》，为董卓时童谣，见《后汉书·五行志》，与此无涉。吴旦生《历代诗话》引《乐府原题》，谓《董逃行》作于汉武之时，盖武帝有求仙之兴。董逃者，古仙人也。朱嘉征[1]亦谓此方士迁

---

[1] 应为"朱嘉徵"。——编者注

怪语，使王人庶几遇之，或武帝时使方士入海求三神山，为公孙卿辈所作。按《史记·封禅书》：武帝时，李少君、栾大等以方术见，少君拜文成将军，栾大拜五利将军，贵震天下。"而海上燕齐之间，莫不搤腕而自言有禁方，能神仙矣。"篇中神药若木，玉兔虾蟆，即所谓禁方、不死之药也。

五岳者，闻一多先生云："《列子·汤问》篇曰：'渤海之东，其中有五山焉，一曰岱舆，二曰员峤，三曰方壶，四曰瀛洲，五曰蓬莱，其上台观皆金玉，其上禽兽皆纯缟。五山之根，无所连著，帝乃命禺彊使臣[1]鳌十五举首而戴之，五山始崎。而龙伯之国有大人，一钓而连六鳌，合负而趋归其国，于是岱舆、员峤二山流于北极，沉于大海。'疑五岳初谓海上五山。此诗黄金为阙之语，与《列子》台观皆金玉，《史记》黄金银为阙（《封禅书》）正合。《王子乔》古辞曰，东游四海五岳山，谓大海中之五山也。"（节录）

《急就篇》："射魍辟邪。"《韵会》："辟邪，兽名。"按《汉书·西域传》："乌弋山离国有桃拔。"孟康注："桃拔一名符拔。似鹿长尾。一角者或为天鹿，两角者或为辟邪。"是此兽盖出于西域。汉人往往篆刻其形于钟旋、印钮，或带钩。虽皇后首饰亦用之（见《后汉书·舆服志》）。隋时绘于军旗。至唐则多绣于帟额，秦韬玉诗所谓"地衣镇角香狮子，帟额侵钩绣辟邪"者是也。五代以后，始无闻。前人多以"麟辟邪其端"为句，误。其端，即指上五岳端也。何求所言，倒语，犹云何所求言也。昆仑山有碧玉之堂，见《十洲

---

[1]　"臣"应为"巨"。——编者注

记》。流还，犹游旋，言行至玉堂，而求仙之意弥坚也。

李子德曰："幻想直写，朴淡参差，而音节殊遒，乐府之本也。"范大士曰："短长错综间，真鸣金石而叶宫商。"然则即以作风论，亦允为西汉作品也。

（7）《平陵东》：

> 平陵东，松柏桐，不知何人劫义公。劫义公，在高堂上。交钱百万两走马。两走马，亦诚难。顾见追吏心中恻。心中恻，血出漉。归告我家卖黄犊！

崔豹《古今注》曰："《平陵东》，汉翟义门人所作也。"《乐府古题要解》云："义，丞相方进之少子，字文仲，为东郡太守，以莽篡汉，举兵诛之，不克，见害。门人作歌以悲之也。"

按其事详《汉书·翟方进传》，兹节录如下："义为东郡太守数岁，平帝崩，王莽居摄，义心恶之。谓陈丰曰：吾幸得备宰相子，身守大郡，父子受汉厚恩，义当为国讨贼。设令时命不成，死国埋名，犹可以不惭于先帝。于是举兵，立刘信为天子，移檄郡国，郡国皆震，比至山阳，众十余万。莽大惧，乃拜孙建为奋武将军，凡七人，以击义。攻围义于圉城（在河南），破之。义与刘信，弃军庸亡，至固始（在河南）界中，捕得义。尸磔陈都市。莽尽坏义第宅污池之，发父方进及先祖冢在汝南者，烧其棺柩，夷灭三族，诛及种嗣，至皆同坑以棘五毒并葬之。莽于是自谓大得天人之助，至其年十二月，遂即真矣。"此其本末也。《王莽传》亦谓："莽既灭翟义，自谓威德日盛，获天人之助，遂谋即真之事矣。"然则义不死，莽不得篡汉也。

此篇之作，其当翟义兵败被捕之时乎？《汉书·地理志》："右扶风有平陵县。"注云："昭帝置，莽曰广利。"在今西安市咸阳县[1]西北。曰平陵东，松柏桐者，暗指莽居摄地也。《后汉书·郡国志》，长安下，注引《皇览》云："卫思后葬城东南桐松园，今千人聚是。"是知汉时长安固多植松柏梧桐也。不知何人者，不敢斥言，故云不知也。交钱百万两走马，言如其可赎，则不惜以百万巨资赎之，盖汉法可以货贿赎罪也。然义于新莽，实为大逆，罪在不赦，故曰亦诚难。顾见追吏，想象之词，言营救者法当连坐，自身且将为吏追抓，正所谓诚难也。钱既不能赎，则唯有救之以力耳，故云归告我家卖黄犊，言欲卖牛买刀，以死救之也。观末语，知此歌必出于民间。

作者作此诗时，殆尚不知义之已死，故犹存万一之望。吴兢以为门人悲义之见害，后人不察，牵强为说，皆非诗意。按《后汉书·王昌传》："王昌一名郎。更始元年（公元23年）十二月，林（景帝七代孙）等遂立郎为天子。移檄州郡曰：'王莽窃位，获罪于天。天命佑汉，故使东郡太守翟义，严乡侯刘信，拥兵征讨。普天率土，知朕隐在人间，朕仰观天文，以今月壬辰即位赵宫，盖闻为国，子之袭父，古今不易（郎诈称为成帝子子舆）。刘圣公（刘玄）未知朕，故且持帝号，已诏圣公及翟太守亟与功臣诣行在所。'郎以百姓思汉，既多言翟义不死，故诈称之，以从人望。"（节引）考翟义被害，在居摄二年（公元7年）冬，下迄更始，凡十六年。据此，则当日翟义之死，民

---

[1] 咸阳县，即今咸阳市。——编者注

间或不遍知，故历十余年后，犹多有不死之传说，因而王昌辈得以诈称之。然义之忠义，其感人之深，结人之固，亦正可见。此诗所以有"义公"之目，与心恻血出，归家卖犊诸语也。旧以为出义门人，正不必尔。呜呼，乐府"缘事而发"之言，岂欺我哉！

西汉民间乐府，约如上述七篇。其《东光》一曲，咏汉武平南越事，然张永《元嘉伎录》云："《东光》，旧但有弦无音，宋识造其声歌。"则此曲终当存疑也。

东汉民间乐府
——论东汉乐府之采诗

西汉之有民间乐府，因其事见班书，故可无疑。东汉则乐府之设立，史无明文，藉令有之，其是否仍采用民谣，一如武帝故事，尤属茫昧，此诚一先决问题也。就下举诸事实观之，则东汉初年，盖已有乐府，且仍必采诗也。

按《后汉书·祭遵传》："建武八年（公元32年）秋，复从车驾上陇。及（隗）嚣破，帝（光武）东归过汧，幸遵营，劳飨士卒，作黄门武乐，良夜乃罢。"又《光武纪》："建武十三年（公元37年）三月，益州传送公孙述瞽师、郊庙乐器、葆车舆辇，于是法物始备。"又《南匈奴传》："建武二十六年（公元50年），南单于奉奏诣阙，更乞和亲，并请音乐。"又《祭祀志》："陇蜀平后，乃增广郊祀。……凡乐奏青阳、朱明、西皓、玄冥、及云翘、育命舞。"（青阳四曲，在前《郊祀歌》内。）又崔豹《古今注》："明帝为太子，乐人作歌诗四章，以赞太子之德，其一曰《日重光》，其二曰《月重轮》，其三曰

《星重辉》，其四曰《海重润》，汉末丧乱，其二章亡。"凡此，皆光武时事也。使无乐府之设立，恐不能至此。蔡邕《礼乐志》谓汉乐四品：一曰《大予乐》，二曰《周颂雅乐》，三曰《黄门鼓吹》，四曰《短箫铙歌》。按明帝永平三年（公元60年）八月，改《大乐》曰《大予乐》。则知至明帝时，乐府且益形完备。又《安帝纪》："永初元年（公元107年）九月，诏太仆少府减黄门鼓吹以补羽林士。"《汉官仪》曰："黄门鼓吹，百四十五人。"是迄东汉中叶，且以乐府人员过剩为患矣。

至于当时乐府，仍必采诗，则亦有足取证者。两汉政治，有共同之特点者一：即民意之重视是也。易言之，即歌谣之重视是也。如《汉书·韩延寿传》：

> （延寿）徙颍川，颍川多豪强难治。延寿欲教以礼让，恐百姓不从，乃历召郡中长老为乡里所信向者，设酒具食，亲与相对，接以礼意。人人问以谣俗，民所疾苦。（节引）

师古注："谣俗，谓闾里歌谣，政教善恶也。"又《王尊传》：

> 尊居部二岁，怀来徼外，蛮夷归附其威信。博士郑宽中，使行风俗，举奏尊治状，迁为东平相。

又《谷永传》：

> 永对曰："臣愿陛下立春遣使者循行风俗，宣布圣德，存恤孤寡，问民所苦劳。"

所谓"使行风俗""循行风俗"，盖即古者"听于民谣"之意，亦即延寿所云"人人问以谣俗"是也。而《王莽传》亦云：

> 元始四年（公元4年）四月，遣大司徒司直陈崇等八人，分行

天下，览观风俗。其秋（五年秋），风俗使者八人还，言天下风俗齐同，诈为郡国造歌谣，颂功德，凡三万言。（节引）

事亦见《后汉书·谯玄传》。此虽出于风俗使者之欺下罔上，假造民意，但亦足觇当时政治重视民意之风气焉。惜此三万言之假造歌谣，今皆不存，否则对于吾人研究诗体之流变者，必有不少裨益，以其内容虽为假造，而形式则必为当代民歌之形式也。

此种重视民谣之风气，至东汉犹未稍歇，并实行以民谣为黜陟之标准。故范晔《后汉书·循吏列传》叙云："初，光武起于民间，颇达情伪。广求民瘼，观纳风谣，故能内外匪懈，百姓宽息。然建武、永平之间，吏事刻深，亟以谣言单辞，转易守长。"（节引）兹更举其事之见于本纪及列传者，节录如下。

《顺帝纪》：

汉安元年（公元142年）八月，遣侍中杜乔，光禄大夫周举，守光禄大夫郭遵、冯羡，栾巴、张纲，周栩、刘班等八人，分行州郡，班宣风化，举实臧否。

《周举传》：

时诏遣八使巡行风俗，皆选素有威名者，分行天下。其刺史二千石有臧罪显明者，驿马上之。墨绶以下，便辄收举。其有忠清惠利，为百姓所安，宜表异者，皆以状上。于是八使同时俱拜，天下号曰八俊。

《雷义传》：

顺帝时，使持节督郡国，行风俗，太守令长坐者凡七十人。

以上皆顺帝时事。《刘陶传》：

光和（灵帝）五年（公元182年），诏公卿以谣言举刺史二千石为民蠹害者。（注云：谣言，谓听百姓风谣善恶，而黜陟之也。）时太尉许馘，司空张济，承望内官，宦者子弟宾客，虽贪污秽浊，皆不敢问；而虚纠边远小郡清修有惠化者二十六人，吏人诣阙陈诉。耽（陈耽）与议郎曹操上言：公卿所举，率党其私，所谓放鸱枭而囚凤凰[1]。其言忠切，帝以让馘、济。由是诸坐谣言微者，悉拜议郎。"

《蔡邕传》：

熹平六年（公元177年）制书引咎，诏群臣各陈政要所当施行。邕上封事曰：夫司隶校尉，诸州刺史，所以督察奸枉，分别白黑者也。伏见幽州刺史杨熹等，各有奉公疾奸之心，熹等所纠，其效尤多。余皆枉桡，不能称职，公府台阁，亦复默然。五年制书，议遣八使，又令三公谣言奏事。（《汉官仪》曰：三公听采长史臧否，人所疾苦，条奏之，是为举谣言者也。）是时，奉公者欣然得志，邪枉者忧悸失色。未详斯议，所因寝息？今始闻善政，旋复变易，足令海内，测度朝政。宜追定八使，纠举非法。更选忠清，平章赏罚。（节录）

则知在光和五年前，当熹平之五年，已尝有谣言奏事之议，但未实行，故邕以为言。此皆灵帝时事也。而观《季郃传》："和帝即位，分遣使者，皆微服单行，各至州县，观采风谣。"则东汉采诗之举，并远在顺帝以前，当和帝之世矣。今乐府有《雁门太守行》，其篇首

---

[1] "凤凰"应为"鸾凤"。——编者注

云："孝和帝在时，雒阳令王君"云云，亦足资推证。

夫既遣使者以行风俗，因谣言而为黜陟，则自必存录，以为黜陟之张本，而乐工因采以入乐，此事理之当然者，前举《雁门太守行》，即其明例也。由是可知，东汉一代，亦自有其民间乐府。所异者，采诗之目的，纯为政治，不为音乐，与武帝时微有别耳。此诚两汉政治上一大特色，亦即两汉乐府高出后世之根本原因也。（按王符《潜夫论·明闇》篇："夫田常囚简公，踔齿悬湣王，二世亦既闻之矣，然犹复袭其败迹者何也？过在于不纳卿士之箴规，不受民氓之谣言，自以为贤于简、湣，聪于二臣也。"认为秦二世之灭亡，过在"不受民谣"，"自绝于民"，此亦当时重视民谣之反映。）

汉乐府之时代，本多不可考，兹所谓东汉民间乐府者，实亦难必其皆东汉作也。兹为取便观览，且以明一代社会之概况，特就其性质，析为幻想、说理、抒情、叙事四类，叙之于后。

（一）幻想之类

所谓幻想，盖指诸言游仙之作。按《后汉书·方术传》叙："汉自武帝颇好方术，天下怀协道艺之士，莫不负策抵掌，顺风而届焉。后王莽矫用符命，光武尤信谶言，自是习为内学。尚奇文，贵异数，不乏于时也。"夫上有好者，下必甚焉，此汉乐府所以多神仙迂怪之文也。

（1）《长歌行》：（相和平调曲）

　　仙人骑白鹿，发短耳何长！导我上太华，揽芝获赤幢。来到主人门，奉药一玉箱："主人服此药，身体日康强。发白复更黑，延年寿命长。"

王逸《楚辞》注："揽，采也。"《方言》："翘，幢，翳也。楚曰翘。关东关西曰幢。"起二语殊有奇趣，所谓"弥幻弥真"。

（2）《王子乔》：（相和吟叹曲）

> 王子乔，参驾白鹿云中遨。参驾白鹿云中遨。下游来，王子乔，参驾白鹿上至云戏游遨。上建逮阴广里践近高。结仙宫，过谒三台。东游四海五岳，上过蓬莱紫云台。三王五帝不足令，令我圣明应太平。养民若子事父明。当究天禄永康宁。玉女罗坐吹笛箫嗟行。圣人游八极[1]，鸣吐衔福翔殿侧。圣主享万年，悲吟皇帝延寿命。

王子乔，周灵王太子晋。好吹笙作凤鸣，游伊洛间，道人浮丘公接以上嵩高山。时人为立祠缑氏山下及嵩高之首（见刘向《列仙传》）。吴旦生谓：王乔有三人：一为王子晋，二为叶令王乔，三为柏人令王乔，皆神仙也（《历代诗话》卷二十四）。《乐府正义》："建，立也。逮阴未详其地，广里见王隐《晋书》。"按当指立祠之处。高，谓嵩高。《白虎通》："中央之岳，独加高字者何？中央居西方之中，可高，故曰嵩高。"又《搜神后记》："嵩高山北有大穴，莫测其深。"亦嵩高连文。践近高者，谓近于嵩高可履践也。究，尽也。刘熙《释名》云："嗟，佐也。言之不足以尽意，故发此声以自佐也。"盖谓玉女吹箫笛以佐行耳。圣人，指王子乔。鸣吐句，颂词。如宣帝时凤凰神雀降集京师之类。此篇，《乐府正义》以为武帝时作，王子乔盖

---

[1] 此处应为："玉女罗坐吹笛箫。嗟行圣人游八极……"——编者注

比戾太子，恐不足信。

（3）《步出夏门行》：（相和瑟调曲）

> 邪迳[1]过空庐，好人尝独居。卒得神仙道，上与天相扶。过
> 谒王父母，乃在太山隅。离天四五里，道逢赤松俱。揽辔为我
> 御，将吾天上游。天上何所有？历历种白榆。桂树夹道生，青
> 龙对伏跌。

按《后汉书·百官志》载：洛阳城十二门，有夏门。此篇题曰《步出
夏门行》，当系东汉作也。王父母，谓东王公、西王母。白榆，桂
树，青龙，双关星名。陈祚明曰："好人必有所指。廖廖空庐，独
居其中，此高士也，何以为娱。富贵不足系念，故期以神仙也。'卒
得'字妙，与《善哉行》'要道不烦'同旨。极言其易。与天相扶，
语奇！东父西母，乃在太山，荒唐可笑。天何可里计？乃言四五里，见
得极近，最荒唐语，写若最真确，故佳。"按此类，汉乐府中多有之，
尤以言神仙诸作为然。往往参互舛错，不可究诘，与诸传记不符，正不
必一一求其适合。妄言之，妄听之，斯为得之。陈氏所谓荒唐，实亦
即所谓诙谐。此种诙谐性，乃汉乐府一大特色，不独此一篇然也。

（4）《善哉行》：（相和瑟调曲）

> 来日大难，口燥唇干。今日相乐，皆当喜欢。（一解）
>
> 经历名山，芝草翻翻。仙人王乔，奉乐一丸。（二解）
>
> 自惜袖短，内手知寒。惭无灵辄，以报赵宣！（三解）
>
> 月没参横，北斗阑干。亲交在门，饥不及餐。（四解）

---

[1] 迳，今作"径"。——编者注

欢日尚少，戚日苦多。以何忘忧？弹筝酒歌。（五解）

淮南八公，要道不烦。参驾六龙，游戏云端。（六解）

游仙思想发生之原因有二：一为希图不死，如秦皇、汉武是也；一为逃避现实，如屈原《远游》所谓"悲时俗之迫阨，愿轻举而远游"是也。此篇情绪杂遝[1]，忽而求仙，忽而报恩，忽而恤贫交，自悲自解，无伦无序，然其中自有一段愤懑，盖《远游》之类。

《左传》宣公二年传："晋侯饮赵盾酒，伏甲将攻之。初，宣子（盾卒谥宣子）田于首山，舍于翳桑，见灵辄饿，问其病，曰：'不食三日矣。'食之。既而为公介，倒戟以御公徒而免之。问何故，对曰：'翳桑之饿人也。'问其名居，不告而退，遂自亡也。"《淮南子》：淮南王（刘）安养士数千人，中有高才八人为八公。大难，犹大乐、大佳之类，盖汉人语。内，同纳。阑干，横斜貌。

（二）说理之类

此类多言处世避难，安身立命之道。大抵不出儒道两家思想。其为道家思想者，多属寓言体，颇具神仙度世之点化作用。其为儒家思想者，则率含教训意味。然要皆有深切浓厚之感情为之背景，故亦不同于子书箴铭焉。

（1）《君子行》：（相和平调曲）

君子防未然，不处嫌疑间：瓜田不纳履，李下不正冠。嫂叔不亲授，长幼不并肩。劳谦得其柄，和光甚独难。周公下白

---

[1] 遝，今多作"沓"。——编者注

屋，吐哺不及餐。一沐三握发，后世称其贤。

纯为儒家思想。《周易》："劳谦君子有终吉。"又曰："谦，德之柄也。"《老子》："和其光，同其尘。"和光谓令名高位与人同之。而能如此者甚难也。二句言避嫌之道。末举周公以实之。陈祚明曰："瓜田李下句，当其创造时，岂不新警！"邱光庭云："诸经无纳履之语，按《曲礼》：俯而纳屦。正义曰：俯，低头也。纳，犹着也。低头着屦，则似取瓜，故为人所疑也。履无带，着时不必低头，故知履当屦，传写误也。"《汉书·萧望之传》："恐非周公相成王，躬吐握之礼，致白屋之意。"师古注："周公摄政，一沐三握发，一饭三吐哺，以致天下之士。白屋，谓白盖之屋，以茅覆之，贱人所居。"

（2）《长歌行》：（平调曲）

青青园中葵，朝露待日晞。阳春布德泽，万物生光辉。常恐秋节至，焜黄华叶衰。百川东到海，何日复西归？少壮不努力，老大徒伤悲！

按此篇亦见文选。感物兴怀，临流叹逝，理语亦情语也。焜黄，色衰貌。

（3）《猛虎行》：（平调曲）

饥不从猛虎食！暮不从野雀栖！"野雀安无巢？游子为谁骄？"

朱徵嘉[1]曰："猛虎行，谨于立身也。"杜诗云："纨绔不饿死，儒

---

[1] 应为"朱嘉徵"。——编者注

冠多误身。"又云："礼乐攻吾短。"盖士君子洁身自爱，见得思义，势必至此。末二语，托为野雀反唇相讥之词。犹言我野雀岂无巢哉？若尔天涯游子，则真无家矣，尚骄谁乎？骄字根上"不从"字来。要知世间，乃多此种俗物。

（4）《艳歌行》：（瑟调曲）

  南山石嵬嵬，松柏何离离。上枝拂青云，中心十数围。洛阳发中梁，松柏窃自悲。斧锯截是松，松树东西摧，持作四轮车，载至洛阳宫。观者莫不叹，问是何山材？谁能刻镂此，公输与鲁船。被之用丹漆，薰用苏合香。本自南山松，今为官殿梁！

（5）《豫章行》：（清调曲）

  白杨初生时，乃在豫章山。上叶摩青云，下根通黄泉。凉秋八九月，山客持斧斤。我□何皎皎，梯落□□□。根株已断绝，颠倒岩石间。大匠持斧绳，锯墨齐两端。一驱四五里，枝叶自相捐。□□□□□，会为丹船燔。身在洛阳宫，根在豫章山。多谢枝与叶，何时复相连？吾生百年□，自□□□俱。何意万人巧，使我离根株。

以上两篇皆表现道家思想者。即《庄子》"山木自寇"意，但更不道破，令读者自悟。夫以南山之松，得为官殿之梁，此乃儒家之所荣，亦正道家之所悲。盖道家崇尚清静，贵全天年，故以不才为大才，以无用为大用也。李子德曰："如对三代鼎彝，见其残缺寇，令人抚之有余思也。"信然。

（6）《枯鱼过河泣》：（杂曲歌辞）

  枯鱼过河泣，何时悔复及？作书与鲂鱮，相教慎出入！

此亦离言警世之作。张嘉荫[1]《古诗赏析》云："此罹祸者规友之诗。出入不谨，后悔何及？却现枯鱼身而为说法。"李子德曰："枯鱼何泣？然非枯鱼，则何知泣也？！"

按《后汉书·陈留老父传》："桓帝世党锢事起，守外黄令陈留张升，去官归乡里，道逢友人，共班草而言。升曰：吾闻赵杀鸣犊，孔子临河而返，覆巢竭渊，龙凤逝而不至。今宦竖日乱，陷害忠良，贤人君子，其去朝乎？夫德之不建，人之无援，将性命之不免，奈何？因相抱而泣。老父趋而过之曰：吁！二大夫何泣之悲也。夫龙不隐鳞，凤不藏羽。网罗高悬，去将安所？虽泣，何及乎？"诸寓言之作，其当桓、灵之日，党锢之世乎？要其为乱世之音，固无可疑者。

（三）抒情之类

《文心雕龙》云："吐纳英华，莫非情性。"凡在诗歌，本皆挚情之结晶，而此独以情标类者，亦权其轻重，为便利计耳，无所过执可也。

（1）《怨诗行》：（楚调曲）

> 天德悠且长，人命一何促。百年未几时，奄若风吹烛。嘉宾难再遇，人命不可续。齐度游四方，各系太山录。人间乐未央，忽然归东岳。当须荡中情，游心恣所欲！

旧说岱宗上有金箧玉策，能知人年寿修短。《尔雅》："泰山为东岳。"《博物志》："泰山主召人魂。"

---

[1] 应为"张荫嘉"。——编者注

（2）《西门行》：（瑟调曲）

出西门，步念之：今日不作乐，当待何时？（一解）

夫为乐，为乐当及时。何能坐愁怫郁，当复待来兹！（二解）

饮醇酒，炙肥牛。请呼心所欢，可用解愁忧。（三解）

人生不满百，常怀千岁忧。昼短苦夜长，何不秉烛游？
（四解）

自非仙人王子乔，计会寿命难与期！自非仙人王子乔，计
会寿命难与期！（五解）

人寿非金石，年命安可期？贪财爱惜费，但为后世嗤！
（六解）

此篇为晋乐所奏，汉"本辞"稍异。晋人每增加本词，写令极畅，或
汉、晋乐律不同，故不能不有所增改。步念之者，谓步步念之也，盖
重言而用一字。如《鸡鸣曲》："池中双鸳鸯。"谓双双也；《董逃
行》："其端鹍鸡声鸣。"亦谓声声也，皆其例。《吕氏春秋》："今
兹美禾，来兹美麦。"高诱注："兹，年也。"上二作，皆死生之感。

（3）《悲歌》：（杂曲歌辞）

悲歌可以当泣，远望可以当归。思念故乡，郁郁累累。欲
归家无人，欲渡河无船。心思不能言，肠中车轮转。

按《文选》李善注引《古乐府诗》曰："还望故乡郁何累。"文句
稍异。郁郁累累，谓坟墓也。汉诗用比，皆极新颖得当，如言人命短
促，则云"奄若风吹烛""奄忽若飚尘""命如凿石见火"；言时光
之一去不回，则云"百川东到海，何时复西归"；言君子之不处嫌
疑，则云"瓜田不纳履，李下不正冠"；讥兄弟之不相爱，则云"虫

来啮桃根，李树代桃僵"；此篇车轮之喻亦然。

（4）《古歌》：

> 秋风萧萧愁杀人。出亦愁，入亦愁。座中何人谁不怀忧？
> 令我白头！胡地多飚风，树木何修修。离家日趋远，衣带日趋
> 缓。心思不能言，肠中车轮转。

按此歌郭茂倩《乐府诗集》，左克明《古乐府》并不载。然其本身即
为一含有音乐性之文字，观末二句与《悲歌》悉同，亦足证其出于乐
府也。沈德潜曰："苍莽而来，飘风急雨，不可遏抑。"良然！以
上二篇皆写游子天涯之感者，古时交通不便，行路艰难，真有如所谓
"一息不相知，何况异乡别"者。初不如吾人今日之瞬息千里，迅速
安全，故古人于离别一事，乃甚多血泪之作。此则时代环境有以左右
吾人之情感者也。

在汉乐府抒情一类中，最可注意者，厥为描写夫妇情爱一类作
品。南朝清商曲，多男女相悦及女性美之刻画，汉时则绝少此种。盖
两汉实为儒家思想之一尊时期，其男女之间，多能以礼义为情感之节
文。读上《君子行》亦可见。故其所表现之女性，大率温厚贞庄，
与南朝妖冶娇羞，北朝之决绝刚劲者，歧然不同。如云"他家但愿
富贵，贱妾与君共铺糜。"如云"若生当相见，亡者会黄泉。"如云
"愿得一心人，白头不相离。""使君自有妇，罗敷自有夫"之类，
皆忠厚之至也。故即就此点以观，《孔雀东南飞》亦绝不能作于六
朝。无他，风格太不类耳！

（5）《公无渡河》：（瑟调曲）

> 公无渡河，公竟渡河。堕河而死，当奈公何！

按此曲《乐府诗集》附于《相和六引·箜篌引》下，《古乐府》及《汉魏诗乘》，又直以为《箜篌引》。按《古今乐录》云："今三调中自有《公无渡河》，其声哀切，故入瑟调。"然则非《箜篌引》明矣。崔豹《古今注》云："《箜篌引》者，朝鲜津卒霍里子高妻丽玉所作也。子高晨起刺船，有一白首狂夫，被发提壶，乱流而渡，其妻随而止之，不及，遂堕河而死。于是援箜篌而歌曰云云。声甚凄怆，曲终亦投河而死。子高还，以语丽玉，丽玉伤之，乃引箜篌而写其声，名曰《箜篌引》。则《箜篌引》乃感此曲而作，此曲实《箜篌引》所托始，非《箜篌引》甚明。《古今乐录》谓"其声哀切"，今其声虽不可得而闻，而读其词犹觉有余悲焉。此篇与后《孔雀东南飞》同为写夫妇殉情之作，虽修短悬殊，其于感人一也。魏晋以下，无闻焉尔。

（6）《东门行》：（瑟调曲）

出东门，不顾归。来入门，怅欲悲。盎中无斗米储，还视架上无悬衣。拔剑东去，舍中儿母牵衣啼："他家但愿富贵，贱妾与君共餔糜。上用仓浪天，故下当用此黄口小儿！""今非咄行，吾去为迟。白发时下难久居！"

《东门行》有两篇，一为晋乐所奏，即所谓"古词"（文字颇有增改），一为汉乐府原作，即所谓"本词"（本词之名，首见唐吴兢《乐府古题要解》，宋郭茂倩《乐府诗集》因之），此处所录，乃未经晋乐修改之"本词"。不曰携剑、带剑，而曰"拔剑"，其人其事，皆可想见。饥寒切身，举家待毙，忍无可忍，故铤而走险耳。"他家"数语，妻劝阻其夫之词。用，为也。古人迷信，谓天能祸福人，而杀人者必且报及后嗣，故又以父子之情动其夫。黄口，雏鸟，此指小儿。《淮南子》："古之伐国，不杀黄口。"他家、我家、是家，皆汉人语也。明陆深《春风堂随笔》："王忠肃公翱字九皋，盐山人，为太宰时，每呼二侍郎崔家、严家，今相传以公为朴直。此字亦有所本，盖尊敬之词。汉称天子曰官家，石曼卿呼韩魏公为韩家。若今人则为轻鲜之词矣。"按汉时称天子但曰"是家"，尚无称"官家"者。《汉书·外戚传》："是家轻族人，得无不敢乎？"谓成帝也。然当时称"家"，确含尊意。"今非"以下，夫答妻之词。言今非咄嗟之间行，则吾去为已迟。应上"牵衣啼"。《尔雅》："下，落也。"

（7）《艳歌何尝行》：（瑟调曲）

> 飞来双白鹄，乃从西北来。十十五五，罗列成行。（一解）
>
> 妻卒被病行，不能相随。五里一反顾，六里一徘徊。（二解）
>
> 吾欲衔汝去，口噤不能开。吾欲负汝去，毛羽何摧颓。（三解）
>
> 乐哉新相知，忧来生别离。踟蹰顾群侣，泪下不自知。（四解）
>
> "念与君离别，气结不能言。各各重自爱，远道归还难。
>
> 妾当守空房，闭门下重关。若生当相见，亡者会黄泉！"今日
>
> 乐相乐，延年万岁期。

此篇亦载《宋书·乐志·大曲》。沈约云："念与下为趋，曲前有艳。（郭茂倩曰："诸调曲皆有辞有声，而大曲又有艳，有趋有乱。辞者，其歌诗也。声者，若羊吾夷伊那何之类也。艳在曲之前，趋与乱在曲之后。亦犹《吴声》《西曲》前有和，后有送也。"）按"念与"数语，为妻答夫之词。刘履《选诗补注》谓此曲为新婚远别之作。朱乾亦云："此为夫妇相离别之词。妻字指白鹄，硬下得妙。"想当然也。汉魏乐府，结尾多作祝颂语，

往往与上文略不相属，此盖为当时听乐者设，与古诗不同，不可连上文串讲也。

（8）《艳歌行》：（瑟调曲）

> 翩翩堂前燕，冬藏夏来见。兄弟两三人，流宕在他县。故衣谁当补？新衣谁当绽？赖得贤主人，览取为吾绽。夫婿从门来，斜柯西北眄。——"语卿且勿眄，水清石自见！""石见何累累，远行不如归！

此盖夫疑其妻之作。末四语对话，口角甚肖。李子德曰："石见何累累，承之曰远行不如归，接法高绝。非远行何以有补衣之事？故触事思归耳。"按：末二语，当是夫婿反唇相讥之词，有逐客之意。斜柯句神态如绘，黄晦闻先生曰："案梁简文《遥望》诗'斜柯插玉簪'，毕曜《情人玉清歌》'善踏斜柯能独立'，段成式《联句》'斜柯欲近人'，则斜柯原是古语，当为攲斜之意。"按孟启《本事诗》载崔护郊游寻春事，有女子"独倚小桃斜柯伫立，而意属殊厚"之文，此斜柯似兼有斜视之意。览通作揽，说文："揽，撮持也。"广韵："绽，补缝。"

（9）《白头吟》：（楚调曲）

> 皑如山上雪，皎若云间月。闻君有两意，故来相决绝。今日斗酒会，明旦沟水头。蹀躞御沟上，沟水东西流。凄凄复凄凄，嫁娶不须啼。愿得一心人，白头不相离。竹竿何袅袅，鱼尾何簁簁。男儿重意气，何用钱刀为！

此篇旧多误以为卓文君作。陈沆云："《玉台新咏》载此篇，题作《皑如山上雪》，不云《白头吟》，亦不云何人作也。《宋书·大曲》有《白头吟》，作古辞。《御览》《乐府诗集》同之，亦无文君作《白头吟》之说。自《西京杂记》始附会文君，然亦不著其辞，未尝以此诗当之。及宋黄鹤注杜诗，混合为一，后人相沿，遂为妒妇之什，全乖风人之旨。且两意决绝，沟水东西，文君之于长卿，何至是乎？盖弃友逐妇之诗，非小星逮下之刺。愿得一心人，白头不相离，忠厚之至也。男儿重意气，何用钱刀为，慷慨之思也。勿以嫉妒诬风人焉。"

《礼记》："孔子曰：嫁女之家，三夜不息烛，思相离也。取妇之家，三日不举乐，思嗣亲也。"以此推之，则古时女子出嫁，亦必悲啼，所谓"嫁娶不须啼"者，实即嫁时不须啼耳。张荫嘉曰："凄凄二句从他人嫁娶时凭空指点，以为妇人有同一之愿。不从己身说，而己身已在里许。"袅袅，弱貌。簁簁，鱼尾长貌。二句谓钓者以竹竿得鱼，犹之男子以意气而得妇，结合之间，初不在金钱也。"沟水东西流"，象征夫妻之离散。古人云："天生江水向东流。"而沟水则不必然，故隋庾抱诗云："人世多飘忽，沟水易西东。"

（10）《陌上桑》：（相和曲）

　　日出东南隅，照我秦氏楼。秦氏有好女，自名为罗敷。罗敷惠蚕桑，采桑城南隅。青丝为笼绳，桂枝为笼钩。头上倭堕髻，耳中明月珠，缃绮为下裙，紫绮为上襦。行者见罗敷，下担捋髭须。少年见罗敷，脱帽著帩头。耕者忘其犁，锄者忘其锄。来归相怨怒，但坐观罗敷。（一解）

　　使君从南来，五马立踟蹰。使君遣吏往："问是谁家姝！""秦氏有好女，自名为罗敷。""罗敷年几何？""二十

尚不足，十五颇有余。"使君谢罗敷："宁可共载否？"罗敷前
置词："使君一何愚！使君自有妇，罗敷自有夫。"（二解）

"东方千余骑，夫婿居上头。何以识夫婿，白马从骊驹。
青丝系马尾，黄金络马头。腰间鹿卢剑，可直千万余。十五府
小吏，二十朝大夫；三十侍中郎，四十专城居。为人洁白皙，
鬑鬑颇有须。盈盈公府步，冉冉府中趋。坐中数千人，皆言夫
婿殊。"（三解）

汉时太守、刺史有"行县"之制，名曰"劝课农桑"，实多扰民，此
诗即其证也。诗中写罗敷之美，分两层，首从正面描摹，亦止言其服
饰之盛。次从旁面烘托，此法最为新奇！然亦正以行者、少年、耕
者、锄者逗起下文使君。见得"雅俗共赏"，有如孟子所谓"不知子
都之美者无目者也"意。唐权德舆《敷水驿》诗："空见水名敷，秦
楼昔事无。临风驻征骑，聊复捋髭须。"数百年后犹能使人如此神
往，足见此诗之艺术魅力。末段为罗敷答词，当作海市蜃楼观，不可
泥定看杀！以二十尚不足之罗敷，而自云其夫已四十，知必无是事
也。作者之意，只在令罗敷说得高兴，则使君自然听得扫兴，更不必
严词拒绝。（请参阅拙作《汉乐府的诙谐性》。）

倭堕髻即堕马髻，见《后汉书·梁统传》。《风俗通》："堕
马髻者，侧在一边。始自梁冀家所为，京师翕然皆放效[1]。"《古
今注》："堕马髻，今（指晋）无复作者。倭堕髻，一云堕马之余形
也。"按温庭筠《南歌子》："倭堕低梳髻。"是唐时犹有为之者。

---

[1] 放效即仿效。——编者注

帩头一作绡头，《释名》："绡头，绡，钞也。钞发使上从也。"沈德潜曰："坐，缘也。归家怨怒，缘观罗敷之故也。"《汉书·隽不疑传》晋灼注："古长剑首以玉作井鹿卢[1]形。"古诸侯五马，汉太守甚重，比诸侯，故用五马。《汉书·酷吏·宁成传》："〔成〕称曰：仕不至二千石，贾不至千万，安可比人乎？"今罗敷所以盛夸其夫婿者，亦至太守而极，盖一时观念然也。汉人似颇以有须为美观，如《汉书·霍光传》："光长才七尺三寸，白晳，疏眉目，美须髯。"又《后汉书·光武纪》："光武身七尺三寸，美须眉。与李通等起于宛，时年二十八。"又《马援传》："（援）为人明须发，眉目如画。"皆其证。

盈盈冉冉，并行迟貌，二句一意，重言以成章耳。案汉世男女，皆各有步法。《梁冀传》谓冀妻能作"折腰步"，又《孔雀东南飞》云："纤纤作细步，精妙世无双。"此汉代女子步法之可考见者。《后汉书·马援传》："勃（朱勃）衣方领，能矩步。"注云："颈下施衿，领正方，学者之服也。矩步者，回旋皆中规矩。"服既为学者之服，则"矩步"当亦学者之步，与此诗所谓"公府步"者必自不同。此汉士大夫步法之可考见者。度其间寸方疾徐之节，必各有不同及难能之处，故彼传特表而出之，而此诗亦以为言也。闻一多先生云："案古礼，尊贵者行迟，卑贱者行速，孙堪以县令谒府，而趋步迟缓，有近越礼，故遭谴斥（见《后汉书·儒林·周泽传》）。太守位尊，自当举趾舒泰，节度迟缓。此所谓公府步府中趋，犹今人言官步

---

[1] 鹿卢：辘轳，即指辘轳剑。——编者注

矣。”则是官步中，又有尊卑之别焉。（按《陌上桑》，实为我国五言诗歌发展史上之明珠，后世大诗人如曹植、杜甫、白居易等莫不为之醉心倾倒。曹《美女篇》"行徒用息驾，休者以忘餐"，显系从此脱胎。曹乃建安作者，则此篇产生时代之早，固约略可见，其早于《孔雀东南飞》，则可断言耳。）

（四）叙事之类

汉乐府本多"缘事而发"（上述三类中亦多如此），故此类特多佳制，于当时民情风俗，政教得失，皆深有足征焉。乐府不同于古诗者，此亦其一端。盖古诗多言情，为主观的，个人的；而乐府多叙事，为客观的，社会的也。

（1）《雁门太守行》：（瑟调曲）

孝和帝在时，洛阳令王君。本自益州广汉蜀民。少行宦，学通五经论。（一解）

明知法令，历世衣冠。从温补洛阳令，治行致贤。拥护百姓，子养万民。（二解）

外行猛政，内怀慈仁。文武备具，料民富贫。移恶子姓，篇著里端。（三解）

伤杀人，比伍同罪对门。禁蟊矛八尺，捕轻薄少年。加答决罪，诣马市论。（四解）

无妄发赋，念在理冤。敕吏正狱，不得苛烦。财用钱三十，买绳礼竿。（五解）

贤哉贤哉，我县王君。臣吏衣冠，奉事皇帝。功曹主簿，皆得其人。（六解）

临部居职，不敢行恩。清身苦体，夙夜劳勤。治有能名，远近所闻。（七解）

天年不遂，早就奄昏。为君作词，安阳亭西，欲令后世，莫不称传。（八解）

东汉民间乐府之有确实时代可考者，只此一篇。按《后汉书·王涣传》："涣字稚子，广汉郪人也。少好侠，晚改节敦儒学，州举茂才，除温令，在温三年。永元（和帝）十五年（公元103年）为洛阳令，以平正居身，得宽猛之宜。又能以谲数摘发奸伏，京师称叹，以为涣有神算。元兴元年病卒。民思其德，为立祠安阳亭西，每食辄弦歌而荐之。延熹中，桓帝事黄老道，悉毁诸房祀，唯特诏密县存故太傅卓茂庙，洛阳留王涣祠焉。"（节录）盖即此篇所咏。按和帝永元十七年（公元105年）四月改元元兴，是年十二月帝崩，涣卒于元兴初，而此诗首云"孝和帝在时"，则是当作于殇帝延平（公元106年）后也。

《后汉书·百官志》："县万户以上为令，不满为长。"东汉都洛阳，为河南尹所治，故得为令。致与至通，致贤犹至贤。料民贫富，犹《百官志》所谓"知民贫富，为赋多少。"移恶二句，按《宋书·乐志》及《涣传》注引此诗均作"移恶子姓名五篇著里端"。多出"名五"二字，此从《乐府诗集》删去。移谓移书，犹今言"行文"。《汉书·尹赏传》："使乡吏、亭长、里正、父老、伍人，杂举少年恶子。"师古注："恶子，不承父母教命者。"按恶子即违法乱纪之坏人，其在少年，即一般所谓"恶少"，在旧社会，此种恶少，大都市最多。《说文》："关西谓榜曰篇。"篇著，犹言榜示、揭示。《后汉书·循吏·王景传》："景又训令蚕织，为作法制，皆著于乡亭。是其证。里谓乡里，东汉里有里魁，掌一里百家。（见《百官志》。）端者，里中显目之处。所以如此者，欲使四方明知其为恶人以示戒也。《百官志》云："民有什伍，善恶相告。什主十家，伍主五家，以相检察。"《周礼·地官》："五家为比，使之相保。"是比亦五家也。盖谓凡伤杀人者比伍与对门皆同坐也。《东观记》曰："马市正，数从卖羹饭家乞贷，不得，辄殴骂之至忿。涣闻知事实，便讽吏解遣。"财与才通。《汉书·宣帝纪》："诏池籞未御幸者，假与贫民。"注："折竹以绳绵连禁御，使人不得往来，律名为籞。"此亦谓假与贫民田，才用钱三十，便可买绳理竹以治其地也。礼，理也。按以上诸事，传多失载，此乐府有以补史之阙文者。

（2）《陇西行》：（瑟调曲）

> 天上何所有？历历种白榆。桂树夹道生，青龙对道隅。凤凰鸣啾啾，一母将九雏。顾视世间人，为乐甚独殊！好妇出迎客，颜色正敷愉。伸腰再拜跪，问客平安否。请客北堂上，坐客毡氍毹。青白各异樽，酒上正华疏。酌酒持与客，客言主人持。却略再拜跪，然后持一杯。谈笑未及竟，左顾敕中厨。促令办粗饭，慎莫使稽留！废礼送客出，盈盈府中趋。送客亦不远，足不过门枢。取妇得如此，齐姜亦不如。健妇持门户，亦胜一丈夫！

张荫嘉曰："此羡健妇能持门户之诗。旧解皆云中含讽意，盖因妇人宜处深闺，不应自应宾客也。然玩诗意，以凤凰和鸣，一母九雏兴起，则此好妇之无夫无子，自可想见。门户既借以持，宾客胡能不待？篇中绝无含刺之痕。起八句言天上物物成双，凤凰和鸣，惟有将雏之乐，以反兴世间好妇，不幸无夫无子，自出待客之不得已来。似与下文气不属，却与下意境有关。"张氏以此为羡健妇能持门户之作是矣。唯又谓此健妇为无夫之寡妇，则尚有可议。按《汉书·陈遵传》："初，遵为河南太守，而弟为荆州牧，当之官，过长安富人故洛阳王外家左氏，饮食作乐。后司直陈崇闻之，劾奏遵兄弟曰：始遵初除，乘藩车，入闾巷，过寡妇左阿君，置酒歌讴，遵起舞跳梁，顿仆坐上，暮因留宿。遵知礼不入寡妇之门，而湛洒溷肴，乱男女之别，臣请俱免。"（节录）观此，可知汉时习俗。既云礼不入寡妇之门，则为寡妇者亦自不应置酒待客。信如张氏之说，则此妇不得称好妇，而此客之来，亦如陈遵兄弟先为失礼矣。好妇之夫，自可行役在外，似不必定解作"无夫"也。

按《汉书·艺文志》有《燕代讴、雁门、云中、陇西歌诗》九篇之目，此篇题为《陇西行》，而其所表现之女性，亦复豪健有丈夫气，与其他诸篇，如《东门行》《艳歌行》《白头吟》等之第为文弱者迥异，当即所采《陇西歌诗》也。至其所以特异之故，则由于地气与环境之关系。班固尝两著其说，《汉书·地理志》云："凡民函五常之性，而其刚柔缓急，音声不同，系水土之风气，故谓之风。好恶取舍，动静无常，随君上之情欲，故谓之俗。秦地天水、陇西，山多林木，民以板为室屋，及安定、北地、上郡、西河，皆迫近戎狄，修习战备，高上气力，以射猎为先。汉兴，名将多出焉。孔子曰'小人有勇而无谊则为盗'，故此数郡民俗质木，不耻寇盗。"又《赵充国传》赞云："秦汉以来，山东出相，山西出将。何则？山西天水、陇西、安定、北地，处势迫近羌胡，民俗修习战备，高上勇力，鞍马骑射。故秦诗曰：'王于兴师，修我甲兵，与子偕行。'其风声气俗，自古而然，今之歌谣慷慨，风流犹存耳。"夫男既如此，女当亦然，此篇中所以有"健妇持门户，亦胜一丈夫"之文也。所惜班氏于此种慷慨歌谣，皆未记录。今之所存，吾人亦难辨别。此篇虽可确认为出于陇西，然是否为西汉所采，在《艺文志》所列"《陇西歌诗》九篇"之内，吾人亦无法断言。向使班氏一载其词，则此歌时代，便成铁铸。而吾人于五言诗体源流之探究，将更得一有力之佐证，其嘉惠后学，岂有既乎？！

（3）《相逢行》：（清调曲）

　　相逢狭路间，道隘不容车，不知何年少，夹毂问君家。君家诚易知，——易知复难忘：黄金为君门，白玉为君堂。堂上置樽酒，作使邯郸倡。中庭生桂树，华灯何煌煌，兄弟两三人，中子为侍郎。五日一来归，道上自生光。黄金络马头，观者盈道傍。入门时左顾，但见双鸳鸯。鸳鸯七十二，罗列自成行。音声何噰噰，和鸣东西厢。大妇织绮罗，中妇织流黄。小妇无所为，挟瑟上高堂："丈人且安坐，调丝方未央。"

《乐府古题要解》："《相逢行》，古词。文意与《鸡鸣曲》同。"按《鸡鸣》兼讽兄弟不相顾，此则专刺富贵家庭之淫乐，亦微有别。曰夹毂问君家，曰易知复难忘，意存讥诮，而语自浑成，盖以才能德行为仕宦者，更不待问而后知也。黄金以下，一路写去，似句句恭维，实句句奚落。作使犹役使。邯郸，赵地。倡，女乐也。《汉书·地理志》："邯郸，北通燕涿，南有郑卫，漳河之间，一都会也。其土广俗杂。"又云:"赵中山地薄人众,丈夫相聚游戏,作奸巧,多弄物,为倡优,女子弹弦跕躧,游媚富贵,遍诸侯之后宫。"汉诗多言燕、赵、邯郸,知其俗至汉犹然也。丈人解不一,此为妇尊舅姑之称。

（4）《长安有狭斜行》：（清调曲）

　　长安有狭斜,狭斜不容车。适逢两少年,夹毂问君家,君家新市傍,易知复难忘。大子二千石,中子孝廉郎。小子无官职,衣冠仕洛阳。三子俱入室,室中自生光。大妇织绮纷,中妇织流黄。小妇无所为,挟瑟上高堂。"丈人且徐徐,调丝讵未央。"

李子德曰:"既曰无官职,又曰衣冠仕洛阳。世胄子弟,当自丑矣。此篇所刺尤深,汉诗亦不多得。"按卖官之风,虽自西汉已开其端,然不如东汉之甚,此篇殆对当时以入钱为官者而发,故有"衣冠仕洛阳"之语。如《后汉书·桓帝纪》:"延禧四年（公元161年）七月,占卖关内侯、虎贲、羽林、缇骑,营士、五大夫,钱各有差。"又《灵帝纪》:"光和元年（公元178年）十二月,初开西邸卖官,自关内侯、虎贲、羽林,入钱各有差。私令左右卖公卿,公千万,卿五百万。中平四年（公元187年）,是岁卖关内侯,假金印紫绶传世,入钱五百万。"（节引）官爵之滥如此,汉安得不亡,而民间又安能无刺乎?

（5）《上留田行》：（瑟调曲）

　　里中有啼儿,似类亲父子。回车问啼儿,慷慨不可止!

《古今注》云:"上留田,地名也。人有父母死,不字其孤弟者,邻人为其弟作悲歌以讽其兄。"按"亲父子",犹云一父之子,谓同产兄弟。《孔雀东南飞》云"我有亲父兄",亦谓同产兄也。李子德以为似讽父之听后妇而不恤前子,恐误。回车一问,始知果然为"亲父子",故不胜慷慨。啼儿答语,更不揭出,语极含蓄,故曰闻者足戒。

（6）《妇病行》：（瑟调曲）

> 妇病连年累岁,传呼丈人前一言。当言未及得言,不知泪下一何翩翩。"属累君两三孤子,莫我儿饥且寒!有过慎莫笪答!行当折摇,思复念之!"乱曰:抱时无衣,襦复无里。闭门塞牖舍,孤儿到市。道逢亲交,泣坐不能起。从乞求与孤买饵。对交啼泣,泪不可止。——"我欲不伤悲不能已。"探怀中钱持授。交入门,见孤儿啼索其母抱。徘徊空舍中,"行复尔耳,弃置勿复道!"

写母爱极深刻。"当言"二句,传神之笔。"舍"即房舍,牖舍连文,正汉魏诗古朴处,亦如舟船、觞杯连文之类。下文云"空舍",即根此舍字来。曰"两三孤子",则知孤儿非一,逢亲交乞钱,是大孤儿,啼索母抱,是小孤儿,盖幼不知其母之已死也。惨状一一从亲交眼中写出,徘徊弃置,盖有不忍言者矣。亲交犹亲友,汉魏时常语,如《善哉行》:"亲交在门。"曹植诗:"亲交义不薄。"皆其证。"行当"犹今言不久就要。《旧唐书·张嘉贞传》:"若贵臣尽当可杖,但恐吾等行当及之。""折摇"犹折夭,谓孤子。尔,如此也。"行复尔耳",谓妻死不久,即复如此,置子女于不顾也。吴旦生曰:"乱者,乐之卒章。"

（7）《孤儿行》：一曰《孤子生行》。（瑟调曲）

孤儿生，孤子遇生，命独当苦！父母在时，乘坚车，驾驷马。父母已去，兄嫂令我行贾。南到九江，东到齐与鲁。腊月来归，不敢自言苦。头多虮虱，面目多尘，大兄言办饭，大嫂言视马。上高堂，行取殿下堂，孤儿泪下如雨。使我朝行汲，暮得水来归。手为错，足下无菲。怆怆履霜，中多蒺藜。拔断蒺藜，肠肉中，怆欲悲。泪下渫渫，清涕累累。冬无复襦，夏无单衣。居生不乐，不如早去下从地下黄泉！春风动，草萌芽。三月蚕桑，六月收瓜。将是瓜车，来到还家。瓜车翻覆，助我者少，啖瓜者多。"愿还我蒂！兄与嫂严，独且急归，当兴校计。"乱曰：里中一何譊譊，愿欲寄尺书，将与地下父母："兄嫂难与久居！"

后母之憎前子，兄嫂之疾孤弟，几为吾国数千年来之通病，此亦一社会问题也。沈德潜曰："泪痕血点，凝缀而成。"信然。观南到九江，东到齐鲁，此篇疑亦秦地歌谣，班固所谓"慷慨"者也。"行取"犹行趣，趣与趋通。古者屋高严皆名为殿，不必宫中。错，石也。菲，粗屦也。《汉书·朱云传》："云攀槛呼曰：臣得下从龙逢、比干游于地下足矣。"与此"下从地下黄泉"语法正同。唯此处复黄泉二字，此当为音节关系，犹《妇病行》"连年累岁"叠用之类。下从地下黄泉句后，忽然荡开，间以"春风动，草萌芽"二语，令读者耳目心情，随之一豁，然后再折回本题，转到收瓜事上，所谓乐府之妙，往往于回翔曲折处感人者，此类是也。后世长短句，唯李后主《浪淘沙》："晚凉天净月华开。想得玉楼瑶殿影，空照秦淮。”颇同此神味。

（8）《十五从军征》：

> 十五从军征，八十始得归，道逢乡里人："家中有阿谁?""遥望是君家，松柏冢累累。"兔从狗窦入，雉从梁上飞。中庭生旅谷，井上生旅葵。烹谷持作饭，采葵持作羹。羹饭一时熟，不知贻阿谁。出门东向望，泪落沾我衣。

《乐府古题要解》云："此诗，晋宋入乐奏之，首增四句，名《紫骝马》。（见《乐府诗集·梁鼓角横吹曲》。）十五从军征以下，古诗也。"则此篇在汉虽为古诗，而在晋、宋则尝播于乐府，缘附录于后。《后汉书·光武纪》："至是野谷旅生。"注云："不因播种而生，故曰旅。"按江总诗"旅竹本无行"，又张正见诗"秋窗被旅葛"，皆指野生者。范大士曰："后代离乱诗，但能祖述而已，未有能过此者。"（按汉制：民年二十三为正卒，一岁为卫士，一岁为材官、骑士，五十六岁免兵役。核之此诗，特欺人耳。按沈约《宋书·自序》："伏见西府兵士，或年几八十，而犹伏隶。"唐令狐楚《塞下曲》亦有"黄尘满面长须战，白发生头未得归"之句，又知不独汉代为然也。）

两汉民间乐府，大部具如上述。凡两汉之政教吏治，民情风俗以及思想道德等，吾人于此皆得窥其梗概焉。后世乐府既不采诗，文人所制，又多缘情绮靡，故求如汉作之足为论世之资者，乃绝不可得。下迄于南朝之清商，五季之艳词而极矣。

〈第三章〉
萧涤非讲魏晋
南北朝古文

曹操、曹丕

曹操（155—220），字孟德，沛国谯（今安徽亳县[1]）人。二十岁举孝廉。黄巾起义时，他起兵镇压。军阀董卓要废汉献帝自立时，他又起兵讨卓。后因收编农民起义军，壮大了力量。建安元年迎献帝都许，从此"挟天子以令诸侯"，成为北方的实际统治者。

曹操是汉末一个杰出的政治家和军事家。他在当时阶级矛盾尖锐的形势下，实行了抑制豪强兼并、大兴屯田、用人唯才等一系列进步的政策，壮大了自己的力量，统一了北方。

曹操"外定武功，内兴文学"，他又是汉末杰出的文学家和建安文学新局面的开创者。他一方面凭借政治上的领导地位，广泛地搜

---

[1] 亳县，经行政区划变更，今为安徽亳州市。——编者注

罗文士，造成了"彬彬之盛"的建安文学局面；一方面用自己富有创造性的作品开创文学上的新风气。

他的诗全部都是乐府歌辞，史家说他"御军卅余年……登高必赋，及造新诗，被之管弦，皆成乐章"，确是实录。这些乐府歌辞虽沿用汉乐府古题，却并不因袭古辞古意，而是继承了乐府民歌"缘事而发"（《汉书·艺文志》）的精神，"用乐府题目自作诗"（清方东树语），反映了新的现实，表现出新的面貌。

曹操的一部分乐府诗反映了汉末动乱的现实。如《薤露行》描写了汉末大将军何进谋诛宦官、召四方军阀为助，以致董卓作乱京师的事。与此相关的还有《蒿里行》：

> 关东有义士，兴兵讨群凶。
>
> 初期会盟津，乃心在咸阳。
>
> 军合力不齐，踌躇而雁行。
>
> 势利使人争，嗣还自相戕。
>
> 淮南弟称号，刻玺于北方。
>
> 铠甲生虮虱，万姓以死亡。
>
> 白骨露于野，千里无鸡鸣。
>
> 生民百遗一，念之断人肠。

献帝初平元年关东州郡起兵讨伐董卓，但是会师之后，渤海太守袁绍、淮南尹袁术等军阀却为争权夺利而自相残杀。这首诗便是继前诗[1]之后反映了这一史实。诗末六句概括地写出了军阀混战所造成的

---

[1]　"前诗"指《薤露行》。——编者注

惨象，并流露了诗人伤时悯乱的感情，苍凉激楚，形象鲜明。由于这两首诗都是用乐府旧题而写时事的，所以明人钟惺说："汉末实录，真诗史也。"

曹操的《苦寒行》《却东西门行》也是反映汉末动乱中的军旅征戍生活。前者说，"行行日已远，人马同时饥，担囊行取薪，斧冰持作糜"，描写山路行军的艰苦，历历如见；后者说，"戎马不解鞍，铠甲不离傍，冉冉老将至，何时返故乡"，抒发征夫怀乡之思，也深切感人。

曹操的另一部分乐府诗则表现了他的统一天下的雄心和顽强的进取精神。这类诗悲歌慷慨，具有更浓厚的抒情气氛。《短歌行》是其中的代表。全诗共八解，开头两解说"对酒当歌，人生几何？譬如朝露，去日苦多。慨当以慷，忧思难忘，何以解忧，唯有杜康"，抒发了诗人对时光流逝功业未成的深沉感慨。接着通过思念贤才、宴饮嘉宾的描写，表现了他爱才若渴的心情。末解写道，"山不厌高，水不厌深，周公吐哺，天下归心"，表现了他搜揽人才以完成统一事业的宏伟怀抱。全诗在深沉的忧郁之中激荡着一股慷慨激昂的情绪，我们可以感觉到在混乱的现实中建立功业的艰难和诗人坚定的信心。这首诗经过几个低昂回旋，把诗人起伏不平的心情、复杂多端的感慨，淋漓尽致地表现出来，艺术成就也是很高的。其中三、四两解，或半章或整章袭用《诗经》成句，使人毫不觉得，也是它艺术上的特点。此外，他的《龟虽寿》"老骥伏枥，志在千里，烈士暮年，壮心不已"，表现了老当益壮的志士胸怀。《观沧海》"秋风萧瑟，洪波涌起。日月之行，若出其中，星汉粲烂，若出其里"，则通过辽阔雄壮的沧海景色表现了诗人开阔的胸襟，可说是我国诗史上的一首比较完整的写景诗。

曹操的诗极为本色，艺术上的显著特点是用朴质的形式披露他的胸襟，使人读其诗如见其人。他是一个雄心勃勃的政治家和军事家，所以诗也是"如幽燕老将，气韵沉雄"。尽管在语言形式上极接近汉乐府，却有自己的独特风格。

曹操的诗不仅对建安文学有开风气的作用，由于创造性较大，对后代文学也有重要的影响。他的以乐府古题写时事的做法对后来的新乐府诗有很大的启示。从他这种旧题新事乐府到杜甫的"即事名篇"的新题新事乐府，再到白居易等人掀起的新乐府运动，可以清晰地看出一脉相承的发展。另外，《诗经》以后，四言诗很少佳篇，曹操继承了"国风"和"小雅"的抒情的传统，创造出一些动人的篇章，使四言诗再一次放出光彩。后来嵇康、陶渊明等人有成就的四言诗都是沿着这条路走下去的。

曹操又是"改造文章的祖师"。他的文和诗一样富有创造性。汉代散文，由于受辞赋的影响，趋向骈偶化，各种体裁的文章也往往形成某种固定的框框。曹操的散文只是用简洁朴素的文笔把要说的话自由地写出来，却自有鲜明的个性。如《让县自明本志令》，用简朴的文笔把他一生的心事披肝沥胆地倾吐出来，具有政治家雄伟的气魄和斗争的锋芒。文中说："设使国家无有孤，不知当几人称帝，几人称王。"这些话是非曹操不能道的。曹操这种"清峻""通脱"的散文风格表现了建安散文的新风貌，对魏晋散文的发展有重要的影响。

曹丕（187—226），字子桓，曹操之子。建安十六年为五官中郎将，二十二年立为魏太子，二十五年代汉帝自立，做了七年皇帝。

曹丕生活的主要时期是在建安十三年赤壁之战奠定了天下三分的局势之后。他在相对安定的环境里，过着贵公子、王太子和帝王的生活，因此，他的文学创作反映的内容是远不及曹操丰富的。

曹丕的诗歌有两个比较明显的特点：一个是描写男女爱情和游子思妇题材的作品很多，而且写得比较好；一个是形式多种多样，四言、五言、六言、七言、杂言无所不有。但成就较高的是五言诗和七言诗。

五言诗是建安作家普遍采用的新形式，曹丕的五言诗，如《清河作》写对深厚的爱情的向往，《于清河见挽船士新婚与妻别》写新婚离别的痛苦，《杂诗》写游子思乡之情，都是较好的作品。如《杂诗》其二：

> 西北有浮云，亭亭如车盖。
> 惜哉时不遇，适与飘风会。
> 吹我东南行，行行至吴会。
> 吴会非我乡，安得久留滞。
> 弃置勿复陈，客子常畏人。

前六句用比兴手法描写客子身不由主、流离他乡的境遇，后四句揭示出滞留他乡的客子惴惴不安的心情，这些地方都明显地看出汉乐府和古诗的影响。

他的七言诗《燕歌行》两首特别值得注意，其第一首写得尤为出色：

秋风萧瑟天气凉，草木摇落露为霜，群燕辞归雁南翔。

念君客游思断肠，慊慊思归恋故乡，君何淹留寄他方。

贱妾茕茕守空房，忧来思君不敢忘，不觉泪下沾衣裳。

援琴鸣弦发清商，短歌微吟不能长。

明月皎皎照我床，星汉西流夜未央。

牵牛织女遥相望，尔独何辜限河梁！

诗人将思妇安放在秋夜的背景中来描写，把她的缠绵悱恻的相思之情细腻委婉地表现出来，语言浅显清丽，很能表现曹丕诗歌的一般风格。七言诗，在曹丕以前，只有东汉张衡的《四愁诗》，但第一句夹有"兮"字，曹丕的《燕歌行》要算是现存最早的完整的七言诗，对七言诗的形成是有贡献的。《燕歌行》是汉乐府旧题，汉古辞已经不存，但从曹丕以后凡是写这个题目的也全是七言这一点看来，很可能这个曲调原来就是配七言的。从这里也可以看出七言诗的形成和乐府的关系。不过，曹丕所用的七言还是新起的形式，逐句押韵（相传为汉武帝时作的柏梁台联句，虽亦是七言，并逐句押韵，但系伪作），音节不免单调。到了刘宋时代的鲍照，它才在艺术上趋于成熟。

曹丕也比较擅长散文。他著有《典论》一书，可惜大部分篇章都已散佚或残缺不全，较完整的只有《自叙》和《论文》两篇。《自叙》善于叙事，其中写到一些较量才艺的细事，都能真切地传达出当时的情景。《论文》则善于议论，其中无论是对当时文人的批评或对文学观点的表述，都简明中肯。此外，他的《与吴质书》《又与吴质书》悼念亡友，凄楚感人，对后来短篇抒情散文的发展是有影响的。曹丕这些散文表现了建安散文通脱自然的共同倾向，但又具有自己清丽的特色。

"建安七子"与蔡琰

"七子"之称出于《典论·论文》，指孔融（字文举，153—208），陈琳（字孔璋，？—217），王粲（字仲宣，177—217），徐幹（字伟长，171—217），阮瑀（字元瑜，？—212），应玚（字德琏，？—217），刘桢（字公幹，？—217）七人。

"七子"中，孔融年辈较高，政治上反对曹操。他公然在父子的伦理上大反孔孟儒家旧说，被曹操加以"败伦乱理"的罪名而杀害，可说是"汉末孔府上"的"奇人"。他在文学上的成就主要是散文。他的文章虽然沿袭东汉文人的老路，骈俪成分极重，却能以气运词，反映了建安时期文学的新变化。曹丕说他"体气高妙"，刘勰说他"气盛于为笔"，张溥说他"诗文豪气直上"，都指出了这一特点。我们读他的《论盛孝章书》和《荐祢衡表》，确乎是"飞辩骋辞，溢气坌涌"的。此外，他的《杂诗》"远送新行客"写悼子之情，哀痛欲绝，也是抒情诗中较好的作品。

孔融之外，其余六人则都是曹氏父子的僚属和邺下文人集团的重要作家。他们目击汉末的动乱，有的还经历困苦流离的生活，他们又都有一定的抱负，想依曹氏父子做一番事业，所以他们的作品反映了动乱的现实，表现了建功立业的精神，具有建安文学的共同特征。

王粲是"七子"中成就最高的作家，《文心雕龙·才略》称他为"七子之冠冕"。他能诗善赋。诗以《七哀诗》为最有名，其第一首是汉末现实的真实写照：

　　　　西京乱无象，豺虎方遘[1]患。

　　　　复弃中国去，委身适荆蛮。

　　　　亲戚对我悲，朋友相追攀。

　　　　出门无所见，白骨蔽平原。

　　　　路有饥妇人，抱子弃草间，

　　　　顾闻号泣声，挥涕独不还：

　　　　"未知身死处，何能两相完！"

　　　　驱马弃之去，不忍听此言。

　　　　南登霸陵岸，回首望长安。

　　　　悟彼下泉人，喟然伤心肝。

这是诗人由长安避乱赴荆州时写途中所见。诗中通过"白骨蔽平原"的概括描写和饥妇弃子的特写场面，深刻地揭示出当时军阀混战所造成的凄惨景象和人民的深重灾难，使人怵目惊心。这首诗和曹操的乐

---

[1]　遘，通"构"，构成、造成。——编者注

府一样体现了以旧题写时事的精神。

王粲滞留荆州登当阳城楼所写的《登楼赋》是他赋中的名篇，也是当时脍炙人口的抒情小赋。赋中"挟清漳之通浦兮，倚曲沮之长洲，背坟衍之广陆兮，临皋隰之沃流。北弥陶牧，西接昭丘。华实蔽野，黍稷盈畴。虽信美而非吾土兮，曾何足以少留"一节，写他看见异乡风物之美而引起的思乡怀土之情，特别深切感人。这篇赋还表现了作者处于乱世壮志不得伸展的沉痛感情："惟日月之逾迈兮，俟河清其未极。冀王道之一平兮，假高衢而骋力。惧匏瓜之徒悬兮，畏井渫之莫食。"反映了作者积极进取的一面。这篇赋写景和抒情结合，具有浓厚的诗意，脱尽了汉赋铺陈堆砌的习气，显示了抒情小赋在艺术上的成熟。

王粲而外，陈琳、阮瑀也都有反映现实的诗篇。陈琳的《饮马长城窟行》假借秦代筑长城的事，深刻地揭露了当时繁重的徭役给人民带来的痛苦与灾难：

> 饮马长城窟，水寒伤马骨。往谓长城吏，"慎莫稽留太原卒！""官作自有程，举筑谐汝声！""男儿宁当格斗死，何能怫郁筑长城！"长城何连连，连连三千里。边城多健少，内舍多寡妇。作书与内舍："便嫁莫留住。善事新姑嫜[1]，时时念我故夫子。"报书往边地："君今出语一何鄙！""身在祸难中，何为稽留他家子？生男慎莫举，生女哺用脯。君独不见长城下，死人骸骨相撑拄！""结发行事君，慊慊心意关，明知

---

[1] 姑嫜，古代称丈夫的母亲和父亲。——编者注

边地苦，贱妾何能久自全。"

"长城何连连，连连三千里"，这正是当时永远服不完的徭役的象征。诗中役夫忍痛劝妻子改嫁和妻子愿以死相守的表示，艺术地概括了徭役制度下无数家庭的悲剧。而通过对话展开情节，真实地表达了人物内心的情绪，又是乐府民歌中惯用的艺术手法。阮瑀的《驾出北郭门行》写后母虐待孤儿，揭露了封建社会家庭关系的冷酷无情，与汉乐府的《孤儿行》相类。

陈琳、阮瑀又以书檄擅名当时。陈琳避难冀州依袁绍时所写的《为袁绍檄豫州》和阮瑀的《为曹公作书与孙权》，都铺张扬厉，纵横驰骋，具有纵横家的特色。文中多用排比对偶句法，表现了散文逐渐向骈体发展的倾向。

刘桢也擅长写诗，在当时名气很大，可惜流传下来的作品很少，其中写得最好的是《赠从弟》三首，其第二首是这样的：

> 亭亭山上松，瑟瑟谷中风。
>
> 风声一何盛，松枝一何劲。
>
> 冰霜正惨凄，终岁常端正；
>
> 岂不罹凝寒？松柏有本性。

这首诗通过比兴手法写出了有理想有抱负之士守志不阿的节操，表现了诗人的"真骨凌霜，高风跨俗"的品格。

徐幹是学者，曾著《中论》抨击儒者之弊。但他的情诗《室思》也写得很好："思君如流水，何有穷已时？"写得一往情深，其意境常为后来的诗人所化用。应场的诗则无甚出色。

与"七子"相颉颃并以才华著称的是女作家蔡琰。琰字文姬，大约生于灵帝熹平（172—178）年间。她是蔡邕之女，自幼有很好的文化教养，史载她"博学有才辩，又妙于音律"。但她一生的遭遇却非常不幸。幼年曾随被陷获罪的父亲度过一段亡命流离的生活。后来嫁给河东卫仲道，又遭夫亡，因为无子而回家寡居。未几，在汉末大乱中，为胡骑所掳，遂流落于南匈奴（今山西地方）。在南匈奴她滞留十二年，嫁给胡人，生了两个孩子，后为曹操赎回，再嫁陈留董祀。正是这样的文化教养和不幸遭遇，使她写下了杰出的诗篇。

现在流传下来题为蔡琰的作品共有三篇：五言《悲愤诗》、骚体《悲愤诗》和《胡笳十八拍》。它们都是自传性的作品，由于蔡琰的生平历史记载不详，后人对这些诗的真伪有不同的看法，并引起了争论。但就目前关于蔡琰生平比较可信的一些材料来看，五言《悲愤诗》最符合事实，可以断定为蔡琰所作。骚体《悲愤诗》和《胡笳十八拍》尚需进一步研究。

五言《悲愤诗》是建安文坛上的一篇杰作。它长达五百四十字，像这样的长篇叙事诗，是前此文人诗歌中所没有的。这首诗生动地描写了诗人在汉末军阀混战中的悲惨遭遇。她在被掳途中，受尽了胡兵的虐待和侮辱：

> 所略有万计，不得令屯聚。或有骨肉俱，欲言不敢语。失意几微间，辄言"毙降虏；要当以亭刃，我曹不活汝"！

在滞留胡中的漫长岁月中又无时不为思念亲人、乡土的感情所煎熬：

> 感时念父母，哀叹无穷已。

幸而得以归国了，却又要和亲生的子女离别：

> 儿前抱我颈，问"母欲何之。人言母当去，岂复有还时？

阿母常仁恻，今何更不慈？我尚未成人，奈何不顾思"！见此

崩五内，恍惚生狂痴。号泣手抚摩，当发复回疑。

待她回到家后，等着她的是一片废墟。她虽然"托命于新人"，但是
"流离成鄙贱，常恐复捐废"，在残酷的礼教统治下，有了像她这样
遭遇的人是为人所不齿的，无可奈何她只有"怀忧终年岁"了。这首
诗虽然中心是写诗人自身的遭遇，但在那个动乱的现实中，遭遇这样
悲惨命运的正不知有多少。所以，它是通过一个人的不幸遭遇反映了
汉末动乱中广大人民特别是妇女的共同命运，同时也控诉了军阀混战
的罪恶。

汉乐府中开始大量出现叙事诗，像《十五从军征》《孤儿行》等
都是以诗中人物自叙身世遭遇。《悲愤诗》正是从精神到艺术手法都接
受了这一传统影响的产物。《悲愤诗》在艺术上的显著特色是现实主
义，它善于通过细节的描写，具体生动地表现各种场面，使人有如亲
临其境，目睹其人。它在我国现实主义诗歌发展史上有重要的地位。
唐代伟大的现实主义诗人杜甫的《北征》等诗显然接受了它的影响。

骚体的一首艺术成就不高。《胡笳十八拍》却是一首长篇的浪
漫主义的抒情杰作。它与《悲愤诗》虽然是同写一件事，但风格迥
异。它不是客观地、细致地描写诗人的种种遭遇，而是饱含血泪地对
不幸的命运发出呼天抢地的控诉，感情汹涌澎湃，如第八拍中写道：

为（谓）天有眼兮何不见我独漂流？为（谓）神有灵兮何事处

我天南海北头？我不负天兮天何配我殊匹？我不负神兮神何殛

我越荒州？

这很能表现这首长诗的艺术特色。

曹　植

　　曹植（192—232），字子建，曹丕之弟。他是建安时期最负盛名的作家，《诗品》称为"建安之杰"。现在流传下来的作品也最多，诗有八十多首，辞赋、散文完整的与残缺不全的共四十余篇。从这些作品来看，其成就的确在建安时期一般作家之上。

　　曹植的一生以曹丕称帝为界，明显地分为前后两期。前期他以才华深得曹操的赏识与宠爱，几乎被立为太子，志满意得；后期曹丕父子做了皇帝，由于前期有争为太子一段经历，对他深怀猜忌，横加压抑与迫害，他虽然仍不失王侯的地位，却"抑郁不得志"，终于在愤懑与苦闷中死去。这种生活遭遇，对他的创作有着深刻的影响。

　　曹植前期也是在相对安定的环境中过着贵公子生活，但颇有功名事业心。他一生所热烈追求的是"戮力上国，流惠下民，建永世之业，流金石之功"（《与杨德祖书》）。当曹操奠定了天下三分的局面时，他的政治雄心便是西灭"违命之蜀"，东灭"不臣之吴"，"混同宇内，以致太和"（《求自试表》）。他的诗歌的主要内容之一，便是表现这种雄心壮志。《薤露篇》说："愿得展功勤，输力于明君。怀此王佐才，慷慨独不群。"在《鰕䱇[1]篇》里，诗人自比为鸿鹄，把"势利惟是谋"的小人比为"不知江海流"的鰕䱇和"安识鸿鹄游"的燕雀。这些都表现了他追求理想和颖脱不群的性格。但由于诗人前后期生活境遇的不同，表现这方面内容的作品，其情调、风貌也有显著的差异。前期以《白马篇》为代表，它塑造了一个武艺高强、渴望卫国立功甚至不惜壮烈牺牲的爱国壮士的形象，充满豪壮的乐观的精神："羽檄从北来，厉马登高堤。长驱蹈匈奴，左顾凌鲜卑。……捐躯赴国难，视死忽如归。"后期以《杂诗》为代表，更多地表现了壮志不得施展的愤激不平之情。如《杂诗》其五：

> 仆夫早严驾，吾行将远游。
>
> 远游欲何之？吴国为我仇。
>
> 将骋万里途，东路安足由？
>
> 江介多悲风，淮泗驰急流。
>
> 愿欲一轻济，惜哉无方舟！
>
> 闲居非吾志，甘心赴国忧。

曹植后期备受迫害和压抑。《世说新语》载一个故事说，曹丕曾命他七步中为诗，不成则将行大法。他作诗道："煮豆持作羹，漉豉以为汁，萁在釜下然，豆在釜中泣，本自同根生，相煎何太

---

[1] 鰕䱇，虾虎鱼的统称，一种小型鱼类。——编者注

急。"[1]这个传说很能表现他当时的处境。他的后期诗歌也主要是表现这种处境和心情。

作于黄初四年的《赠白马王彪》是诗人后期的一篇重要作品。当时诗人和白马王曹彪、任城王曹彰都去京师朝会，任城王到京后不明不白地死去，诗人与白马王回返封地时，又为有司所阻，不能同行，于是诗人"愤而成篇"，写下了这首赠诗。全诗共分七章，表现了丰富的复杂的感情。诗中如"鸱枭鸣衡轭，豺狼当路衢，苍蝇间白黑，谗巧令亲疏"，痛斥了迫使他们分行的有司；"奈何念同生，一往形不归。孤魂翔故域，灵柩寄京师"，表现了对任城王暴亡的深沉悼念；"变故在斯须，百年谁能持"，也吐露了诗人在岌岌可危的处境中惴惴不安的心境。这首诗虽然只是抒发诗人的主观感情，客观上却深刻地暴露了统治阶级内部萁豆相煎的残酷，是有深刻的思想意义的。这首诗的抒情艺术水平也很高。诗人把复杂的感情，通过章章蝉联的轳辘体[2]的形式，一步步抒发出来，极有层次。另外，诗人的感情虽然十分悲愤激切，却不是一味地直接倾诉，往往通过叙事、写景，或通过哀悼、劝勉等方式宕开去写，这就把感情表现得沉着从容，丰富深厚。

此外，他的《吁嗟篇》以转蓬为喻形象地描写了他"十一年中而三徙都"的生活处境和痛苦心情。《野田黄雀行》则表现了他对迫

---

[1]　《古诗纪》中又作："煮豆燃豆萁，豆在釜中泣。本是同根生，相煎何太急。"——编者注

[2]　轳辘体，今作辘轳体，一种杂体诗，包括五言或七言律诗五首，五首诗的音节像辘轳一样旋转而下，所以叫作辘轳体。——编者注

害的愤怒和反抗：

> 高树多悲风，海水扬其波。
>
> 利剑不在掌，结交何须多。
>
> 不见篱间雀，见鹞自投罗。
>
> 罗家得雀喜，少年见雀悲；
>
> 拔剑捎罗网，黄雀得飞飞；
>
> 飞飞摩苍天，来下谢少年。

诗人以罗家喻迫害者，以雀喻受害者，塑造了一个解救受难者的侠义少年的形象，寄寓了作者的理想和反抗情绪。曹丕即位就积极剪除曹植的羽翼，杀死了他的好友丁仪、丁廙等，可见这样的诗是有现实背景的。

曹植前期的诗歌主要是表现他的壮志，很少反映社会现实，只有《送应氏》第一首因送友人而连带写到友人所居的洛阳的残破。后期由于自己生活的不幸，逐渐能体会到一些下层人民的痛苦，才写出了个别反映人民疾苦的诗篇。如《泰山梁甫行》给我们描绘了一幅当时边海人民贫困生活的画面：

> 八方各异气，千里殊风雨。
>
> 剧哉边海民，寄身于草野。
>
> 妻子象禽兽，行止依林阻。
>
> 柴门何萧条，狐兔翔我宇。

《杂诗》第二首则表现了对从戎的"客子"的同情。

曹植还写了不少情诗，如《七哀》《美女篇》等。这些诗与表现壮志的诗风格明显不同，感情哀婉缠绵，与汉末古诗中的抒情诗极相近。《七哀》一首情调尤肖《古诗十九首》。这些诗中有一些可能寄托了诗人君臣不偶和怀才不遇的感情。

《诗品》说曹植的诗"骨气奇高，词采华茂"，很能概括曹植诗歌的艺术风格。曹植一生热衷功名，追求理想，遭遇挫折后，壮志不衰，转多愤激之情，所以诗歌内容充满追求与反抗，富有气势和力量，这就形成了"骨气奇高"的一面。

在建安诗人中，曹植要算是最讲究艺术表现的。他的诗歌虽然也脱胎于汉乐府，但同时吸收了汉末文人古诗的成就，并努力在艺术上加以创造和发展。建安诗歌从乐府出来逐渐文人化，到了曹植手里就具有明显的文人诗的面目了。如《美女篇》模仿汉乐府《陌上桑》，但描写的细致和辞藻的华丽，与《陌上桑》迥异其趣，正表现了这种倾向。曹植的这种努力造成了他的"词采华茂"的一面。他的诗善用比喻，不只多而贴切，并且常常以全篇为比，如以少年救雀喻解救受难者，以转蓬飘荡喻流徙生活，以女无所归喻怀才不遇等。他的诗又注意对偶、炼字和声色。如"明月澄清景，列宿正参差。秋兰被长坂，朱华冒绿池。潜鱼跃清波，好鸟鸣高枝"，一连三联对偶，后两联尤为工整。"被"字、"冒"字见出作者选词用字的匠心。他有些诗句已暗合律诗的平仄，富于音乐性。此外曹植的诗还工于起调，善为警句，如"高树多悲风，海水扬其波""惊风飘白日，光景驰西流"，它们或在篇首，或在篇中，都使全诗增色。曹植这方面的成就提高了诗歌的艺术性，但也开了雕琢辞藻的风气。

曹植的辞赋也都是抒情小赋。《洛神赋》是他赋中的名作。这篇赋接受了《神女赋》的影响。它熔铸神话题材，通过梦幻境界，描写一个人神恋爱的悲剧。赋中先用大量篇幅描写洛神宓妃的容貌、姿态和装束，然后写到诗人的爱慕之情和洛神的感动："于是洛灵感焉，徙倚彷徨，神光离合，乍阴乍阳。竦轻躯以鹤立，若将飞而未翔。践椒涂之郁烈，步蘅薄而流芳。超长吟以永慕兮，声哀厉而弥长。"通过这些动作的描绘把洛神多情的性格也刻画得十分突出。最后写到由于"人神之道殊"，洛神含恨赠珰而去，和诗人失意追恋的心情，有浓厚的悲剧气氛。这篇赋想象丰富，描写细腻，词采流丽，抒情意味和神话色彩很浓，艺术的魅力很大。

在曹植的文章中，《与吴季重书》和《与杨德祖书》是两篇有名的散文书札。后一篇直抒怀抱，讥弹时人，文笔锋利简洁，也很能表现他自视甚高的性格。另外，他的《求自试表》《求通亲亲表》是两篇骈俪成分极重的文章。但它们都有一定的内容，而在形式上，对偶排比句也往往是三、四、五、六言相间，并且不排斥散句，所以错落有致，工整而不萎弱，与后来许多形式主义的骈文有很大不同。特别是前一篇，诗人的急切用世之心，洋溢在字里行间。

建安文学在我国文学史上占有重要的地位。一个时期的文学能形成一种传统而被接受下来是不多的。钟嵘在反对晋以后的形式主义诗风时，曾慨叹"建安风力尽矣"！初唐诗人陈子昂在进行诗歌革新时，也高举"汉魏风骨"的旗帜，这说明"建安风骨"的传统对后世文学的影响是相当深远的！

阮籍、嵇康

继建安文学之后的正始文学，在文学史上也有它的贡献，代表作家是阮籍、嵇康。

正始时期，代表世族大地主利益的司马氏，在逐渐掌握了魏国的军政大权之后，与曹魏统治者展开了激烈的争夺政权的斗争，政治异常黑暗。阮籍、嵇康都有较进步的政治思想，不满现实的腐朽。他们看到司马氏假"名教"以达到自私的目的，便以老庄的"自然"与之对抗。他们的创作虽然贯穿着老庄思想，与建安文学有明显的不同，但仍然反映了这一时期的政治现实，在基本精神上还是继承了"建安风骨"的传统的。

阮籍（210—263），字嗣宗，陈留尉氏（今河南开封）人。他早年"好书诗"，有"济世志"，但处于魏晋易代之际，在统治阶级内部的残酷斗争中，不仅抱负无由施展，自身的安全也没有保障。于是转而崇尚老庄思想，对黑暗的现实采取了一种消极反抗的态度。他终日"饮酒昏酣，遗落世事"，做官只是"禄仕"而已，言谈交际更是"发言玄远，口不臧否人物"。

阮籍尽管在行动上佯狂放诞，内心却十分痛苦。史载他"时率意独驾，不由径路，车迹所穷，辄恸哭而返"。他把这种寓藏在内心的、无由发泄的痛苦与愤懑都在诗歌中用隐约曲折的形式倾泻出来，这就是著名的八十二首五言《咏怀诗》。《咏怀诗》不是一时之作，它们真实地表现了诗人一生的复杂的思想感情。如"夜中不能寐"一诗：

> 夜中不能寐，起坐弹鸣琴。
>
> 薄帷鉴明月，清风吹我襟。
>
> 孤鸿号外野，翔鸟鸣北林。
>
> 徘徊将何见，忧思独伤心。

这诗表现了生活在黑暗现实里的诗人内心苦闷，末两句更充分表现出他那看不见任何希望和出路的忧思。"独坐空堂上"一首则典型地表现了诗人孤独索寞的感情。

在魏晋易代之际，最刺激诗人心灵的是政治的恐怖。"嘉树下成蹊"一首写道：

> 嘉树下成蹊，东园桃与李。
>
> 秋风吹飞藿，零落从此始。
>
> 繁华有憔悴，堂上生荆杞。
>
> 驱马舍之去，去上西山趾。
>
> 一身不自保，何况恋妻子。

凝霜被野草，岁暮亦云已。

诗人通过自然景物由繁华而零落憔悴的过程，形象地揭示出曹魏政权的由盛而衰，表现了自己生命难保的忧惧心情。"一日复一夕"一诗更表现了诗人处于这种险恶环境中"终身履薄冰，谁知我心焦"的战战兢兢的心理。

阮籍尽管有惧祸的思想，但对暴虐的现实政治仍表现了一种守正不阿的品格：

徘徊蓬池上，还顾望大梁。

绿水扬洪波，旷野莽茫茫。

走兽交横驰，飞鸟相随翔。

是时鹑火中，日月正相望。

朔风厉严寒，阴气下微霜。

羁旅无俦匹，俛仰怀哀伤。

小人计其功，君子道其常。

岂惜终憔悴，咏言著斯章。

诗人用"朔风""微霜"比司马氏的肆暴，用"走兽""飞鸟"比小人的逢迎驰骛，用羁旅比自己的寡俦，清楚地表现出时局的状况和诗人的处境（何焯据诗中"是时鹑火中，日月正相望"所指的时序，推定此诗是"指司马师废齐王事"，是可信的）。但诗人却坚定地表示不学计功的小人，而要做守常的君子。此外，他在一些诗中歌颂"气节故有常"的壮士，揭露"闲游子""工言子""夸毗子""佞邪子"等小人，以及"外厉贞素谈，户内灭芬芳"的虚伪的礼法之士，也正是这一主题的发挥。

阮籍不仅不满司马氏黑暗残暴的统治，从进步的政治思想出发，他对曹魏统治者的日趋荒淫腐朽也进行了揭露。如"驾言发魏都"：

驾言发魏都，南向望吹台。

萧管有遗音，梁王安在哉。

战士食糟糠，贤者处蒿莱。

歌舞曲未终，秦兵已复来。

夹林非吾有，朱宫生尘埃。

军败华阳下，身竟为土灰。

这首诗借古以寓今，揭露了魏国后期政治的腐败和统治者的荒淫。结尾大胆地指出这必将导致灭亡的命运。"湛湛长江水"一首表现了同样的主题。

《咏怀诗》是一个复杂的总体。除了上述这些积极内容之外，也有不少作品表现了诗人意志消沉、畏祸避世的消极思想。

阮籍处于政治高压之下，虽然满腹愤懑不平却不能直接说出来，因此，尽管他是"使气以命诗"（《文心雕龙·才略》），在表现上却多用比兴手法：或用自然事物象征，或用神话游仙暗示，都是言在此而意在彼，隐约曲折地表现思想内容，正如《诗品》说的："言在耳目之内，情寄八荒之表。……厥旨渊放，归趣难求。"《咏怀诗》继承了《小雅》和《古诗十九首》，但比兴手法的大量使用，则又显然是受了楚辞的影响。所以阮籍不仅是建安以来第一个全力作五言诗的人，而且能吸收多方面的影响，创造独特的风格，在五言诗的发展中是占有重要地位的。

阮籍这种以咏怀为题的抒情诗对后世作家有很大影响。陶渊明的《饮酒》、庾信的《拟咏怀》、陈子昂的《感遇》、李白的《古风》，这些成组的咏怀之作，显然都是继承阮籍《咏怀诗》这一传统而来的。

阮籍的《大人先生传》是一篇有价值的散文。传中所塑造的超世独往、与道合一的大人先生形象虽然是虚幻的，并有某种引导人们脱离现实的倾向，但对封建社会的批判和揭露却是深刻尖锐的。传中说："君立而虐兴，臣设而贼生，坐制礼法，束缚下民。"一语便揭穿了封建统治的本质。作者指出这样的统治是无法巩固的，必有一天会遭遇"亡国戮君溃散之祸"，到了这时，那些依附封建统治的寄生虫也必然同归于尽：

> 且汝独不见夫虱之处于裈[1]中乎？逃乎深缝，匿乎坏絮，自以为吉宅也。行不敢离缝际，动不敢出裈裆，自以为得绳墨也。饥则啮人，自以为无穷食也。然炎丘火流，焦邑灭都，群虱死于裈中而不能出，汝君子之处区内，亦何异夫虱之处裈中乎？

在客观上散布了对封建社会的悲观思想。这篇散文显然受了《庄子》寓言、楚辞神游、汉赋铺张的影响。全篇使气骋辞，奇偶相生，韵文与散文间杂，有它的独特风格。

---

[1] 裈，今字写作"裈"，指满裆裤。——编者注

嵇康（223—263），字叔夜，谯国铚（今安徽宿县[1]西）人。他的性格明显地表现为两面：一面崇尚老庄，恬静寡欲，好服食，求长生；一面却尚奇任侠，刚肠嫉恶，在现实生活中锋芒毕露，因此为司马氏所不容，而遭杀身之祸。嵇康的反对司马氏，固然与他为魏室姻亲有关，但根本的原因却在于他不满意司马氏的黑暗、残暴的统治。他在《太师箴》中揭露"季世"的情况说："骄盈肆志，阻兵擅权，矜威纵虐，祸崇丘山。刑本惩暴，今以胁贤。昔为天下，今为一身。"这实际是对司马氏统治的痛斥。

嵇康在反抗现实的表现上比阮籍激烈，诗歌成就却不如阮籍。他的诗歌着重表现一种清逸脱俗的境界。如《酒会诗》之一：

> 淡淡流水，沦胥而逝；
>
> 汎汎柏舟，载浮载滞。
>
> 微啸清风，鼓檝容裔。
>
> 放櫂投竿，优游卒岁。

不过他也有一些诗，如《答二郭》等明显地表现了愤世嫉俗的感情，特别是因吕安事牵连入狱后所写的《幽愤诗》，叙述了他托好老庄不附流俗的志趣和耿直的性格，虽然也责备自己"惟此褊心，显明臧否"，以致"谤议沸腾"，但他并不肯改变素志，最后表示要"采薇山阿，散发岩岫"，仍然是以俊逸之辞表现他的硬骨头。诗风的"峻切"，于此可见。他的四言诗艺术成就高于五言。

嵇康的《与山巨源绝交书》是一篇有浓厚的文学意味和大胆的

---

[1] 宿县，经多次行政区划变更，今大约位于安徽宿州市埇桥区。——编者注

反抗思想的散文。文中说："人伦有礼，朝廷有法。自惟至熟，有必不堪者七，甚不可者二。"他的"必不堪者七"，是表示蔑视虚伪礼教，"甚不可者二"更是公然对抗朝廷法制，所谓"每非汤武而薄周孔"，正是公开揭穿司马氏争夺政权的阴谋。也正因为这篇书信，司马氏终于杀害了他。这篇散文自始至终贯穿着对司马氏腐朽统治的决绝态度。他把山涛荐他做官比作是"羞庖人之独割，引尸祝以自助；手荐鸾刀，漫之膻腥"，极尽辛辣讽刺之能事。并表示如果司马氏要强迫他做官，他就会像野性难驯的麋鹿，"狂顾顿缨，赴汤蹈火"。全文嬉笑怒骂，锋利洒脱，很能表现他峻急刚烈的性格。

谢朓和新体诗

　　自魏晋以来，中国声韵学由于受印度梵音学的影响，有了新的发展。齐永明年间，周颙发现汉字的平、上、去、入四种声调，始著《四声切韵》（今佚），同时的著名诗人沈约（441—513）等人，又根据四声和双声叠韵来研究诗句中声、韵、调的配合，指出平头、上尾、蜂腰、鹤膝、大韵、小韵、旁纽、正纽等八种声病必须避免，力求做到"一简之内，音韵尽殊；两句之中，轻重悉异"。这样自觉地运用声律来写诗，的确是诗歌史上的空前创举。在这以前，陆机虽然也谈过"暨音声之迭代，若五色之相宣"，但只是初步地意识到诗歌音韵的必须调协，并未提出具体的调协音韵的办法。沈约自称"自灵均以来，虽文体稍精，而此秘未睹。至于高言妙句，音韵天成，皆暗与理合，匪由思至"，虽多少有点夸张，但基本是符合事实的。沈约等所发现的诗歌音律，和晋宋以来诗歌中对偶的形式互相结合，就形成了"永明体"的新体诗。这种新体诗是我国格律诗产生的开端。它的出现，反映了诗歌从比较自由发展到讲究格律的必然趋势。声律说的产生，是我国文学发展中的重要事件，它除对诗歌的形式有直接影响外，对于辞赋、骈文，以及后来的词、曲等文学形式，都有很大的影响。

唐封演《见闻记》说自沈约倡导诗歌声病说以后，"王融、刘绘、范云之徒，慕而扇之。由是远近文学，转相祖述，而声韵之道大行"。可惜沈约等永明作家的诗歌，虽然在运用声律、辞藻上有新的成就，但思想内容多半平庸乏味，甚至还有不少空洞无物的形式主义作品。只有谢朓，是这个时代比较优秀的诗人。

谢朓（464—499），字玄晖，陈郡阳夏（今河南太康附近）人。出身贵族。最初做南齐诸王幕下的参军、功曹、文学等官职，曾得随王萧子隆、竟陵王萧子良的赏识，后来为明帝掌中书诏诰。公元495年出任宣城太守，后回朝任吏部郎，因事牵连，下狱而死。

谢朓的出身经历，和谢灵运有些类似，他的诗受谢灵运影响较大，现存的优秀的诗篇大部分是山水诗。有的作品颇有模仿谢灵运的痕迹。但总的说来，诗风清新流丽，较少繁芜词句和玄言成分，和谢灵运的富艳精工、典丽厚重颇有不同。例如他的名作《晚登三山还望京邑》：

> 灞涘望长安，河阳视京县。
>
> 白日丽飞甍，参差皆可见。
>
> 余霞散成绮，澄江静如练。
>
> 喧鸟覆春洲，杂英满芳甸。
>
> 去矣方滞淫，怀哉罢欢宴。

佳期怅何许，泪下如流霰。

有情知望乡，谁能鬒不变？

诗中刻画春江日暮景色，词语颇为精警工丽。"余霞散成绮"两句，由于李白的赞美，向来为人们所传诵。

谢朓现存的诗歌，有将近四分之一的作品是在做宣城太守的两年中写成的。他的名作《之宣城郡出新林浦向板桥》就写于赴任途中：

江路西南永，归流东北骛。

天际识归舟，云中辨江树。

旅思倦摇摇，孤游昔已屡。

既欢怀禄情，复协沧洲趣。

嚣尘自兹隔，赏心于此遇。

虽无玄豹姿，终隐南山雾。

这首诗中"天际识归舟"两句，写天边疏淡的归帆远树，表现了诗人平静和谐的心境。"既欢怀禄情，复协沧洲趣"等句，在表现喜得外任的心情中，又流露了士族文人流连光景的生活情趣和回避现实的政治态度。

宣城是当时江南大郡，经济发达，又有敬亭、双溪等名胜。因此，他在宣城所写的山水诗，脍炙人口的佳句也特别多。例如："寒城一以眺，平楚正苍然"（《宣城郡内登望》）；"苍翠望寒山，峥嵘瞰平陆"（《冬日晚郡事隙》）；"窗中列远岫，庭际俯乔林。日出众鸟散，山暝孤猿吟"（《郡内高斋闲望答吕法曹》）；"余雪映青山，寒雾开白日。暧暧江村见，离离海树出"（《高斋视事》）。这些诗句，很像一幅幅萧疏淡远的水墨画，平淡而又富有思致。不仅和谢灵运的富艳精工的诗迥然不同，就是和他自己以前在建业、荆州写的诗篇相比，也颇有变化，藻绘流丽的色彩冲淡了，清新自然的成分增加了。这里可以看出陶诗对他的一定影响。

谢朓的山水诗，也和谢灵运一样，存在"有句无篇"的缺点。上面所举的他在宣城所写的佳句，多半就是从玉石杂陈的篇章中挑拣出来的。此外，他的《观朝雨》《答王世子》等篇，还明显地存在着钟嵘所说的"善自发端，而末篇多踬""意锐而才弱"的缺点。

王闿运《八代诗选》选录谢朓集中的新体诗共二十八首，说明他集中属于永明体的篇章并不多。其中名篇如《入朝曲》：

> 江南佳丽地，金陵帝王州。
>
> 逶迤带绿水，迢递起朱楼。
>
> 飞甍夹驰道，垂杨荫御沟。
>
> 凝笳翼高盖，叠鼓送华辀。
>
> 纳献云台表，功名良可收。

这是他的《隋王鼓吹曲》[1]十首之一，内容是歌颂建业京都的富丽气象。从这首诗，我们可以看到新体诗的特点是：力求平仄调协，音韵铿锵，词采华丽，对仗工整。但是，他在声律上还没有完全避免沈约的"八病"，如开头两句，就犯了"平头"的声病，正像沈约自己的诗也存在声病一样。他的新体诗中更值得注意的是那些模仿南朝乐府民歌的小诗：

> 夕殿下珠帘，流萤飞复息。

---

[1] 又作《齐随王鼓吹曲》。——编者注

长夜缝罗衣，思君此何极？

——《玉阶怨》

绿草蔓如丝，杂树红英发。

无论君不归，君归芳已歇。

——《王孙游》

这些诗虽然写的是贵族生活，和民歌内容有别，但语言精练，情味隽永，艺术上比乐府民歌有所提高。谢朓的新体诗，对唐代律诗、绝句的形成是有影响的。严沧浪说："谢朓之诗，已有全篇似唐人者。"也主要是就他的新体诗说的。

唐代一些著名诗人很重视谢朓的诗，李白更在诗中屡次称引他的佳句。

〔第四章〕

萧涤非、游国恩

讲唐代古文

李白诗歌的思想与艺术成就

/ 萧 涤 非 /

李白诗歌的思想内容

李白的诗现存九百多首。这些诗表现了他一生的思想和经历，也表现了盛唐时代的社会现实和精神生活面貌。

开元天宝年间，唐帝国国力极度强盛，经济文化呈现空前繁荣景象，人民创造精神也有所发扬。同时在政治经济各方面又潜伏着各种危机。李白《古风》第四十六首说：

> 一百四十年，国容何赫然。隐隐五凤楼，峨峨横三川。王侯象星月，宾客如云烟。斗鸡金宫里，蹴鞠瑶台边。举动摇白日，指挥回青天。……

一方面是空前强大帝国的繁荣气象，一方面是统治阶级在强大繁荣外衣的掩盖下已开始走向奢侈和腐化。在《古风》第三首里，李白又用咏史的形式作了类似的描写：

> 秦王扫六合，虎视何雄哉！挥剑决浮云，诸侯尽西来。明
> 断自天启，大略驾群才。收兵铸金人，函谷正东开。铭功会稽
> 岭，骋望琅邪台。刑徒七十万，起土骊山隈。尚采不死药，茫
> 然使心哀。……

诗中所举的秦始皇故事，除收兵[1]铸金人而外，如平定诸侯，笼驾群
才，铭功会稽，起土骊山等等的举动，大唐帝国都曾经先后以不同的
形式翻版重演。诗人表面是咏史，实际是对唐王朝极盛而渐衰的征象
深表忧虑。诗的后段写秦始皇采药蓬莱，显然是讽刺唐玄宗好神仙求
长生的荒唐梦想。

国家的强大，鼓舞他向往功名事业的雄心；政治的危机，更激
发了他拯物济世的热望。这种心情，在盛唐诗人中是相当普遍的，李
白则表现得更为突出。他在许多诗歌里借历史人物表达了他的政治抱
负。他羡慕姜尚："君不见朝歌屠叟辞棘津，八十西来钓渭滨。宁羞
白发照清水，逢时壮气思经纶。广张三千六百钓，风期暗与文王亲"
（《梁甫吟》）；羡慕诸葛亮："鱼水三顾合，风云四海生。武侯立
岷蜀，壮志吞咸京"（《读诸葛武侯传书怀》）；羡慕谢安："暂因苍生
起，谈笑安黎元"（《书情赠蔡舍人雄》）。在这一类的诗歌里，他甚至
幻想过一种君臣之间互相礼让尊敬的平等关系："如逢渭川猎，犹可
帝王师"（《赠钱征君少阳》）；"剧辛乐毅感恩分，输肝剖胆效英才"
（《行路难》第二）。当他意识到这种想法不现实时，他又极力称赞那

---

[1] 指兵器。——编者注

些功成身退、不事王侯的清高人物。例如《古风》第十首：

> 齐有倜傥生，鲁连特高妙。明月出海底，一朝开光曜。却
> 秦振英声，万世仰末照。意轻千金赠，顾向平原笑。吾亦澹荡
> 人，拂衣可同调。

对鲁仲连却秦的功绩深表仰慕，对鲁仲连意轻千金、顾笑平原的风度
则更倾心折服。在《古风》第十二首中赞美严子陵"身将客星隐"，
用意也与此诗约略相似。李白是一个自视很高的人，他屡次自比大
鹏。如《上李邕》：

> 大鹏一日同风起，抟摇直上九万里。假令风歇时下来，犹
> 能簸却沧溟水。时人见我恒殊调，见余大言皆冷笑。宣父犹能
> 畏后生，丈夫未可轻年少。

他把完成事业，取得功名常常看得轻而易举。谈用兵，是"谈笑三军
却"；谈政治，也是"调笑可以安储皇"。不仅年少时如此强烈自
信，就是在长安政治活动失败以后，他也说："穷与鲍生贾，饥从漂
母餐。时来极天人，道在岂吟叹？乐毅方适赵，苏秦初说韩。卷舒固
在我，何事空摧残？"（《秋日炼药院赠元林宗》）但是，他一生在政治
上没有做出重要的成绩，也没有留下重要的论政著作，我们也无法证
明他在政治上的实际才能。他之所以这样口出大言，自信不疑，可能
是出于对现实人事的不满。他的《嘲鲁儒》说："鲁叟谈五经，白发
死章句。问以经济策，茫如坠烟雾。"他到长安所见的在朝廷当权的
李林甫、高力士之流更是贪鄙自私、不学无术的小人，他自然也就日
益佯狂自负。"一生傲岸苦不谐，恩疏媒劳志多乖"，就是他政治失
意的悲剧。

李白从少年时就喜好任侠，以后在"混游渔商，隐不绝俗"的长期生活中，又和许多民间游侠之徒往来，受到这些无名人物的感染，写了不少歌颂游侠的诗，如《侠客行》：

> 赵客缦胡缨，吴钩霜雪明。银鞍照白马，飒沓如流星。十步杀一人，千里不留行。事了拂衣去，深藏身与名。闲过信陵饮，脱剑膝前横。将炙啖朱亥，持觞劝侯嬴。三杯吐然诺，五岳倒为轻。眼花耳热后，意气素霓生。救赵挥金槌，邯郸先震惊。千秋二壮士，烜赫大梁城。纵死侠骨香，不惭世上英。谁能书阁下，白首太玄经。

从这首诗，我们可以看出，无论"十步杀一人""救赵挥金槌"的侠义行动，"事了拂衣去，深藏身与名"的慷慨无私的精神，或是不甘心过白首儒生寂寞生活的性格作风，都和他拯物济世的政治理想，不愿屈己干人[1]的性格，以及"功成不受赏"的高尚品德，有着相当密切的内在联系。

长安三年的政治生活，对李白的生活和创作有很深刻的影响。他抱着种种的理想和幻想来到长安，表面上受到玄宗礼贤下士的优待，但是，当权的宦官外戚等等人物却暗中对他谗毁打击，他的政治理想和黑暗现实形成了尖锐的矛盾。他写了不少诗歌抒发了自己的痛苦和愤懑。如《行路难》三首之一：

> 金樽美酒[2]斗十千，玉盘珍羞直（值）万钱。停杯投箸不能

---

[1] 出李白《代寿山答孟少府移文书》，"尔其天为容，道为貌，不屈己，不干人，巢、由以来，一人而已。"——编者注

[2] "美酒"一为"清酒"。——编者注

食，拔剑四顾心茫然。欲渡黄河冰塞川，将登太行雪满山。闲来垂钓碧溪上，忽复乘舟梦日边。行路难，行路难，多歧路，今安在。长风破浪会有时，直挂云帆济沧海！

这首诗揭示了诗人在坎坷仕途上茫然失路的强烈痛苦，但是，他并不因为失败而放弃理想的追求。有时，同样的心情，又以愤怒控诉的形式表现出来，例如《梁甫吟》："我欲攀龙见明主，雷公砰訇震天鼓，帝旁投壶多玉女。三时大笑开电光，倏烁晦冥起风雨。阊阖九门不可通，以额叩关阍者怒。"悲愤声中充满不屈不挠的斗争精神。直到诗的结尾，他一直高扬着胜利的信心："张公两龙剑，神物合有时。风云感会起屠钓，大人峺屼当安之！"

昏庸腐朽的幸臣权贵，始终是他的对立面，他想起屈原所痛恨的那些"党人"："殷后乱天纪，楚怀亦已昏。夷羊满中野，菉葹满高门。"（《古风》第五十一）他在《雪谗诗》里，痛斥了恃宠弄权的杨贵妃，在《古风》第二十四里，揭露了因斗鸡而得权势的佞幸小人。在《答王十二寒夜独酌有怀》诗里，这种愤激憎恶的心情表现得最为突出：

……君不能狸膏金距学斗鸡，坐令鼻息吹虹霓。君不能学哥舒横行青海夜带刀，西屠石堡取紫袍。吟诗作赋北窗里，万言不值一杯水。世人闻此皆掉头，有如东风射马耳！鱼目亦笑我，谓与明月同。骅骝拳跼不能食，蹇驴得志鸣春风。折杨黄华合流俗，晋君听琴枉清角。巴人谁肯和阳春，楚地由来贱奇璞。黄金散尽交不成，白首为儒身被轻。一谈一笑失颜色，苍蝇贝锦喧谤声。曾参岂是杀人者，谗言三及慈母惊！与君论心握君手，荣辱于余亦何有！孔圣犹闻伤凤麟，董龙更是何鸡狗。一生傲岸苦不谐，恩疏媒劳志多乖。严陵高揖汉天子，何必长剑拄颐事玉阶！达亦不足贵，穷亦不足悲，韩信羞将绛灌比，祢衡耻逐屠沽儿。君不见李北海，英风豪气今何在？君不见裴尚书，土坟三尺蒿棘居！少年早欲五湖去，见此弥将钟鼎疏。

诗中提到李邕、裴敦复被杀，哥舒翰屠石堡的事，发生于天宝六载和八载。在这首长诗里，他对以斗鸡媚上的幸臣，以屠杀邀功的武将，投以憎恶轻蔑的嘲笑。对自己光明磊落而遭受谗言诽谤，被逐出朝，怀着满腹的悲愤。末尾对被杖杀的李北海，更称赞其"英风豪气"，为之呼冤叫屈。他的是非爱憎，和朝廷完全处于对立地位。这不仅表现了李白的桀骜不驯的叛逆精神，同时对封建统治者"珠玉买歌笑，糟糠养贤才"，颠倒黑白、残酷暴虐的种种黑暗面目，也作了尽情的揭发。他这种悲愤病苦的心情，有时甚至发展到难以排遣的程度。他在《宣州谢朓楼饯别校书叔云》里说：

弃我去者昨日之日不可留；乱我心者今日之日多烦忧。长风万里送秋雁，对此可以酣高楼。蓬莱文章建安骨，中间小谢又清发。俱怀逸兴壮思飞，欲上青天揽明月。抽刀断水水更流，举杯消愁愁更愁。人生在世不称意，明朝散发弄扁舟。

这首诗起落无迹，断续无端。仰怀古人，壮思欲飞；自悲身世，愁怀难遣。好像整个人生只有驾着扁舟遨游江湖一条出路了。

李白一生大半过着浪游生活，写下了不少游历名山大川的诗篇，其中还有一些诗和他求仙学道的生活联系在一起。他那种酷爱自由、追求解放的独特性格，常常是借这类诗篇表现出来。当他政治失意之后，这种诗歌也写得特别多，特别好。他喜爱的山水往往不是宁静的丘壑，幽雅的林泉，而是奇峰绝壑的大山，天外飞来的瀑布，白波九道的江河，这些雄伟奇险的山川，特别契合他那叛逆不羁的性格，他好像要登涉这些山川和天地星辰同呼吸，和天仙神灵相往来。他的杰作《梦游天姥吟留别》就是这方面的代表。其中梦境的描写，特别令人目眩神迷：

> ……我欲因之梦吴越，一夜飞渡镜湖月。湖月照我影，送我至剡溪。谢公宿处今尚在，渌水荡漾清猿啼。脚著谢公屐，身登青云梯。半壁见海日，空中闻天鸡。千岩万转路不定，迷花倚石忽已暝。熊咆龙吟殷岩泉，栗深林兮惊层巅。云青青兮欲雨，水淡淡[1]兮生烟。列缺霹雳，丘峦崩摧，洞天石扇，訇然中开。青冥浩荡不见底，日月照耀金银台。霓为衣兮风为马，云之君兮纷纷而来下。虎鼓瑟兮鸾回车，仙之人兮列如麻……

从谧静幽美的湖月到奇丽壮观的海日，从曲折迷离的千岩万转的道路到令人惊恐战栗的深林层巅，境界愈转愈奇，愈幻愈真。最后由梦境幻入仙境，更完全是彩色缤纷的神话世界。淋漓挥洒、心花怒放的诗笔，写出了诗人精神上的种种历险和追求，好像诗人苦闷的灵魂在梦中得到了真正的解放。无怪他梦醒后发出了这样的呼声：

> 安能摧眉折腰事权贵，使我不得开心颜！

诗人从梦幻回到了现实。梦境的自由美好，更加强了他对现实中权贵

---

[1] "淡淡"一为"澹澹"。——编者注

人物的憎恶和反抗。餐霞饮露的求仙生活是他所神往的，但是他也很明白这种生活只是一种无可奈何的排遣忧愁的手段。他的《赠蔡山人》诗说："我本不弃世，世人自弃我。"正说明他那种不得已的心情。有时他说："待吾尽节报明主，然后相携卧白云"（《驾去温泉后赠杨山人》），其中心思想更完全是在从政，而不在隐逸求仙。他的思想常常前后矛盾，有时说"功成拂衣去，归入武陵源"（《登金陵冶城西北谢公墩》），有时又说"若待功成拂衣去，武陵桃花笑杀人"（《当涂赵炎少府粉图山水歌》）。从这种矛盾中，更可以看出他的确是"好神仙非慕其轻举"。

李白一千多年以来被人称为"谪仙""诗仙"，但是，他归根到底还是一个热爱祖国、关怀人民、不忘现实的伟大诗人。我们前面所引的那些诗歌，都和他忧国忧民的思想有或深或浅的联系。

李白对国家的强大统一非常关怀，他像盛唐边塞诗人一样，对保卫祖国边疆的将士曾经作过热情的歌颂。在《塞下曲》六首之一里，他写道：

> 五月天山雪，无花只有寒。笛中闻折柳，春色未曾看。晓战随金鼓，宵眠抱玉鞍。愿将腰下剑，直为斩楼兰。

在塞外奇寒的艰苦生活里，将士们的报国雄心却丝毫不变。其他各首里，用"横行负勇气，一战静妖氛"鼓舞前方士气；用"玉关殊未入，少妇莫长嗟"安慰后方家属，也同样体现了爱国的精神。

但是，到天宝年间，唐统治者穷兵黩武，不断向吐蕃和南诏用兵，发动战争，断送士卒的生命，破坏人民的生产，引起了李白极大的愤慨，他前后写了好几篇诗反对这种不义的战争。对哥舒翰屠杀邀功的行为，作了尖锐指责。对杨国忠派兵远征南诏丧师二十万的事，他写了《书怀赠南陵常赞府》和《古风》第三十四等诗，后一首说：

> ……渡泸及五月，将赴云南征。怯卒非战士，炎方难远行。长号别严亲，日月惨光晶。泣尽继以血，心摧两无声。困兽当猛虎，穷鱼饵奔鲸。千去不一回，投躯岂全生？如何舞干戚，一使有苗平。

这里对杨国忠分道捕捉壮丁送云南从事战争的罪行，作了大胆的揭露。他的《战城南》更是概括了当时穷兵黩武的现象而写成的名作。安史之乱发生后，战争的性质变了，他虽远在江南，却写成了一系列的充满爱国激情的诗。在《永王东巡歌》里，他对"三川北虏乱如麻，四海南奔似永嘉"的局面，感到焦急，他对永王说：

> 试借君王玉马鞭，指挥戎虏坐琼筵。南风一扫胡尘静，西入长安到日边。

后来他因为从璘的事被捕入狱，流放夜郎，他的爱国之心丝毫没有减弱。他的《赠张相镐》说："石勒窥神州，刘聪劫天子。抚剑夜吟啸，雄心日千里。誓欲斩鲸鲵，澄清洛阳水。"《经乱离后天恩流夜郎》这首长诗中也说："桀犬尚吠尧，匈奴笑千秋。中夜四五叹，常为大国忧。"而《闻李太尉大举秦兵百万出征东南，儒夫请缨》这首诗，更说明他爱国之心至老不衰。他安史乱后能写出这些充满爱国激情的诗，也说明他和王维、高适、岑参等盛唐诗人有所不同。

从上述有关战争的诗篇里，我们已经可以看到李白对人民疾苦的密切关怀。此外，他也还有少数直接写人民生活的诗篇。例如《丁都护歌》：

> 云阳上征去，两岸饶商贾。吴牛喘月时，拖船一何苦！水浊不可饮，壶浆半成土。一唱都护歌，心摧泪如雨。万人凿盘石，无由达江浒。君看石芒砀，掩泪悲千古。

芒砀诸山产文石，统治者为了营建宫室甲第，强迫人民开凿搬运，这首诗写人民在夏天挽船运石的劳苦，是深表同情的。他的《宿五松山下荀媪家》也写得很动人：

> 我宿五松下，寂寥无所欢。田家秋作苦，邻女夜舂寒。跪进雕胡饭，月光明素盘。令人惭漂母，三谢不能餐。

这里不仅真切地写出农民秋作夜舂的劳苦生活，而且表达出诗人对劳动人民深情厚意的衷心感激。在他看来，这一盘雕胡饭，比他平时作客所吃的"兰陵美酒""琼杯绮食"都更值得珍贵。李白直接写劳动人民生活的作品虽然为数不多，但是他的诗歌中反映人民的生活并不限于这少数诗篇。李白曾经写过很多乐府诗，并取得很大的成就，像《长干行》《子夜吴歌》等诗已经成为人们喜闻乐见、普遍传诵的名作。从这些诗里，我们可以看到他对人民的生活、感情、语言是多么熟悉，对乐府民歌是多么热爱。没有长期"混游渔商"的生活，他是写不出这些诗歌的。

李白是伟大的浪漫主义诗人，我们上面所说的他的政治上的远大抱负，他对祖国和人民的热爱，对权贵势力、对封建社会一切压迫和羁束毫不调和的叛逆态度，正是他诗歌浪漫主义精神的主要表现。这些思想内容，错综交织地贯穿着他的优秀作品。当然，由于内容性质、感情色彩以及表现手法的不同，他有一些作品可以说是现实主义的，例如那些描绘揭露黑暗现实面貌、幻想成分较少的作品就属于这一类。

但是，李白究竟是一个封建时代的诗人，他的理想，无法超越他的时代和阶级视野的限制；他的反抗，也更多是针对他阶级内部的黑暗现象，针对妨碍他个人自由发展的那些压迫和束缚。他的要求和当时人民的利益有一定相通的地方，但和人民的要求本质上也有区别。他那种要求个人绝对自由的倾向，今天看来，当然只是一种脱离实际的幻想。

还应该注意，李白是一个极其矛盾的诗人。他蔑视权贵人物，蔑视荣华富贵，这是主要的。但是，他往往又以接近皇帝、权贵为荣，又对荣华富贵表示羡慕或留恋。"长安宫阙九天上，此地曾经为近臣。""昔在长安醉花柳，五侯七贵同杯酒。"这类诗句在他集中屡见不鲜。他羡慕谢安携妓享乐的生活，也见于行动，流于歌咏。至于沉迷酒杯，昏饮逃世，消极地感叹人生的诗篇诗句，为数更多，如《襄阳歌》《春日醉起言志》，都是众所周知的。这些显然更是他诗中消极的糟粕了。

李白诗歌的艺术成就

作为一个浪漫主义诗人，李白是伟大的，也是最典型的。他说自己的诗是"兴酣落笔摇五岳，诗成啸傲凌沧洲"。杜甫称赞他的诗也说："笔落惊风雨，诗成泣鬼神。"这种无比神奇的艺术魅力，确是他的诗歌最鲜明的特色。他的诗歌，不仅具有最强烈的浪漫主义精神，而且还创造性地运用了一切浪漫主义的手法，使内容和形式得到高度的统一。

李白不是一个"万事不关心"的诗人，相反，他似乎什么都关心，很多生活他都体验过，表现过。尽管没有一种生活能永远使他满足，但他那炽热的感情，强烈的个性，在表现各种生活的诗篇中都打下了不可磨灭的烙印，处处留下浓厚的自我表现的主观色彩。他要入京求官，就宣称："仰天大笑出门去，我辈岂是蓬蒿人！"政治失意了，就大呼："大道如青天，我独不得出！"他要控诉自己的冤屈，就说："我欲攀龙见明主，雷公砰訇震天鼓。"他想念长安，就是："狂风吹我心，西挂咸阳树。"他登上太白峰，就让"太白与我语，为我开天关"。他要求仙，就有"仙人抚我顶，结发受长生"。他要饮酒，就有洛阳董糟丘"为余天津桥南造酒楼"。他悼念宣城善酿纪叟，就问："夜台无李白，沽酒与何人？"这种强烈的自我表现的主观色彩，从艺术效果来说，有的地方使诗歌增加了一种排山倒海而来的气势，先声夺人的力量；有的地方又让人读来感到热情亲切。当然，这种主观色彩，并不限于有"我"字的诗句和诗篇，例如在很多诗篇里，鲁仲连、严子陵、诸葛亮、谢安等人的名字，也往往被李白当作第一人称的代用语，让古人完全成为他的化身。

和上述特点相适应，他在感情的表达上不是掩抑收敛，而是喷薄而出，一泻千里。当平常的语言不足以表达其激情时，他就用大胆的夸张；当现实生活中的事物不足以形容、比喻、象征其思想愿望时，他就借助非现实的神话和种种奇丽惊人的幻想。从前节中所引用的一些抒情诗里，已经可以感觉到这种特点，用"抽刀断水水更流"，比喻"举杯消愁愁更愁"，本来是极度的夸张，却让人感到是最高的真实。又如《秋浦歌》的"白发三千丈，缘愁似个长"，借有形的发，突出无形的愁，夸张也极为大胆。其他如《侠客行》"三杯吐然诺，五岳倒为轻"，以五岳为轻来夸张侠客然诺之重。《箜篌谣》"轻言托朋友，对面九疑峰"，又用山峰来夸张朋友之间的隔膜与猜疑。《北风行》里"燕山雪花大如席，片片吹落轩辕台"，大家都很熟悉，但这首诗结尾两句"黄河捧土尚可塞，北风雨雪恨难裁"也同样是惊心动魄的。没有黄河可塞这样惊人的比喻，我们也就不会懂得阵亡士卒的妻子那种深刻绝望的悲哀。大胆的夸张，永远离不开惊人的想象。这里，我们还要着重介绍他那些最富于浪漫主义奇情壮采的山水诗，尤其是使李白获得巨大声誉的《蜀道难》：

> 噫，吁嚱，危乎高哉！蜀道之难难于上青天！蚕丛及鱼凫，开国何茫然。尔来四万八千岁，不与秦塞通人烟。西当太白有鸟道，可以横绝峨眉巅。地崩山摧壮士死，然后天梯石栈相钩连。上有六龙回日之高标，下有冲波逆折之回川。黄鹤之飞尚不得过，猿猱欲度愁攀援。青泥何盘盘，百步九折萦岩峦。扪参历井仰胁息，以手抚膺坐长叹。问君西游何时还？畏途巉[1]岩不可攀，但见悲鸟号古木，雄飞雌从绕林间。又闻子规啼夜月，愁空山。蜀道之难难于上青天，使人听此凋朱颜！……

这首诗，以神奇莫测之笔，凭空起势。从蚕丛鱼凫说到五丁开山，全用渺茫无凭的神话传说，烘托奇险的气氛。高标插天可以使"六龙回

---

[1] "巉"应为"巉"。——编者注

日"，也是凭借神话来驰骋幻想。以下又用黄鹤、猿猱、悲鸟、子规作夸张的点缀，然后插入胁息、抚膺、凋朱颜的叙述，作为全诗的骨干。"蜀道之难难于上青天"的诗句在篇中三次出现，更给这首五音繁会的乐章确定了回旋往复的基调。李白一生并未到过剑阁，这篇诗完全是凭传说想象落笔。正因为如此，他的胸怀、性格在这里更得到了最充分的表现。殷璠《河岳英灵集》说这首诗"可谓奇之又奇，自骚人以还，鲜有此体"，正反映了同时代人对这首诗的惊奇赞叹。就在蜀道畅通的今天，它仍然是具有历史价值和美学价值的不朽杰作。他的《望庐山瀑布》二首、《庐山谣》也是历来传诵的名作，后一诗中写他在庐山顶上望大江的景色，"登高壮观天地间，大江茫茫去不还。黄云万里动风色，白波九道流雪山"，完全摆脱了真实空间感觉的拘束，以大胆的想象夸张，突出了山川的壮丽，展示了诗人壮阔的胸怀。白居易《登香炉峰顶》诗"江水细如绳，湓城小于掌"，完全出于写实。把两诗互相比较，艺术价值的高下，不言而自明。

　　李白的浪漫主义是有其丰富生活为基础的。他的诗歌往往呈现感情充沛、瞬息万变的特色。我们前面引用过的《行路难》第一首、《宣州谢朓楼饯别校书叔云》、《梦游天姥吟》[1]等篇，已经可以看出这一点。他的名作《将进酒》也是这方面非常突出的例子。在诗里，他正在劝人开怀痛饮："人生得意须尽欢，莫使金樽空对月。"好像他很安于颓废享乐的生活，但是，他那像黄河一样奔腾跳动的感情是这样变化莫测，他突然又说："天生我材必有用，千金散尽还复

---

[1]　即《梦游天姥吟留别》。——编者注

来！"强烈的信心转眼又代替了消极的悲叹。他的《梁园吟》也有这种类似的情况，诗的前段尽情地描绘痛饮狂欢，甚至沉吟流泪地感慨功名富贵的无常，但是临到结尾，他突然又说："歌且谣，意方远。东山高卧时起来，欲济苍生未应晚。"诗人的感情在转瞬之间竟判若两人。把矛盾复杂的思想感情，处理得这样洒脱灵活，并且达到艺术上的高度完美，在诗史上只有极少数的诗人达到这个水平。从这种跳脱变化的特点继续发展，于是他在有些诗篇里就同时运用浪漫主义和现实主义两种创作方法。有的诗既写实，又想象夸张，像《北风行》《关山月》；有时竟把抒写理想愿望和描写苦难的现实结合在一篇诗里，如《古风》第十九：

> 西上莲花山，迢迢见明星。
>
> 素手把芙蓉，虚步蹑太清。
>
> 霓裳曳广带，飘拂升天行。
>
> 邀我登云台，高揖卫叔卿。
>
> 恍恍与之去，驾鸿凌紫冥。
>
> 俯视洛阳川，茫茫走胡兵。
>
> 流血涂野草，豺狼尽冠缨。

在升天神游的美丽幻想中，突然俯见被安禄山蹂躏毁灭了的洛阳，使我们不禁想起《离骚》的结尾："陟陞皇之赫戏兮，忽临睨乎旧乡。"急转直下的感情，浪漫幻想的破灭，深刻地表现出诗人无比沉痛的爱国心情。

"清水出芙蓉，天然去雕饰"，李白这两句诗是他诗歌语言最生动的形容和概括。李白的诗歌语言所以能达到这样理想的朴素自然境界，是和他认真学习汉魏六朝乐府民歌分不开的。据权德舆作的《韦渠牟诗集》序说，李白曾经把"古乐府学"传授给十一岁的韦渠牟。他的乐府诗中拟古乐府之作很多，众所周知，不必举例。但他最得力于乐府民歌的地方，首先还是语言。他的《长干行》《子夜吴歌》的语言，多么酷似《孔雀东南飞》《子夜歌》和《西洲曲》。"小时不识月，呼作白玉盘。又疑瑶台镜，飞向青云端。""清风朗月不用一钱买，玉山自倒非人推。""蜀道之难难于上青天。"写得多么活泼自然，叫人一读难忘。"君不见黄河之水天上来，奔流到海不复回。"学习汉乐府《长歌行》："百川东到海，何时复西归？"又是多么地青出于蓝。这些初看来是最平凡的地方，但是后代模拟李白的诗人没有一个人达到这种高度完美的境地。学腔调似难而实易，学语言似易而实难。

李白运用的诗体很多样，但贡献最大的是七古和七绝。这两种诗体在当时也是最新最自由的，和他那自由豪放的个性也特别适应。他这方面的成就也很得力于学习乐府民歌。七古无须再谈，这里只举他几首脍炙人口的七绝：

峨眉山月半轮秋，影入平羌江水流。

夜发清溪向三峡，思君不见下渝州。

——《峨眉山月歌》

朝辞白帝彩云间，千里江陵一日还。

两岸猿声啼不住，轻舟已过万重山。

——《早发白帝城》

故人西辞黄鹤楼，烟花三月下扬州。

孤帆远影碧空尽，惟见长江天际流。

——《黄鹤楼送孟浩然之广陵》

李白乘舟将欲行，忽闻岸上踏歌声。

桃花潭水深千尺，不及汪伦送我情。

——《赠汪伦》

沈德潜《唐诗别裁》说："七言绝句以语近情遥，含吐不露为贵。只眼前景，口头语，而有弦外音，使人神远，太白有焉。"他说的这些特点，实际上也就是深得民歌天真自然的风致。即以《早发白帝城》一诗而论，全篇词意完全出于《水经注》"巫峡"一篇，但语言之自然，心情之舒畅乐观，与原文风貌，却迥然不同。他的七绝向来和王昌龄齐名，各具特色。但就接近民歌一点说，他却超过了王昌龄。他的五律，运古诗质朴浑壮气势于声律格调之中，往往不拘对偶，也很别具风格。如《夜泊牛渚怀古》《送友人》等篇，历来为评论家所称引。

　　李白在创作上，继承了前代诗歌的丰富遗产。他所继承的传统，首先是楚辞和汉魏六朝乐府民歌。他受屈原的影响是多方面的，他发扬了屈原爱国主义精神和坚强不屈的斗争精神，也继承了屈原的浪漫主义的创作方法，像熔铸神话传说、大胆地幻想夸张、重视民歌遗产等方面，他都和屈原完全一致。就具体作品来说，如《远别离》《梁甫吟》《梦游天姥吟》乃至《蜀道难》都在精神面貌以及题材、构思、句法的形式上和屈原作品有接近的地方。他对汉魏六朝文人作品也很认真学习。段成式《酉阳杂俎》说："李白前后三拟《文选》，不如意，悉焚之。"这个传说想必有一定根据。他称赞建安诗歌，称赞阮籍、陶渊明、谢灵运、谢朓、鲍照的话，屡有所见。他仿效、化用这些诗人的诗篇和诗句的例子，更不胜枚举。杜甫赠他的诗，也指出他的作品有近似鲍照、庾信、阴铿的地方。没有对遗产的认真学习，他不可能成为一个伟大的浪漫主义诗人。

李白在浪漫主义诗歌发展中的地位及其影响

我国文学史的现实主义和浪漫主义两个伟大的传统在唐诗中都发展到新的高度。李白的诗歌在浪漫主义诗歌发展中有着崇高的地位。

远古时代人民口头创作的神话传说，是我国文学史上浪漫主义的萌芽。到了战国时代，屈原吸取前代文学和文化的成就，在现实斗争中创造了一系列光辉的诗篇，以宏富博大的内容，奇情壮采的形式，"轩翥诗人之后，奋飞辞家之前"，为浪漫主义传统创造了第一个高峰。和他同时的庄子在哲理散文中创造了许多幻想奇丽的寓言，也对浪漫主义传统有重要贡献。从两汉到唐初，浪漫主义传统在民间和进步文人创作中不断发展着，汉魏六朝乐府民歌中的《陌上桑》《木兰词》[1]等等作品，曹植、阮籍、左思、陶渊明、鲍照的某些诗篇，以及六朝志怪小说中的优秀传说，都对浪漫主义传统有所丰富。到盛唐时代更出现了以李白为代表的浪漫主义诗歌高潮。

李白的诗歌，继承了前代浪漫主义创作的成就，以他叛逆的思想，豪放的风格，反映了盛唐时代乐观向上的创造精神以及不满封建秩序的潜在力量，扩大了浪漫主义的表现领域，丰富了浪漫主义的手

---

[1] 即《木兰辞》。——编者注

法，并在一定程度上体现了浪漫主义和现实主义的结合。这些成就，使他的诗成为屈原以后浪漫主义诗歌的新的高峰。

李白对唐代诗歌的革新也有杰出的贡献。他继承了陈子昂诗歌革新的主张，在理论和实践上使诗歌革新取得了最后的成功。他在《古风》第一首中，回顾了整个诗歌发展的历史，指出"自从建安来，绮丽不足珍"，并以自豪的精神肯定了唐诗力挽颓风，恢复风雅传统的正确道路。在《古风》第三十五首中，又批评了当时残余的讲求模拟雕琢、忽视思想内容的形式主义诗风："一曲斐然子，雕虫丧天真。"在创作实践上，他也和陈子昂有相似之处，多写古体，少写律诗，但他在学习乐府民歌以及大力开拓七言诗上，成就却远远超过陈子昂。他这些努力对诗歌革新任务的完成起了巨大作用。李阳冰在他死后为他编的诗集《草堂集》序中说："卢黄门云：'陈拾遗横制颓波，天下质文，翕然一变。'至今朝诗体，尚有梁陈宫掖之风，至公大变，扫地以尽。"这是对他革新诗歌功绩的正确评价。

李白诗歌对后代的影响也是极为深远的。他的诗名在当代已广泛传扬，到贞元时期，他的没有定卷的诗集已"家家有之"。中唐韩愈、孟郊大力赞扬他的诗歌，并从他吸收经验，以创造自己的横放杰出的诗风。李贺浪漫主义的诗风更显然是受过他更多启发的。宋代诗人苏舜钦、王令、苏轼、陆游，明清诗人高启、杨慎、黄景仁、龚自珍等也莫不从他的诗中吸收营养。此外，宋代以苏轼、辛弃疾为代表的豪放派的词，也受过他的影响。他那些"戏万乘若僚友"的事迹传说，被写入戏曲小说，流传民间，更表现酷爱自由的人民对他的热爱。

杜甫诗歌的思想与艺术成就

（节选）

/ 萧 涤 非 /

杜甫诗歌的人民性

"穷年忧黎元，叹息肠内热！"（《赴奉先咏怀》）——对人民的深刻同情，是杜甫诗歌人民性的第一个特征。杜甫始终关切人民，只要一息尚存，他总希望能看到人民过点好日子，所以他说"尚思未朽骨，复睹耕桑民"（《别蔡十四著作》）。因此他的诗不仅广泛地反映了人民的痛苦生活，而且大胆地深刻地表达了人民的思想感情和要求。在"三吏""三别"中，他反映出广大人民在残酷的兵役下所遭受的痛楚。在这里，有已过兵役年龄的老汉，也有不及兵役年龄的中男，甚至连根本没有服兵役义务的老妇也被捉去。《羌村》第三首也说到"儿童尽东征"。在《赴奉先咏怀》中，他更指出了劳动人民所创造的物质财富养活了达官贵族："彤庭所分帛，本自寒女出；鞭挞其夫家，聚敛贡城阙。"并一针见血地揭露了封建社会剥削者与被剥削者之间的阶级对立这一根本矛盾："朱门酒肉臭，路有冻死骨！"

在《又呈吴郎》中，他通过寡妇的扑枣，更说出了穷人心坎里的话：

> 堂前扑枣任西邻，无食无儿一妇人。不为困穷宁有此？只缘恐惧转须亲。即防远客虽多事，便插疏篱却甚真。已诉征求贫到骨，正思戎马泪盈巾。

他不仅体贴农民的"困穷"，而且还以热情酣畅的诗笔，描绘了田夫野老真率粗豪的精神面貌。如《遭田父泥饮》：

> 步屧随春风，村村自花柳。田翁逼社日，邀我尝春酒。酒酣夸新尹，畜眼未见有。回头指大男，渠是弓弩手。名在飞骑籍，长番岁时久。前日放营农，辛苦救衰朽。差科死则已，誓不举家走。今年大作社，拾遗能住否？叫妇开大瓶，盆中为吾取。感此气扬扬，须知风化首。语多虽杂乱，说尹终在口。朝来偶然出，自卯将及酉。久客惜人情，如何拒邻叟？高声索果栗，欲起时被肘。指挥过无礼，未觉村野丑。月出遮我留，仍嗔问升斗。

"指挥过无礼，未觉村野丑"，在一千二百多年前，一个曾经侍候过皇帝的人，对待劳动人民竟能如此平等亲切，是极为少见而可贵的，也是富有进步意义的。白居易《观稼》诗"言动任天真，未觉农人恶"便是受到杜甫的教益。总之，作为一个诗人，只有在杜甫笔下才能看到如此众多的人民形象。

杜甫在多年饥寒的体验中，加深了对人民的同情。有时一想到人民的痛苦，他便忘怀了自己，甚至不惜牺牲自己的生命。在"幼子饥已卒"的情况下，他想到的却是："生常免租税，名不隶征伐……默思失业徒，因念远戍卒。"当茅屋为秋风所破时，他却发出了这样的宏愿：

> 安得广厦千万间，大庇天下寒士俱欢颜。风雨不动安如山。呜呼，何时眼前突兀见此屋，吾庐独破受冻死亦足！

他宁愿"冻死"来换取天下穷苦人民的温暖。白居易《新制布裘》诗："安得万里裘，盖裹周四垠。稳暖皆如我，天下无寒人。"黄彻《䂬溪诗话》说白居易"推身利以利人"，不及杜甫的"宁苦身以利人"，这评比也是公允的。

当然，杜甫对人民的同情是有限度的。他是一个封建士大夫，只能在维护封建制度的前提下寻求减缓人民灾难的办法，反对人民的"造反"。尽管他写过"盗贼本王臣"，承认了"官逼民反"；当元结在诗中痛恨官不如贼的时候，他也给以热烈的支持；但是当袁晁在浙东起义时，他却写出了"安得鞭雷公，滂沱洗吴越"的诗句，这就很清楚地表现了他的阶级局限。

"济时敢爱死，寂寞壮心惊！"（《岁暮》）——对祖国的无比热爱，是杜甫诗歌人民性的第二个特征。

正如上引诗句所表明的那样，杜甫是一个不惜自我牺牲的爱国主义者。他的诗歌渗透着爱国的血诚。可以这样说，他的喜怒哀乐是和祖国命运的盛衰起伏相呼应的。当国家危难时，他对着三春的花鸟会心痛得流泪，如《春望》：

> 国破山河在，城春草木深。感时花溅泪，恨别鸟惊心。烽

火连三月，家书抵万金。白头搔更短，浑欲不胜簪。

一旦大乱初定，消息忽传，他又会狂喜得流泪。如《闻官军收河南河北》：

> 剑外忽传收蓟北，初闻涕泪满衣裳。
>
> 却看妻子愁何在，漫卷诗书喜欲狂。
>
> 白日放歌须纵酒，青春作伴好还乡。
>
> 即从巴峡穿巫峡，便下襄阳向洛阳。

真是"泼血如水"。由于热情洋溢，一派滚出，因而也就使人忘其为戒律森严的律诗。

杜甫始终关怀着国家命运，像"向来忧国泪，寂寞洒衣巾""安危大臣在，不必泪长流"这类诗句是很多的。随着国家局势的转变，他的爱国诗篇也有了不同的内容。比如，在安史之乱期间，他梦想和渴望的就已经不是周公、孔子，而是吕尚、诸葛亮那样的军事人物："凄其望吕葛，不复梦周孔。"（《晚登瀼上堂》）他大声疾呼："猛将宜尝胆，龙泉必在腰！"（《寄董卿嘉荣》）而"哀鸣思战斗，迥立向苍苍"（《秦州杂诗》），也绝不只是写的一匹"老骕骦"，而是蕴含着一种急欲杀敌致果的报国心情在内的诗人自己的形象。因此从最深刻的意义上来说，"三吏""三别"并非只是揭露兵役黑暗、同情人民痛苦的讽刺诗，同时也是爱国的诗篇。因为在这些诗中也反映出并歌颂了广大人民忍受一切痛苦的爱国精神。"勿为新婚念，努力事戎行！"（《新婚别》）这是人民的呼声，时代的呼声，也是诗人自己通过新娘子的口发出的爱国号召。黄家舒说："均一兵车行役之泪，而太平黩武，则志在安边；神京陆沈，则义严讨贼。"（《杜诗注解》序）从战争的性质指出杜甫由反战到主战同样是从国家人民的利益出发，是有见地的。

"必若救疮痍，先应去蝥贼！"（《送韦讽上阆州录事参军》）——一个爱国爱民的诗人，对统治阶级的各种祸国殃民的罪行也必然是怀着强烈的憎恨，而这也就是杜诗人民性的第三个特征。

杜甫的讽刺面非常广，也不论对象是谁。早在困守长安时期，他就抨击了唐玄宗的穷兵黩武，致使人民流血破产。在这方面，《兵车行》是有其代表性的：

车辚辚，马萧萧，行人弓箭各在腰。

爷娘妻子走相送，尘埃不见咸阳桥。

牵衣顿足拦道哭，哭声直上干云霄。

道旁过者问行人，行人但云点行频。

或从十五北防河，便至四十西营田。

去时里正与裹头，归来头白还戍边。

边庭流血成海水，武皇开边意未已。

君不闻汉家山东二百州，千村万落生荆杞。

纵有健妇把锄犁，禾生陇亩无东西。

况复秦兵耐苦战，被驱不异犬与鸡。

长者虽有问，役夫敢伸[1]恨？

且如今年冬，未休关西卒。

县官急索租，租税从何出？

---

[1] "伸"一为"申"。——编者注

　　　　信知生男恶，反是生女好：

　　　　生女犹得嫁比邻，生男埋没随百草。

　　　　君不见，青海头，古来白骨无人收。

　　　　新鬼烦冤旧鬼哭，天阴雨湿声啾啾！

在《前出塞》中，诗人也代人民提出了同样的抗议："君已富土境，开边一何多！"

　　杨国忠兄妹，当时炙手可热，势倾天下，但杜甫却在《丽人行》中揭露了他们的奢侈荒淫的面目：

　　　　三月三日天气新，长安水边多丽人。态浓意远淑且真，肌理细腻骨肉匀。绣罗衣裳照暮春，蹙金孔雀银麒麟。头上何所有，翠微匐叶垂鬓唇。背后何所见，珠压腰衱稳称身。就中云幕椒房亲，赐名大国虢与秦。紫驼之峰出翠釜，水精之盘行素鳞。犀箸厌饫久未下，鸾刀缕切空纷纶。黄门飞鞚不动尘，御厨络绎送八珍。箫鼓哀吟感鬼神，宾从杂遝实要津。后来鞍马何逡巡，当轩下马入锦茵。杨花雪落复白苹，青鸟飞去衔红巾。

　　　　炙手可热势绝伦，慎莫近前丞相嗔！

诗人还把杨国忠兄妹们这种生活和人民的苦难，和国家的命运联系起来："朝野欢娱后，乾坤震荡中。"（《寄贺兰铦》）同时，他又警告统治者要节俭，认为："君臣节俭足，朝野欢呼同。"[1]

　　唐肃宗、代宗父子信用鱼朝恩、李辅国和程元振一班宦官，使掌兵权，杜甫却大骂："关中小儿坏纪纲！"认为只有把他们杀掉，

---

[1]　出自《往在》。——编者注

国家才能有转机："不成诛执法，焉得变危机！"在《冬狩行》中他讽刺地方军阀只知打猎取乐："草中狐兔尽何益？天子不在咸阳宫。"伴随着叛乱而来的是官军的屠杀奸淫，《三绝句》之一对此作了如下的无情揭露：

> 殿前兵马虽骁雄，纵暴略与羌浑同。闻道杀人汉水上，妇女多在官军中。

这时，官吏的贪污剥削也有加无已，《岁晏行》说："况闻处处鬻男女，割慈忍爱还租庸。"针对这些现象，作为一个人民诗人，他有时就难免破口大骂，把他们比作虎狼："群盗相随剧虎狼，食人更肯留妻子！"（《三绝句》）把他们看作凶手："万姓疮痍合，群凶嗜欲肥！"（《送卢十四侍御护韦尚书灵榇归上都》）可惜，阶级的局限使杜甫仍只能把希望寄托在统治者身上："谁能叩君门，下令减征赋？"同时在力所能及的范围内忠告他的朋友们要做清官："众僚宜洁白，万役但平均！"真是"告诫友朋，若训子弟"（《杜诗胥钞》）。

除上述三方面这些和当时政治、社会直接有关的作品外，在一些咏物、写景的诗中，也都渗透着人民的思想感情。比如说，同是一个雨，杜甫有时则表示喜悦，如《春夜喜雨》："好雨知时节，当春乃发生。随风潜入夜，润物细无声。"即使是大雨，哪怕自己的茅屋漏了，只要对人民有利，他照样是喜悦："敢辞茅苇漏，已喜禾黍高。"（《大雨》）但当久雨成灾时，他却遏止不住他的恼怒："吁嗟乎苍生，稼穑不可救。安得诛云师，畴能补天漏！"（《九日寄岑参》）可见他的喜怒是从人民的利益出发，以人民的利益为转移的。在咏物诗中，有的直接和现实联系，如《枯棕》《病桔》等；有的则是借物寓意，因小明大，如《萤火》刺宦官的窃弄权柄，《花鸭》刺奸相的箝制言论，至如《麂》诗"衣冠兼盗贼，饕餮用斯须"那更是愤怒的谴责。所有这些，都可以看作政治讽刺诗。

杜甫热爱生活，热爱祖国的大自然。他那些有关夫妻、兄弟、朋友的抒情诗，如《月夜》《月夜忆弟》《梦李白》等，也无不浸透着挚爱和无私精神。"三夜频梦君，情亲见君意""世人皆欲杀，吾意独怜才"，他对李白的友谊是如此深厚。我们祖国的山川风物是美不胜收的，杜甫并不是山水诗人，但他却比之一般山水诗人写出了更多的山水诗，而且自具特色。中国有五岳，杜甫用同一诗题"望岳"写了其中的三个：泰山、华山、衡山。此外像陇山、剑阁、三峡、洞庭等等也都作了出色的描绘。"秦城楼阁烟花里，汉主山河锦绣中"（《清明》），"一重一掩吾肺腑，山鸟山花吾友于"（《岳麓山道林二寺行》），从这类句子，我们也就可以看出这类诗同样饱含着诗人的爱国激情。

杜甫诗歌的艺术性

杜甫异常重视诗歌的艺术性。他对于一篇诗的要求非常严格，即所谓"毫发无遗憾"。因此，他的诗不仅具有高度的思想性，而且具有高度的艺术性，是内容与形式高度统一的典范。

从创作方法上来看，杜甫的最大成就和特色，是现实主义。杜甫有他独特的丰富的生活经验，他的诗多取材于人民生活，和社会现实密切结合，为了真实地形象地反映现实生活，他需要采用现实主义的表现手法。这就是形成他的诗的这一特色的内在原因。

为了比较便于阐明杜诗现实主义的若干特点，我们可以分别地就叙事诗和抒情诗两方面来谈。

杜甫的叙事诗，特别值得我们珍视。在他以前，文人写的叙事诗是很少的，叙人民的事的就更少。杜甫的叙事诗，不仅数量多，而且质量高，现实主义特色也表现得最为突出，最为充分。这有以下几点：

第一，善于对现实生活作典型的艺术概括。在杜甫许多著名的叙事诗中，我们可以看到他很善于选择和概括有典型意义的人物，通过个别，反映一般。比如《兵车行》中那个"行人"的谈话，便说出了千万个征夫戍卒的相同或相似的遭遇；"三吏""三别"更是典型概括的最好的范例。例如《无家别》里，写乱后乡里的面目，写无家可归的士兵的心理："近行只一身，远去终转迷。家乡既荡尽，远近理亦齐"；写士兵对死于沟壑的母亲的回忆，都有极其深广的现实内容。就以《羌村》来说，虽然是叙述诗人自己乱后回乡的经历，但是，诗中所写的"妻孥怪我在，惊定还拭泪""夜阑更秉烛，相对如梦寐"等家人相逢的情景，以及"邻人满墙头，感叹亦歔欷"的场面，绝不只是反映了诗人自己的生活经历。杜甫这些诗所以千百年来都一直能令人读后感到惊心动魄，其秘密也就在于它是现实生活的高度集中的概括。杜甫还善于把巨大的社会内容集中在一两句诗里，"朱门酒肉臭，路有冻死骨"之所以震撼人心，就因为它是诗人以如椽的诗笔，概括了社会现实中的尖锐的矛盾，写出了统治集团的铁案如山的罪证。他如："十室几人在，千山空自多""战血流依旧，军声动至今"等，同样是以高度集中概括而"力透纸背"的名句。卢世㴉评"万姓疮痍合，群凶嗜欲肥"二句说："合字肥字，惨不可读。

诗有一字而峻夺人魄者，此也！""合""肥"二字所以具有"峻夺人魄"的力量，便是高度集中的结果。

第二，寓主观于客观。也就是将自己的主观意识、思想感情融化在客观的具体描写中，而不明白说出。这是杜甫叙事诗最大的特点，也是杜甫最大的本领，因为必须具有善于克制自己的激动的冷静头脑。这方面最典型的例子是《石壕吏》：

> 暮投石壕村，有吏夜捉人。老翁逾[1]墙走，老妇出门看。吏呼一何怒！妇啼一何苦！听妇前致词："三男邺城戍，一男附书至，二男新战死。存者且偷生，死者长已矣。室中更无人，惟有乳下孙。孙有母未去，出入无完裙。老妪力虽衰，请从吏夜归。急应河阳役，犹得备晨炊。"夜久语声绝，如闻泣幽咽。天明登前途，独与老翁别。

除"吏呼一何怒"二句微微透露了他的爱憎之外，便都是对客观事物的具体描写。他把自己的主观感受和评价融化在客观的叙述中，让事物本身直接感染读者。只如"有吏夜捉人"这一句，无疑是客观叙述，但同时也就是作者的讽刺、斥责。不必明言黑暗残暴，而黑暗残暴之令人发指，已自在其中。此外，《丽人行》中对杨国忠兄妹的荒淫，只是从他们的服饰、饮馔和行动上作具体的刻画，不显加谴责，而讽意自见。白居易也是现实主义诗人，我们如果拿他同样是反对穷兵黩武的名诗《新丰折臂翁》来和杜甫的《兵车行》对照，马上就可以发现它们之间的差异。在《兵车行》里，杜甫始终没有开腔，"行人"的话

---

[1] 逾，通"逾"。——编者注

说完，诗也就结束了。但在《新丰折臂翁》中，白居易在叙述那折臂翁的谈话之后，却自发议论，明白点破作诗的主旨。白诗的讽刺色彩虽然很鲜明，但杜诗寓讽刺于叙事之中，更觉真挚哀痛，沁人心脾。

第三，对话的运用和人物语言的个性化。为了把人物写得生动，杜甫吸收了汉乐府的创作经验，常常运用对话或人物独白，并做到了人物语言的个性化。这类作品很多，现以《新婚别》为例。这是写的一位新娘子的独白：

> 兔丝附蓬麻，引蔓故不长。嫁女与征夫，不如弃路旁。结发为君妻，席不暖君床。暮婚晨告别，无乃太匆忙！君行虽不远，守边赴河阳。妾身未分明，何以拜姑嫜！父母养我时，日夜令我藏。生女有所归，鸡狗亦得将。君今往死地，沉痛迫中肠。誓欲随君去，形势反苍黄。勿为新婚念，努力事戎行！妇人在军中，兵气恐不扬。自嗟贫家女，久致罗襦裳。罗襦不复施，对君洗红妆。仰视百鸟飞，大小必双翔。人事多错迕，与君永相望。

新婚竟成生离死别，本是痛不欲生，但一想到自己还是刚过门的新娘子，所以态度不免矜持，语带羞涩，备极吞吐，这是完全符合人物的特定身份和精神面貌的。所以我们读起来，总有一种如见其人、如闻其声的感觉。

第四，采用俗语。这是杜诗语言的一大特色。杜甫在抒情的近体诗中即多用俗语，但在叙事的古体诗中则更为丰富，关系也更为重要。因为这些叙事诗许多都是写的人民生活，采用一些俗语，自能增加诗的真实性和亲切感，并有助于突出人物性格和语言的个性化。比如同是一个呼唤妻子的动作，在《病后过王倚饮》一诗中，杜甫用的是"唤妇出房亲自馔",而在《遭田父泥饮》中,却用的是"叫妇开大瓶","叫妇"这一俗语,便显示了田父的本色。其他如《兵车行》的"爷娘妻子走相送""牵衣顿足拦道哭",《新婚别》的"生女有所归,鸡狗亦得将",也是很生动的例子。至如《前出塞》的"挽弓当挽强,用箭当用长。射人先射马,擒贼先擒王",更是有同谣谚了。

第五,细节描写。杜甫善于捕捉富于表现力的、能够显示事物本质和人物精神面貌的细节。例如《兵车行》"长者虽有问,役夫敢伸恨?"便是这样一个细节。它不仅揭示了那个役夫"敢怒而不敢言"的痛苦心情,而且也揭露了封建统治阶级的残酷压迫。又如《石壕吏》用"夜久语声绝,如闻泣幽咽"这一细节暗示出老妇竟被拉走的惨剧,《丽人行》用"犀筋厌饫久未下"这一小动作来刻画那班贵妇人的骄气,都是很好的例证。他细节描写最出色的是《北征》中写他妻子儿女的一段:

> ……经年至茅屋,妻子衣百结。恸哭松声回,悲泉共幽咽。平生所娇儿,颜色白胜雪。见爷背面啼,垢腻脚不袜。床前两小女,补绽才过膝。海图坼波涛,旧绣移曲折。天吴及紫凤,颠倒在短褐。老夫情怀恶,呕泄卧数日。那无囊中帛,救汝寒凛冽。粉黛亦解苞,衾裯稍罗列。瘦妻面复光,痴女头自栉。学母无不为,晓妆随手抹。移时施朱铅,狼藉画眉阔。生还对童稚,似欲忘饥渴。问事竞挽须,谁能即嗔喝。翻思在贼愁,甘受杂乱聒。……

这里不仅生动地描绘了小儿女的天真烂漫,而且也烘托出了他自己的悲喜交集的复杂心情。前人说杜甫"每借没要紧事，形容独至"，其实就是细节描写。

应该指出：上述诸特点，在杜甫的叙事诗中往往是同时出现的。

作为一个现实主义诗人，杜甫的抒情诗也有他自己的风格。他往往像在叙事诗中刻画人物那样对自己曲折、矛盾的内心世界进行深入的解剖，《赴奉先咏怀》头一大段就是最典型的例子。《闻官军收河南河北》是杜甫生平第一首快诗，乍一看好像很抽象，其实仍很具体，他用"涕泪满衣裳"来写他的喜极而悲，并抓住"漫卷诗书"这一小动作来表现他的大喜欲狂，下面四句虽然属于幻想，但在幻想中仍有丰富的形象性。在叙事诗中，杜甫寄情于事，在抒情诗中，则往往寄情于景，融景入情，使情景交融。这也有两种情况：一种是情景同时出现，如他的名句："感时花溅泪，恨别鸟惊心"[1]、"江山如有待，花柳更无私"（《后游》）。另一种是只见景，不见情，如《登慈恩寺塔》："秦川忽破碎，泾渭不可求。俯视但一气，焉能辨皇州。"其中便包含着忧国忧民的心情。"五更鼓角声悲壮，三峡星河影动摇"[2]、"高江急峡雷霆斗，古木苍藤日月昏"（《白帝》），其中也同样有着诗人跳动的激情和那个混乱时代的阴影。在叙事诗中，杜甫尽量有意识地避免发议论，在抒情诗，具体地说在政治抒情诗中，却往往大发议论，提出自己的政见和对时事的批评，如"由来强

---

[1] 出自《春望》。——编者注

[2] 出自《阁夜》。——编者注

干地，未有不臣朝"[1]、"安得务农息战斗，普天无吏横索钱"[2]之类。为了适应内容的要求，杜甫的叙事诗概用伸缩性较大的五、七言古体，而抒情诗则多用五、七言近体。

杜甫是一个具有远大政治抱负的诗人，这就决定了他的现实主义是有理想的现实主义。因此在他的某些叙事兼抒情的诗中往往出现现实主义和浪漫主义相结合的作品。《洗兵马》可以作代表。诗一开始就以飘风急雨的笔调写出了大快人心的胜利形势，热情地歌颂了祖国的中兴："中兴诸将收山东，捷书夜报清昼同。河广传闻一苇过，胡危命在破竹中。"但一面又以唱叹的语气提醒统治者要安不忘危："已喜皇威清海岱，常思仙仗过崆峒。三年笛里关山月，万国兵前草木风。"并幽默地讽刺了那些因人成事、趋炎附势的王侯新贵："攀龙附凤势莫当，天下尽化为侯王。"也没有忘记人民的生计："田家望望惜雨干，布谷处处催春种。"诗的结尾更通过"安得壮士挽天河"的壮丽幻想，提出了"净洗甲兵长不用"的希望。全诗基调是乐观的，气势磅礴，色彩绚丽，充满鼓舞人心的力量，但又兼有清醒的现实主义的批判精神。王安石选杜诗以此诗为压卷，是有眼光的。此外《凤凰台》《茅屋为秋风所破歌》也都是较突出的现实主义和浪漫主义相结合的作品。

杜诗的风格，多种多样。但最具有特征性、为杜甫所自道且为历来所公认的风格，是"沉郁顿挫"。时代环境的急遽变化，个人生

---

[1] 出自《有感五首》。——编者注

[2] 出自《昼梦》。——编者注

活的穷愁困苦，思想感情的博大深厚，以及表现手法的沉着蕴藉，是形成这种风格的主要因素。比如同是鄙薄权贵，李白说"安能摧眉折腰事权贵，使我不得开心颜"，杜甫却说"野人旷荡无颟颜，岂可久在王侯间"；同是写友情，李白说"我寄愁心与明月，随风直到夜郎西"，杜甫却说"故凭锦水将双泪，好过瞿塘滟滪堆"，一飘逸，一沉郁，是很明显的。

杜甫所以能取得这样高的艺术成就，绝非偶然，而是用尽他毕生的心血换来的，这表现在以下几方面。第一是虚心的学习。他向古人学习，也向同时代人学习；向作家学习，也向民歌学习。所以他说"不薄今人爱古人""转益多师是汝师"。虚心的学习，使杜甫奄有众长，兼工各体，并能推陈出新，别开生面，做到像元稹所说的"尽得古今之体势，而兼人人之所独专"。但是他也不是无批判地学习，所以又说"别裁伪体亲风雅"，而在肯定"清词丽句必为邻"的同时，就提醒人们不要滑进形式主义的泥坑："恐与齐梁作后尘"。第二是苦心的写作。尽管杜甫称赞他的诗友李白是"敏捷诗千首"，但却不讳言自己写诗的"苦用心"。为了诗语"惊人"，他的苦用心竟达到这样的程度："语不惊人死不休！"可贵的是，杜甫还坚持了这种苦心孤诣的写作态度，他说"他乡阅退暮，不敢废诗篇"，又说"老去渐于诗律细"。他的作品，不是愈老愈少，而是愈老愈多，直到死亡前夕，还力疾写出《风疾舟中伏枕书怀》那样长篇的排律。他真是学到老、写到老。第三是细心的探讨。盛唐诗人很多，谈论诗的却少。杜甫与之相反，他好论诗，而且细心。他对李白说"何时一樽酒，重与细论文"，对严武说"吟诗好细论"，对高适、岑参说

"会待妖氛静，论文暂裹粮"，此类甚多。他对于论诗，很自负，也很感兴趣，所以说"论文或不愧""说诗能累夜"。他的《戏为六绝句》《偶题》等专门论诗的诗，其中就可能包括他和朋友们"细论文"的一部分内容。此外，对书、画、音乐、舞蹈等艺术的广泛爱好和吸收，也有助于他的诗歌艺术的提高。在《剑器行》的序文中，他就曾提到张旭草书的"长进"和"豪荡感激"，是得到公孙大娘"剑器舞"的启发这样一个事例。他从一幅画中所领会的"咫尺应须论万里"的画境，和他要求一首诗所应达到的"篇终接混茫"的诗境，正是近似的、相通的。

白居易诗歌的思想性和艺术性

/ 萧 涤 非 /

白居易是唐代诗人中创作最多的一个。他曾将自己五十一岁以前写的一千三百多首诗编为四类：一讽谕、二闲适、三感伤、四杂律。这个分类原不够理想，因为前三类以内容分，后一类又以形式分，未免夹杂，但基本上还是适用的。同时从他把杂律诗列为一类来看，也反映了律诗这一新诗体到中唐元和年代已发展到可以和古体诗分庭抗礼了。他晚年又曾将五十一岁以后的诗只从形式上分为"格诗"和"律诗"两类，也说明这一情况。

四类中，价值最高，他本人也最重视的是第一类讽谕诗。这些讽谕诗，是和他的兼善天下的政治抱负一致的，同时也是他的现实主义诗论的实践。其中《新乐府》五十首、《秦中吟》十首更是有组织有计划的杰作，真是"篇篇无空文，句句必尽规"，具有高度的人民性和丰富的现实内容。

从"惟歌生民病"出发，讽谕诗的第一个特点是广泛地反映人民的痛苦，并表示极大的同情。这首先是对农民的关切。在《观刈麦》中，他描写了"足蒸暑土气，背灼炎天光"的辛勤劳动的农民，和由于"家田输税尽"不得不拾穗充饥的贫苦农妇，并对自己的不劳而食深感"自愧"。在《采地黄者》中更反映了农民牛马不如的生活，他们没有"口食"，而地主的马却有"残粟"（余粮）："愿易马残粟，救此苦饥肠！"所以诗人曾得出结论说："嗷嗷万族中，唯农最苦辛！"对农民的深厚同情使诗人在《杜陵叟》中爆发出这样的怒吼：

> 剥我身上帛，夺我口中粟。虐人害物即豺狼，何必钩爪锯
> 牙食人肉！

这是农民的反抗，也是诗人的鞭挞。

在封建社会，不只是农民，妇女的命运同样是悲惨的。对此，白居易也有多方面的反映，如《井底引银瓶》《母别子》等。对于被迫断送自己的青春和幸福的宫女，尤为同情。如《后宫词》："三千宫女胭脂面，几个春来无泪痕？"白居易不只是同情宫女，而且把宫女作为一个社会问题、政治问题，认为"上则虚给衣食，有供亿糜费之烦；下则离隔亲族，有幽闭怨旷之苦"（《请拣放后宫内人》），要求宪宗尽量拣放。因此在《七德舞》中他歌颂了太宗的"怨女三千放出宫"，而在《过昭君村》一诗中更反映了人民对选宫女的抵抗情绪："至今村女面，烧灼成瘢痕。"基于这样的认识和同情，诗人写出了那著名的《上阳白发人》：

> 上阳人！上阳人！红颜暗老白发新。绿衣监使守宫门，
> 一闭上阳多少春？玄宗末岁初选入，入时十六今六十。同时采

择百余人，零落年深残此身。忆昔吞悲别亲族，扶入车中不教哭：皆云入内便承恩，脸似芙蓉胸似玉。未容君王得见面，已被杨妃遥侧目。妒令潜配上阳宫，一生遂向空房宿。宿空房，秋夜长。夜长无寐天不明。耿耿残灯背壁影，萧萧暗雨打窗声。春日迟，日迟独坐天难暮。宫莺百啭愁厌闻，梁燕双栖老休妒。莺归燕去长悄然，春往秋来不记年。惟向深宫望明月，东西四五百回圆。今日宫中年最老，大家遥赐尚书号。小头鞋履窄衣裳，青黛点眉眉细长。外人不见见应笑，天宝末年时世妆。上阳人，苦最多。少亦苦，老亦苦，少苦老苦两如何！君不见昔时吕向《美人赋》，又不见今日《上阳宫人白发歌》！

唐诗中以宫女为题材的并不少，但很少写得如此形象生动。"宿空房，秋夜长"一段，叙事、抒情、写景，三者融合无间，尤富感染力。历史的和阶级的局限，使诗人还只能发出"须知妇人苦，从此莫相轻""人生莫作妇人身，百年苦乐由他人"这样无可奈何的感叹和呼吁，但在那时已是很可贵了。

人民的疾苦，白居易知道是从何而来的，他曾一语道破："一人荒乐万人愁！"为了救济人病，因此讽谕诗的另一特点，就是对统治阶级的"荒乐"以及与此密切关联的各种弊政进行揭露。中唐的弊政之一，是不收实物而收现钱的"两税法"。这给农民带来极大的痛苦。《赠友》诗质问道："私家无钱炉，平地无铜山；胡为秋夏税，岁岁输铜钱？"为了换取铜钱，农民只有"贱粜粟与麦，贱贸丝与绵"，结果是"岁暮衣食尽""憔悴畎亩间"。在《重赋》中，更揭露了两税的真相："敛索无冬春。"对农民的憔悴也作了描绘，并提出控诉：“夺我身上暖，买尔眼前恩！”

中唐的另一弊政，是名为购物“而实夺之”的“宫市”。所谓宫市，就是由宫庭派出宦官去市物。这遭殃的虽只限于“辇毂之下”的长安地区的人民，问题似乎不大，但因为直接关涉到皇帝和宦官的利益，很少人敢过问，白居易这时却写出了《卖炭翁》，并标明："苦宫市也！"

> 卖炭翁，伐薪烧炭南山中。满面尘灰烟火色，两鬓苍苍十指黑。卖炭得钱何所营？身上衣裳口中食。可怜身上衣正单，心忧炭贱愿天寒。夜来城外一尺雪，晓驾炭车辗冰辙。牛困人饥日已高，市南门外泥中歇。翩翩两骑来是谁？黄衣使者白衫儿。手把文书口称敕，回车叱牛牵向北。一车炭，千余斤，官使驱将惜不得。半匹红纱一丈绫，系向牛头充炭值！

篇中“黄衣使者”和“宫使”，便都是指的宦官。此诗不发议论，更没有露骨的讽刺，是非爱憎即见于叙事之中，这写法在白居易的讽谕诗里也是较独特的。《宿紫阁山北村》一篇，则是刺的掌握禁军的宦官头目，曾使得他们“切齿”。

中唐的弊政，还有“进奉”。所谓进奉，就是地方官把额外榨取的财物美其名曰“羡余”，拿去讨好皇帝，谋求高官。白居易的《红线毯》，虽自言是“忧农桑之费”，其实也就是讽刺“进奉”的。诗中的宣州太守便是这样一个典型的地方官。

> 红线毯，择茧缫丝清水煮，拣丝练线红蓝染。染为红线红于花，织作披香殿上毯。披香殿广十丈余，红线织成可殿铺。采丝茸茸香拂拂，线软花虚不胜物。美人踏上歌舞来，罗袜绣

鞋随步没。太原毯涩氋缕硬，蜀都褥薄锦花冷。不如此毯温且柔，年年十月来宣州。宣州太守加样织，自谓为臣能竭力。百夫同担进官中，线厚丝多卷不得。宣州太守知不知？一丈毯，千两丝。地不知寒人要暖，少夺人衣作地衣！

白居易《论裴均进奉银器状》说当时地方官"每假进奉，广有诛求"，又《论于𬱖裴均状》也说"莫不减削军府，割剥疲人（民），每一入朝，甚于两税"，可见"进奉"害民之甚。对于统治阶级的荒乐生活本身，白居易也进行了抨击，如《歌舞》《轻肥》《买花》等，都是有的放矢。

作为讽谕诗的第三个特点的，是爱国主义思想。这又和中唐时代国境日蹙的军事形势密切相关。《西凉伎》通过老兵的口发出这样的慨叹：

自从天宝干戈起，犬戎日夜吞西鄙。凉州陷来四十年，河陇侵将七千里。平时安西万里疆，今日边防在凤翔！

这种情况原应激起边将们的忠愤，然而事实却是："遗民肠断在凉州，将卒相看无意收！"为什么无意收呢？《城盐州》揭穿了他们的秘密："相看养寇为身谋，各握强兵固恩泽！"令人发指的，是这班边将不仅养寇，而且把从失地逃归的爱国人民当作"寇"去冒功求赏。这就是《缚戎人》所描绘的："脱身冒死奔逃归，昼伏露行经大漠""游骑不听能汉语，将军遂缚作蕃生。……自古此冤应未有，汉心汉语吐蕃身！"在这些交织着同情和痛恨的诗句中，也充分表现了作者的爱国精神。当然，非正义的侵略战争他也是反对的，如《新丰折臂翁》。但也应看到这首诗是为天宝年间的穷兵黩武而发，带有咏史的性质。

在艺术形式方面，讽谕诗也有它自身的特点。这是由这类诗的内容和性质决定的。概括地说，讽谕诗约有以下一些艺术特点：

（一）主题的专一和明确。白居易自言《秦中吟》是"一吟悲一事"，其实也是他的讽谕诗的一般特色。一诗只集中地写一件事，不旁涉他事，不另出他意，这就是主题的专一。白居易效法《诗经》作《新乐府》五十首，以诗的首句为题，并在题下用小序注明诗的美刺目的，如《卖炭翁》"苦宫市也"之类；同时还利用诗的结尾（卒章）作重点突出，不是唯恐人知，而是唯恐人不知，所以主题思想非常明确。这也就是所谓"首句标其目，卒章显其志"。而且在题材方面，所谓"一吟悲一事"，也不是漫无抉择的任何一件事，而是从纷繁的各类真人真事中选取最典型的事物。例如"宫市"，《新唐书》卷五十二说："有赍物入市而空归者。每中官出，沽浆卖饼之家皆撤肆塞门。"可见受害的下层人民很多，但他只写一《卖炭翁》；当时的"进奉"也是形形色色的，同书同卷说当时有所谓"日进""月进"，但他也只写一《红线毯》。这当然也有助于主题的明确性。

（二）运用外貌和心理等细节刻画来塑造人物形象。例如《卖炭翁》，一开始用"满面尘灰烟火色，两鬓苍苍十指黑"这样两句，便画出了一个年迈而善良的炭工；接着又用"可怜身上衣正单，心忧炭贱愿天寒"来刻画炭工的内心矛盾，就使得人物更加生动、感人，并暗示这一车炭就是他的命根子。这些都有助于作品主题思想的深化。此外如《缚戎人》的"唯许正朔服汉仪，敛衣整巾潜泪垂""忽闻汉军鼙鼓声，路傍走出再拜迎"，《上阳白发人》的"惟向深宫望明月，东西四五百回圆"等，也都可为例。

（三）鲜明的对比，特别是阶级对比。他往往先尽情摹写统治阶级的糜烂生活，而在诗的末尾忽然突出一个对立面，反戈一击，这样来加重对统治阶级的鞭挞。如《轻肥》在描绘大夫和将军们"樽罍溢九酝，水陆罗八珍"之后，却用"是岁江南旱，衢州人食人"作对比；《歌舞》在畅叙秋官、廷尉"醉暖脱重裘"的开怀痛饮之后，却用"岂知阌乡狱，中有冻死囚"作对比，都具有这样的作用。《买花》等也一样。这种阶级对比的手法也是由阶级社会生活本身的对抗性矛盾所规定的。

（四）叙事和议论结合。讽谕诗基本上都是叙事诗，但叙述到最后，往往发为议论，对所写的事作出明确的评价。这也和他所谓的"卒章显其志"有关。他有的诗，议论是比较成功的，如《红线毯》在具体生动的描绘之后，作者仿佛是指着宣州太守的鼻子提出正义的诘责，给人比较强烈的印象。《新丰折臂翁》的卒章也有比较鲜明的感情色彩。但是，也有一些诗，结尾近于纯粹说理，给人印象不深，甚至感到有些枯燥。只有《卖炭翁》等个别篇章，不着一句议论，可以看作例外。

（五）语言的通俗化。平易近人，是白诗的一般风格。但讽谕诗更突出。这是因为"欲见之者易谕"。他仿民歌采用三三七的句调也是为了通俗。把诗写得"易谕"并非易事，所以刘熙载说："香山用常得奇，此境良非易到。"（《艺概》二）袁枚也说白诗"意深词浅，思苦言甘。寥寥千载，此妙谁探？"（《续诗品》）白诗流传之广和这点有很大关系。白居易还广泛地运用了比兴手法，有的用人事比喻人事，如"托幽闭喻被谗遭黜"的《陵园妾》，"借夫妇以讽君臣之不终"的《太行路》，更具有双重的讽刺意义。

讽谕诗的这些艺术特点都是为上述那些内容服务的。当然，也不是没有缺陷，主要是太尽太露，语虽激切而缺少血肉，有时流于苍白的说教。宋张舜民说"乐天新乐府几乎骂"（《瀛南诗话》卷三），是有一定的根据的。这已不是一个单纯的艺术技巧问题了。

讽谕诗外，值得着重提出的是感伤诗中的两篇叙事长诗：《长恨歌》和《琵琶行》。

《长恨歌》是白居易三十五岁时作的，写唐明皇和杨贵妃的爱情悲剧。一方面由于作者世界观的局限，另一方面也由于唐明皇这个历史人物既是安史之乱的制造者又是一个所谓"五十年太平天子"，因此诗的主题思想也具有双重性，既有讽刺，又有同情。诗的前半露骨地讽刺了唐明皇的荒淫误国，劈头第一句就用"汉皇重色思倾国"喝起，接着是"春宵苦短日高起，从此君王不早朝""姊妹兄弟皆裂土，可怜光彩生门户，遂令天下父母心，不重生男重生女"，讽意是极明显的。从全诗来看，前半是长恨之因。诗的后半，作者用充满着同情的笔触写唐明皇的入骨相思，从而使诗的主题思想由批判转为对他们坚贞专一的爱情的歌颂，是长恨[1]的正文。但在歌颂和同情中仍暗含讽意，如诗的结尾两句，便暗示了正是明皇自己的重色轻国造成了这个无可挽回的终身恨事。但是，我们也应该承认，诗的客观效果是同情远远地超过了讽刺，读者往往深爱其"风情"，而忘记了"戒

---

[1] 即《长恨歌》。——编者注

鉴"。这不仅因为作者对明皇的看法存在着矛盾，而且和作者在刻画明皇相思之情上着力更多也很有关系。《长恨歌》的艺术成就很高，前半写实，后半则运用了浪漫主义的幻想手法。没有丰富的想象和虚构，便不可能有"归来池苑皆依旧"一段传神写照，特别是海上仙山的奇境。但虚构中仍有现实主义的精确描绘，人物形象生动，使人不觉得是虚构。语言和声调的优美，抒情写景和叙事的融合无间，也都是《长恨歌》的艺术特色。

《琵琶行》是白居易贬江州的次年写的，感伤意味虽较重，但比《长恨歌》更富于现实意义。琵琶女具有一定的典型性，"门前冷落车马稀，老大嫁作商人妇"，反映了当时妓女共同的悲惨命运。一种对被压迫的妇女的同情和尊重，使诗人把琵琶女的命运和自己的身世很自然地联系在一起："同是天涯沦落人，相逢何必曾相识。"至于叙述的层次分明，前后映带，描写的细致生动，比喻的新颖精妙——如形容琵琶一段，使飘忽易逝的声音至今犹如在读者耳际，以及景物烘托的浑融，如用"惟见江心秋月白"来描写听者的如梦初醒的意态，从而烘托出琵琶的妙绝入神，所有这些则是它的艺术特点。

他的闲适诗也有一些较好的篇章。如《观稼》："饱食无所劳，何殊卫人鹤？"对自己的闲适感到内疚。《自蜀江至洞庭湖口有感而作》一诗中，诗人幻想让大禹作唐代水官，疏浚江湖，使"龙宫变闾里，水府生禾麦"，也表现了诗人不忘国计民生的精神。但历来传诵的却是杂律诗中的两首。一是他十六岁时所作并因而得名的《赋得古原草送别》：

离离原上草，一岁一枯荣。野火烧不尽，春风吹又生。远芳侵古道，晴翠接荒城。又送王孙去，萋萋满别情。

另一是《自河南经乱关内阻饥兄弟离散》那首七律：

时难年荒世业空，弟兄羁旅各西东。

田园寥落干戈后，骨肉流离道路中。

吊影分为千里雁，辞根散作九秋蓬。

共看明月应垂泪，一夜乡心五处同。

闲适、杂律两类在他诗集中占有绝大比重，像这样较好的诗却很少。其他多是流连光景之作，写得平庸浮浅；还有很多和元稹等人的往复酬唱，更往往不免矜奇炫博，"为文造情"。这不能不影响诗人的声誉。

白居易最大的贡献和影响是在于继承从《诗经》到杜甫的现实主义传统掀起一个现实主义诗歌运动，即新乐府运动。他的现实主义的诗论和创作对这一运动起着指导和示范的作用。白居易在《编集拙诗成一十五卷》一诗中说，"每被老元（元稹）偷格律，苦教短李（李绅）伏歌行"；《和答诗》序更谈到元稹因受他的启发而转变为"淫文艳韵，无一字焉"的经过，可见对较早写作新乐府的李、元来说，也同样起着示范作用。新乐府运动的精神，自晚唐皮日休等经宋代王禹偁、梅尧臣、张耒、陆游诸人以至晚清黄遵宪，一直有所继承。白居易的另一影响是形成一个"浅切"派，亦即通俗诗派。由于语言的平易近人，他的诗流传于当时社会的各阶层乃至国外，元稹和他本人都曾谈到这一空前的盛况。他的《长恨歌》《琵琶行》流传更广，并为后来戏剧提供了题材。当然，白居易的影响也有消极的一面。这主要来自闲适诗。一些自命"达道之人"甚至专门抄录这类诗，名为《养恬集》或《助道词语》（《法藏碎金录》卷四）。但毕竟是次要的。

论写作旧诗

/ 游 国 恩 /

诗是情和意的组合体，而这情和意又必须借托事物以见；所以无论写一事，或咏一物，必须要不离乎作者的情和意，才算得是诗。尤必须辞意浑成，言中有物；或者情中有景，景中有情，情景融会，打成一片，才算得是好诗。若徒有其辞而无其意，不足以言诗。徒有其辞，而无性情在内，也算不得是好诗，甚至不能算是诗。所以托事物以见情意的诗，必须要把情意融化在事物之中，同时又把事物分解在情意之内，一经一纬，组织得天衣无缝，不可端倪，这才算写作的成功。例如杜甫诗：

感时花溅泪，恨别鸟惊心。

这是情中寓景，在感时恨别的情感里，装入所望见的花和鸟。又如岑参诗：

塞花飘客泪，边鸟挂乡愁。

这是景中寓情，在"塞花"和"边柳"上面，连上了"客泪"和"乡愁"。又如刘长卿《长沙过贾谊宅》诗：

秋草独寻人去后，寒林空见日斜时。

又如柳宗元《登柳州城楼寄四州刺史》诗：

岭树重遮千里目，江流曲似九回肠。

这都是情景交融的例子。此外又有一句写景，一句写情的，如司空曙的：

雨中黄叶树，灯下白头人。

及张乔的：

春风对青冢，白日落梁州。

又有一联写景，一联写情的，如杜甫《登高》诗：

无边落木萧萧下，不尽长江滚滚来。

万里悲秋常作客，百年多病独登台。

这些例子太多了，真是举不胜举。不过写作旧诗怎样才能达到辞中有意，情景交融的地步呢？这却真不容易讲。要勉强具体地说，我以为至少有四点应该注意。

一、炼字

《文心雕龙·炼字篇》说："富于万篇，贫于一字。"炼字之难如此，尤其是诗，下字更不能随便。前人说："吟安一个字，捻断数茎须。"可见炼字真不容易。从前贾岛初赴举京师，一日于马上得句云："鸟宿池中树，僧敲月下门。"初欲作"推"字，炼之未定，不觉冲尹。时韩吏部权京尹，左右拥至前，岛具告所以，韩立马良久，曰："作'敲'字佳矣。"（见《苕溪渔隐丛话》）又僧皎然以诗名于唐，有僧袖诗谒之。皎然指其《御沟》诗云："此波涵帝泽，'波'字未稳，当改。"僧怫然作色而去。僧亦能诗者也，皎然度其去必复来，乃取笔作"中"字掌中，握之以待，僧果复来云："欲更为'中'字如何？"（皎）然展手示之，遂定交（见《唐庚文录》）。又晚唐时僧齐己，携诗诣郑谷，咏早梅云："前村深雪里，昨夜数枝开。"谷曰："数枝，非早也。未若一枝。"齐己拜为一字师（见戴埴《鼠璞》）。又王荆公绝句云："京口瓜洲一水间，钟山只隔数重山。春风又绿江南岸，明月何时照我还？"吴中士人家藏其草，初云"又到江南岸"，圈去"到"字，注曰"不好"，改为"过"。后圈去，改为"入"，旋改为"满"。凡如是十许字，始定为"绿"。又黄山谷诗："归燕略无三月事，高蝉正用一枝鸣。""用"字初曰"抱"，又改曰"占"，曰"在"，曰"带"，曰"要"，至"用"字始定（并见洪迈《容斋续笔》卷八）。又《六一诗话》载陈从易得杜集旧本，文多脱误。至《送蔡都尉诗》："身轻一鸟□"，其下脱一字。陈因令数客各补一字。或云"疾"，或云"落"，或云"起"，或云"下"，或云"度"，莫能定。后得一善本，乃"过"字。陈叹服，以为虽一字亦不能到。可见古人作诗对于用字是很讲究的。大凡诗文一句中自有稳当字眼，不善者，往往想不到他。（唐庚、朱子并有此说。）但字有不安时，千万不可放过，有如法家执法，不可轻恕。工夫久了，自然进益。（陶诗："采菊东篱下，悠然见南山。"《文选》作"望南山"。东坡谓"望"字不如"见"字。杜公诗："白鸥没浩荡，万里谁能驯？"谓鸥鸟出没于烟间，宋敏求《遁斋闲览》以为鸥不能没，当作"波浩荡"，则鸥与水成为两橛，神气索然矣。又柳子厚诗："欲知此后相思梦，长在荆门柳树烟。"周紫芝《竹坡诗话》以为"烟"本当作"边"，因避上文重复作烟。不然，则"梦"当改作"处"，"长在"改作"望断"。其实上云梦，下云烟，本写迷离之境，改为"边"字，则肤浅乏味。若改"梦"为"处"、"长在"为"望断"，益直率无蕴藉矣。）

二、炼句

句有瑕疵，则全篇为之累，故作诗者莫不以炼句为尚。杜甫说："语不惊人死不休。"就是造语不肯平凡的意思。不肯平凡，所以要炼。现在不妨举些为人传诵的名句来看：王讚的"朔风动秋草，边马有归心"（《杂诗》），见称于沈约；谢客的"池塘生春草"（《登池上楼》），自言有神助；鲍照的"木落江渡寒，雁还风送秋"（《登黄鹄矶》），见仿于孟浩然（孟诗《早寒有怀》云："木落雁南渡，北风江上寒。"）；谢朓的"余霞散成绮，澄江静如练"（《晚登三山望京邑》），见称于李白（李诗《金陵城西楼月下》云："解道澄江静如练，令人长忆谢玄晖。"）。名句流传，脍炙人口。艺林仿效，传为美谈。但名句本不在多，一二即堪不朽。例如崔信明以"枫落吴江冷"之句出名，虽然郑世翼说他余篇不逮，投诸水中，然而"枫落吴江冷"这一句是永远不磨的（见《唐书·崔信明传》）。又如薛道衡以"空梁落燕泥"句，王胄以"庭草无人随意绿"句并遭隋炀帝的妒忌而致杀身之祸（见《通鉴》百八十二大业九年七月）。这两句诗害了两条性命，可是两人的永垂不朽也是为这两句诗。所以张船山《论诗绝句》有云："人口数联诗好在，不灾梨枣亦流传。"现在举些例子来看，为简省文字计，聊举五言诗为例：

叶密鸟飞碍，风轻花落迟。（简文帝《折杨柳》）

蝉噪林逾静，鸟鸣山更幽。（王籍《入若耶溪》）

以上两联同属写景，而前者静中见动，后者动中见静，灵感妙悟，无过于此。

四更山吐月，残夜水明楼。（杜甫《月诗》）

水流心不竞，云在意俱迟。（杜甫《江亭》）

前者写景，静中见动，后者写景，动中见静。而后者尤能融会。

气蒸云梦泽，波撼岳阳城。（孟浩然《临洞庭》）

吴楚东南坼，乾坤日夜浮。（杜甫《登岳阳楼》）

同写洞庭浩淼广大之状，而气象各各不同。

一年将尽夜，万里未归人。（戴叔伦《除夜宿石头驿》）

鸡声茅店月，人迹板桥霜。（温庭筠《晓行》）

写旅况只将事实平平说出，而一种难以为怀的情绪，自然表现，真古今不可多得的名句。

此外如林和靖《咏梅》[1]诗只改换江为诗中两个字，改"竹"为"疏[2]"，"桂"为"暗"，成为古今咏梅的绝唱。山谷《快阁》[3]诗有云："落木千山天远大，澄江一道月分明。"形容秋天的景象，何等清空！这两句诗简直可抵宋玉《九辩》一段。至杜甫《登高》诗"万里悲秋常作客，百年多病独登台"二句，说者谓十四字中有八层

---

[1]　即《山园小梅》。——编者注

[2]　同"疏"。——编者注

[3]　山谷即黄庭坚，《快阁》即《登快阁》。——编者注

意思。这才真算是千锤百炼的佳句了。总之，梅宛陵说："凡为诗必能状难写之景如在目前，含不尽之意见于言外。"作诗炼句，能够如此，便算成功。

三、炼意

袁枚《续诗品·崇意》云："意似主人，辞如奴婢。主弱奴强，呼之不至。穿贯无绳，散钱委地；开千枝花，一本所系。"赵翼《论诗》有云："满眼生机转化钧，天工人巧日争新。预支五百年新意，到了千年又觉陈。"可见作诗要以炼意为尚。因为意不新奇，便落陈腐，即使有辞也是言中无物。况且字句的好坏，全以意为转移，所以这一点比前二点还更重要。现在也举些例子来说。

（一）咏雪之例。《世说·言语篇》记谢安雪日集诸儿女讲论文艺，欣然曰："白雪纷纷何所似？"兄子朗曰："撒盐空中差可拟。"兄女道韫曰："未若柳絮因风起。"而陶诗则曰："倾耳无希声，在目皓已洁。"张打油则曰："江上一笼统，井上黑窟窿，黄狗身上白，白狗身上肿。"以上就白生意，有工有拙。

（二）别离之例。《小雅·采薇》以杨柳雨雪表示久别；而范云《别诗》则云："洛阳城东西，长作经时别。昔去雪如花，今来花似雪。"又古诗以薰兰不采，萎同秋草喻婚姻的失时；而谢朓《王孙游》则云："绿草蔓如丝，杂树红英发。无论君不归，君归芳已歇。"以上就花生意，愈出愈奇。

（三）相思之例。徐干《杂诗》（一作《室思》）有云："自君之出矣，金翠暗无精。思君如日月，回环昼夜生。"而张九龄复拟之云："自君之出矣，不复理残机。思君如满月，夜夜减清辉。"以上就水月生意，愈出愈新。前二者但就相思的情言，后则就相思的人言，是兼用古诗"相思日已远，衣带日已缓"的意思。

（四）叹老之例。杜诗："颜衰肯更红？"郑谷诗："愁颜酒借红。"而白乐天诗则云："醉貌如霜叶，虽红不是春。"东坡《南中诗》则云："儿童误喜朱颜在，一笑那知是酒红。"山谷更进一步云："心犹未死杯中物，春不能朱镜里颜。"近代某诗家有句云："老去诗人似残菊，经霜被酒不能红。"以上并就饮酒草木生意，而各极其致。

（五）明妃之例。古今咏明妃者，不可胜数。杜诗《咏怀古迹》云："千载琵琶作胡语，分明怨恨曲中论。"不着议论，而意味无穷，堪称绝唱。乐天则云："汉使若回烦寄语，黄金何日赎蛾眉？君王若问妾颜色，莫道不如宫里时。"专就本事设想，亦极清新可喜。王荆公则云："归来却怪丹青手，入眼平生几曾有？意态由来画不成，当时枉杀毛延寿。"（《明妃曲》第一首）此又谓昭君之美本非画工所能形容，并非毛延寿之受贿。意又翻新。赵秉文《题明妃出塞图》[1]则云："无情汉月解随人，羞向天涯照妾身。问[2]道将军侯万户，已将功业画[3]麒麟。"则又咏其和戎之功，而词旨酝藉。若杨一清则云："君王不是无恩泽，妾自无钱买画师。"又别有寄托。又一诗云："骊山举火因褒氏，蜀道蒙尘为太真。能使明妃嫁胡虏，画师

---

[1] 应为《昭君出塞图》。——编者注

[2] "问"一为"闻"。——编者注

[3] "画"一为"上"。——编者注

应是汉忠臣。"翻空出奇，想落天外。是以诗人贵在创意。

（六）赤壁之例。古来咏赤壁诗者亦多。杜牧之云："折戟沈[1]沙铁未消，自将磨洗认前朝。东风不与周郎便，铜雀春深锁二乔。"宋人讥其不论孙氏霸业，江东存亡，但恐失了二乔，此真三家村学究之见。二乔被虏，他尚待言？此诗人以小喻大的意思。若袁枚的"汉家火德终烧贼，池上蛟龙竟得云"便微嫌疏阔。曹氏挟天子以令诸侯，刘祚虽存，实同魏德，何炎火之可言？孙刘合力破曹，刘虽汉室子孙，但此役以孙为主，孙也不能代表汉德。只赵翼一联云"乌鹊南飞无魏地，大江东去有周郎"两用诗词成语，天造地设。不但属对工巧，而且曹氏失败的颓丧，周郎得意的雄姿，都跃然可见，真是咏赤壁的绝唱。

四、炼声

诗本韵文，炼声居其要。所以张船山论诗有云："五音凌乱不成诗，万籁无声下笔迟。听到宫商谐畅处，此中消息几人知？"可见声音在诗歌中的重要。原因是诗歌本用以协乐。假使被之管弦而声音不谐，则佶屈为病。从前史思明不识文字，忽好吟诗。每成一章，必传驿宣示，皆可绝倒。曾以樱桃赐其子朝义及周挚（一作"至"），作诗曰："樱桃一笼子，一半赤，一半黄；一半与怀王（即朝义），一半与周挚。"左右赞美。或曰"若改为一半与周挚，一半与怀王，则声韵相叶矣。"史大怒曰："韵是何物！我儿岂可居周挚之下？"

---

[1] 沈，通"沉"。——编者注

（见《安禄山事迹》卷下，《太平广记》四百九十五"杂录类"引《芝田录》。叶梦得《避暑录话》又作安禄山事）这虽是一个笑话，但诗必用韵，韵为诗的条件之一，则无疑义。我不是说有了韵就算是诗，而是说无韵则绝不是诗，——至少不是中国的旧诗。岂但旧诗如此？凡是韵文莫不如此。从前孙绰作一篇《天台山赋》，很是得意，对范荣期说："你试把我这赋丢在地下，会作金石之声咧！"我以为所谓金石之声，就是指声调的和谐。所以六朝人对于诗文，便极其讲究声韵，尤其是诗。沈约提出四声八病之说，姑且不管他，后来律诗的平仄，古诗的音节，却是不可不讲的（参看赵执信《声调谱》诸书）。不消说普通声韵的调叶要注意，至如全平全仄全双声全叠韵乃至一切拗体险韵，以妨碍自然音节的美的，都在所必避。同时又须利用连绵词（包括双声叠韵及重音）及以声韵为双关的句子来增加音节的美，乃至增加音义深厚的优点。

律诗须讲声律，尽人皆知，故暂弗论，除律诗外，现在分别来说。

（一）古体诗。无论五言古诗或七言古诗都要讲平仄，虽然不如律诗的严格，不如律诗的有规则，但有一句总诀：就是凡属古诗，就要避免律诗的句法，尤其两句一联之中绝不得与律诗的句法相乱，这在中唐以前，无不如此。到了元、白诸公便打破此例，如《长恨歌》《连昌宫词》，世人谓其诗"元和体"。当然元和体之得名，原因并不止于此，但毕竟诗格不高。因为他这一体好以律诗的句法来作古诗，尤其以七言古诗为甚，这在音节上已经失了古诗的意义了。至于五七言古诗用拗律句法，是可以的。例如：

1. 平平仄平仄（如山谷古诗《上苏子瞻》云："江梅有佳实。"）

2. 仄平平仄平（如山谷前题云："托根桃李场。"）

3. 仄仄仄平仄（如山谷《大雷口阻风》云："挂席上牛斗。"）

4. 仄仄平平仄平仄（如杜甫《古柏行》云："大厦如倾要梁栋。"）

5. 平平仄仄仄平仄（如东坡《次韵僧潜见赠》云："独依古寺种秋菊。"）

6. 仄仄平平平仄平（如东坡前题云："要伴骚人餐落英。"）

总之，五言古诗拗处在第三第四字上，七言古诗拗处在第五第六字上。这是一个总关键，作古诗者不可不知，只须看看《声调谱》就会明白的。

（二）拗体诗。梅圣俞有全平全仄诗，赵秉文亦仿之。

例如：

> 末伏尔尚在，雨点落未落。
>
> 梦觉起视夜，缺月挂屋角。
>
> 残星横斜河，晨鸡号天风。
>
> 幽人窗中眠，纱厨明秋空。

姚合有《洞庭葡萄架》诗为双声体（见史绳祖《学斋咕哗》[1]），东坡仿之为吃诗，即"故居剑阁赐锦官"及"郊居江干坚关扃"两首，使口吃人读之，必为喷饭。现在录姚诗于后，以资参考：

> 葡藤洞庭头，引叶漾盈摇。皎洁钩高挂，玲珑影落寮。阴烟压延屋，濛密梦冥苗。清秋青且翠，冬到冻都涸。

（三）联绵词及声义双关。诗中有用联绵词及声义双关者，例如：

---

[1] 应为《学斋占毕》。——编者注

1.《诗·硕人》末章云："河水洋洋，北流活活。施罛濊濊，鳣鲔发发。葭菼揭揭，庶姜孽孽。"

2.《古诗》云："青青河畔草，郁郁园中柳。盈盈楼上女，皎皎当窗牖。娥娥红粉妆，纤纤出素手。"

3. 左思《招隐》诗云："峭蒨青葱间，竹柏得其真。"（上四字双声，下"柏""得"叠韵。杨慎称其五言中用四连绵字，前无古，后无今）

4.《诗·小弁》云："譬彼瘣木，疾用无枝，心之忧矣，宁莫知之？"

5.《越人歌》："山有木兮木有枝，心悦君兮君不知。"

6. 魏文帝《善哉行》云："高山有崖，林木有枝。忧来无方，人莫知之！"

7.《续齐谐记·繁霜歌》云："日暮风吹，落叶依枝。丹心寸意，愁君未知。"（以上"枝""知"双关）

8. 江从简《采荷调》云："欲持荷作柱，荷弱不胜梁；欲持荷作镜，荷暗本无光。"（此本以讥宰相何敬容。"荷""何"双关，见《乐府诗集》）

第五章

浦江清讲宋元古文

小说的起源与发展

导 论

（一）以往对于小说研究的忽视

小说是现代文艺中最蓬勃发展、势力最大的文艺类型。谈世界文学的人，认为古希腊文学的类型是史诗和悲剧，中世纪以圣僧文学为主，文艺复兴时代以但丁的诗歌、莎士比亚的戏剧为主，17—18世纪是诗和散文的时代，19—20世纪是小说的时代。小说在欧洲产生得晚，近代意义的小说书在英国和法国都只在17世纪产生。英国最早的小说家Danial Defoe（笛福）（1659—1730）的《鲁滨逊飘流记》[1]作于1719年，但论者又以Samuel Richardson（理查逊）（1689—1761）的 *Pamela*（《帕美拉》）（公元1740年）为近代小说之祖。

---

[1] 今通译为《鲁滨孙漂流记》。——编者注

法国最早的小说家Prévost（普列服）（1697—1763），Marivaux（马里沃）（1688—1763），还有认为Madame de La Fayette（拉法夷特夫人）（1634—1693）的*Princess of Cleves*（《克莱福公主》）为最早的小说。这些都在17世纪以后。

在欧洲，17—18世纪的人向来不看重小说，认为是消遣品，而且有不良的影响的，保守的家庭不让子女读小说，并且认为小说的笔墨是粗俗的、不高雅的。评论小说的著作也非常之少。Brunetière（伯吕纳吉埃尔）说过，在小说发生的最初两世纪，法国翰林院绝没有推举小说家做会员的。

中国的情形也是如此。《汉书·艺文志》著录小说家，在九流十家的最后一家，不在九流之内。那些书都散亡了，并且也不是近代意义的小说。直到唐代产生了文言短篇小说（传奇文），到宋代以后有白话话本小说，但是流传到现代的也不多。宋元时期有些短篇小说写得很好，元明之际产生了伟大的《水浒传》和《三国演义》。以后有《金瓶梅》《西游记》《儒林外史》《红楼梦》这几部大书。可是那些通俗读物，向来不为古典文坛所重视，是《四库全书》所不收的。在中国古典文坛，向来以诗和古文为正统。词和曲、戏曲也还有些评论和叙述历史的著作。小说的被重视，始于清末梁启超辈受外国文学的影响，五四运动以后更被重视。第一部研究小说历史的是鲁迅先生的《中国小说史略》，成书在王国维《宋元戏曲史》后。明代的胡应麟、清代的俞樾，在他们的笔记里有些小说考证材料。民国十几年间，蒋瑞藻收集小说考证材料著《小说考证》（中间包括有戏曲考证，小说是广义的）。此后研究小说的人就多了，但是除了鲁迅以外，也只有郭箴一《中国小说史》二册（商务）、郑振铎《中国俗文学史》和《插图本中国文学史》中的部分，可以供我们参考。

说到小说的作家，话本是说书人的集体流传的作品，拟话本的章回小说的作者也多数不是很有名望的文人。这使小说更被忽视。同时，它用俚俗的语言、人民口语的语言，描写社会人情世态，暴露社会现实，富于现实性和人民性，因而为统治者所嫉视、不敢正视。但正因为如此，它为一般市民所喜爱，实际上教育了人民大众。无论演史或小说，它们的势力不但达到识字的读者，并且通过说书艺术达到了一般文盲。小说和戏剧对于群众教育有同样力量，对于略通文字的人，小说的力量更大。

（二）我们今天研究古典小说和小说史的意义

1. 了解中国小说的发展过程。五四运动以来的小说，受外来影响很多。但历史不能割断，了解过去，珍重民族传统，以便探求未来发展的道路。

2. 阅读古典小说的优秀作品，继承文学遗产，从中学习小说创作的艺术和技巧。受古典小说影响的成功作家如鲁迅、茅盾、丁玲、赵树理等。又如《水浒传》的人民性和现实性，《红楼梦》的现实性和结构技巧，对于文艺创作都有帮助。

3. 了解古典时代的社会、人民的思想感情。

4. 了解白话文（语体文）的发展，学习近代白话文，研究语言。

在研究中应抱的态度，应是扬弃的，批判封建糟粕。旧小说里有不少无聊的东西，即便是几部杰出的著作，用现代的文艺批评眼光来看，都不能说是完善的作品。

（三）东方文学的光芒——中国古典小说对于世界文学的贡献

在欧洲，小说发展得很迟。希腊时期有几部中篇小说，不很重要，有《伊索寓言》等。罗马时期与拉丁文学里有些故事书，也不占文坛重要地位。希腊、罗马有史诗，乃是小说而用诗体来写的，所以近代的小说，也有人认为是"散文的史诗"。既然史诗不用散文写，所以我们也不能称为小说。印度的小说书*Panchatantra*（《五卷书》）是寓言故事神话传说的总汇，共有五卷，来源有些是佛教的本生故事（Jātakas），而经过婆罗门教徒所编集的，在6世纪上半叶已经完成。用散文体，夹着些诗体。*Kathâ-sarit Sàgara*（*Ocean of rivers of stories*）（《故事海》）用诗体，22000 slokas（梵文诗对句），124章。作者是Somadeva（月天）Kashmirian poet（克什米尔诗人），约在1070年完成此书。他说该书根据*Brihat-Kathā*（*Great Narration*）（《故事广记》）（约在1—2世纪存在的书）。阿拉伯有《一千零一夜》，在13—14世纪完成的，而部分的故事远在此前。意大利Boccàccio（薄伽丘）的*Decameron*（《十日谈》），1353年出版，约与罗贯中、施耐庵同时（当时中国为元朝末年）。而中国的短篇小说，文言的传奇文活跃在9世纪。到978年宋太宗时，《太平广记》（文言杂记小说的总汇）编成。白话短篇小说话本12—13世纪已经有很好的创作，艺术技巧在Boccàccio之上。以上都可以说是短篇故事，大书也是由短篇串成的。

再说长篇小说。日本紫式部（女）的《源氏物语》（宫廷爱情小说），六卷五十三回，约在1007年流布。中国的《水浒传》约在1360年由罗氏作，以后有人续订（郭刻本在公元1550年后）。《金瓶梅》1610年有吴中刻本。《红楼梦》作者曹雪芹（1717—1763），和Richardson差不多同时，而且《红楼梦》的艺术远超于理查逊著作。

（四）中国小说史的分期、小说这一名词的意义和小说的种类

公元前400年到公元1000年，战国到北宋初《太平广记》结集止，此期发展文言笔记小说。唐代的传奇小说为近于近代意义的小说。

公元1000年到公元1900年，古典的话本、拟话本、章回白话小说兴盛，为市民文艺。

1900年后，开始受西洋日本文学影响，集纳主义journalism（新闻、报道），产生了期刊上分载的小说、翻译小说。

小说的广狭两义：

广义包括残丛小语、笔记、志怪搜神、琐事、杂言等，如《世说新语》《颜氏家训》，甚至如《梦溪笔谈》，各种诗话等。也包括戏曲、弹词，如蒋瑞藻《小说考证》内所包括的。

狭义指虚构的人物故事，fiction（虚构），如唐人小说、《聊斋志异》之类文言小说、白话章回小说、短篇及长篇。这是小说近代的意义。

（五）中国小说的特点

1. 由人民口头创作，转变为阅读文学，作者不止一人。如《水浒传》《三国演义》《京本通俗小说》等，富于人民性。长篇巨构，历史发展非常明显。

2. 一人作一书，如曹雪芹、吴敬梓等一生单作一书。人物多，包罗万象，寄托作者的人生观和世界观。

3. 受佛教故事的影响，有因缘、楔子。

4. 故事连属，虽分章回而前后相连不断。

5. 用第三人称。缺乏第一人称的小说书。作者化身为书中人物。

小说的起源与发展（前400—1000）

（一）战国到汉末（前400—200）

小说的起源，在于人民爱听故事，这是劳动生产后的娱乐。没有文字以前，就有口头流传的故事。非现实的玄想，诞生了神话、传说；现实生活的渲染，产生了英雄故事；琐屑平凡生活中得到的体验和道德教训，成为鬼怪、异闻类故事；寓言、讽刺故事则总结了人生的智慧。故事反映阶级意识、阶级斗争。因为没有民间文学的发展，古代人民中间流行的故事便失散亡佚了。神话和传说偶然见于巫史的著录，如《山海经》《天问》等。民族的英雄、氏族祖先的神话传说，如黄帝、禹等的非凡的故事，这些是可以作为史诗的材料的。在西晋初年发现于汲冢的竹书中，有《穆天子传》，写周穆王周游四海事，而所叙多据神话传说。其中穆王见西王母一段，颇具文采。

从春秋到战国，中国文字孳乳既多，字汇丰富起来，主要原因是掌握文字的已经不只是王室，也不限于贵族，庶人也求学。社会上的阶级经过一个翻动，士的阶层兴起，所以先秦诸子蓬勃兴起，他们的著作里有些短故事的穿插。先秦诸子的著作，大都是长篇大论，要做王者师，为统治阶级写的，著书的目的是献给君王，大术在于治国平天下，各有一套本领。但是没有大学问的，编了些与政治无关的小书，接近于民众的，那么就是《汉书·艺文志》所谓的"小说家"。据《艺文志》著录，有《伊尹说》《鬻子说》《周考》《青史子》《师旷》《宋子》《黄帝说》《虞初周说》等一共有十五家。那些书比之《庄子》《墨子》等要不成系统，但都是杂家杂说，说了些小道理，并非都是故事书。例如《青史子》讲到胎教等。而《周说》九百四十三篇是汉武帝时虞初所作，其中必定保留有许多古怪传说。可惜这十五家都不存在了，只有一鳞半爪见于他书所引。

这些书为什么称为小说家，且要将它们收入帝室书目呢？《艺文志》的撰述者班固说：

> 小说家者流，盖出于稗官，街谈巷语、道听途说者之所造也。孔子曰："虽小道，必有可观者焉。致远恐泥，是以君子弗为也。"然亦弗灭也，闾里小知者之所及，亦使缀而不忘，如或一言可采，此亦刍荛狂夫之议也。

同时期的桓谭在《新论》中也曾经说过："小说家合残丛小语，近取譬喻，以作短书，治身理家，有可观之辞。"

这时的小说家并非职业的说书的，在当时没有职业说书的人。

道听途说，民间流行着许多故事传说或者格言、寓言，以及不正确的历史、地理等知识，是小知识，无论哪一方面，是大人先生们所看不起的。

但是民间有许多智慧。有意义的故事，就为著作家所吸收，而先秦诸子文章之所以活泼，引用许多故事性的寓言、譬喻是一个原因。

《列子·汤问篇》有《愚公移山》和《夸父逐日》两个故事，

这当然不是列御寇自己一人编造的。（《列子》是战国西汉年间书。）

太行王屋二山，方七百里，高万仞。本在冀州之南，河阳之北。北山愚公年且九十，聚室而谋，要把它们移到渤海之尾。河曲智叟笑他，他说："虽我之死，有子存焉；子又生孙，孙又生子；子又有子，子又有孙；子子孙孙无穷匮也。而山不加增，何苦而不平？"河曲智叟无以应。操蛇之神闻之，惧其不已也，告之于帝。帝感其诚，命夸娥氏二子负二山，一厝朔东，一厝雍南。自此，冀之南，汉之阴，无陇断焉。

夸父不量力，欲追日影。逐之于隅谷之际，渴欲得饮，赴饮河、渭。河、渭不足，将走北饮大泽。未至，道渴而死。弃其杖，尸膏肉所浸，生邓林。邓林弥广数千里焉。（《山海经·海外北经》亦有此。）

第一个故事表示人力可以克服困难，可以战胜自然，移山是有效的。但是人类有子孙生命无穷，这是家族主义。最后又有天神帮忙。山是障碍的东西，可以去掉，名为"愚"不愚。

第二个故事则说人力徒劳，夸父无功。太阳不可追逐，自然力大。但是他死后化为邓林，可以避阴，其志亦不可没，也有深意。

《列子》里面又有甘蝇善射，教弟子飞卫以小观大之术。数年，飞卫尽其术，乃谋杀甘蝇。二人交射，中路矢锋相触而坠于地，而尘不扬。其后二子泣而投弓相拜，请为父子，刻臂以誓。

又有魏黑卵杀丘邴章，邴章子来丹谋报父仇。黑卵力抗百夫，筋骨皮肉非人类也。来丹闻卫孔周得殷帝之宝剑三，乃委身于孔周求其一，得宵练剑。昼则见影而不见光，夜则见光而不见形。以之三斩黑卵，三击黑卵之子，皆不觉而支疆。此为中国剑侠小说之最古者。

其他小故事见于《韩非子》《庄子》《晏子春秋》等的很多。

狐假虎威的故事见于《战国策·楚策》。

大蛇负小蛇的故事见于《韩非子·说林》。

蜻蛉黄雀之喻见《战国策·楚策》。

鹬蚌相争的故事见《战国策·燕策》。

桃梗与土偶语的故事见《战国策·齐策》。

皆近于童话寓言，可惜非常简短，都包含道德教训及战略。

可能是先秦古籍而富于小说意味的有《燕丹子》（保存在《永乐大典》中）。孙星衍录出，收《平津馆丛书》及《岱南阁丛书》。《四部备要》亦有。三卷。燕太子丹欲报仇，谋刺秦王政。谋之于田光，田光荐荆轲。以樊於期首、督亢地图入秦。刺秦王，功不成。所描写详于《史记》荆轲传，太史公作荆轲传，必有所根据，可能即《燕丹子》之类野史。《燕丹子》中有荆轲易水上歌"风萧萧兮易水寒，壮士一去兮不复还"，又有秦王姬人歌"罗縠单衣，可掣而绝。八尺屏风，可超而越。鹿卢之剑，可负而拔"一歌。其一为《史记》所采，其二则《史记》所无。

此书描写细腻，近于宋以后的演史家。可见英雄故事，先秦可有。秦始皇之暴虐为人民所愤，而荆轲之侠义是为人民所歌颂悲怜的。

两汉方士，多造小说。假托东方朔所作者有《十洲记》与《神异经》，继《山海经》而荒诞过之，由巫术信仰到神仙虚说。《十洲记》有描写昆仑山的长篇文字。山为仙人所居。刘向有《列仙传》。

此外又有《汉武内传》等，皆谈神仙。

唯赵晔所作《吴越春秋》，记伍子胥事，颇可观，是野史中的佼佼者。

神仙方士思想的兴起，反映极权统治下知识分子的厌世思想，逃避现实的思想，同时又拍合[1]帝王的好神仙求长生。

古来以君神合一，此时有凡人皆可成仙的平等观念。

（二）魏晋南北朝（200—600）

曹植好读小说、异闻，他的《洛神赋》即采用了神话题材。《三国志·魏志》王粲传注引《魏略》说他初得邯郸淳时甚喜，特意洗澡傅粉，"遂科头拍袒，胡舞五椎锻，跳丸、击剑，诵俳优小说数千言"，然后问淳："邯郸生何如邪？"颇有与之比试才能之意。史载邯郸淳"博学有才章"。他著有笑话集《笑林》，撰集了许多俳优滑稽故事，是现存最早的笑话集。这些故事在成书前当已流行，所以为曹植所熟知。

此时期有干宝的《搜神记》，非常重要。有些民间故事保存在其中。

干宝，字令升，新蔡（今属河南）人。东晋元帝时为著作郎[2]，著《晋纪》三十卷，集异闻为《搜神记》二十卷。二十卷本见于《津逮秘书》及《学津讨原》。另有八卷本见于《汉魏丛书》，非干宝书，后人所作。

---

[1]　"拍合"应为"迎合"。——编者注

[2]　著作郎，负责编修国史的官员。——编者注

干宝生活在320年左右，当时文学渐趋骈俪，而史官惯用散笔，不尚夸饰。哲学思想趋向老庄，并参佛教。正史所记是关于政治上、军事上的人物，笔记中可以述民间琐事。《搜神记》文章质朴无华，且多记民间琐事，于了解当时的社会风俗有帮助。其书首记神仙，次述怪异，皆正史所不能容纳，而干宝认为民间传闻虽不足征信，亦可记录下来，以广博闻也。此书驳杂，也非有意为小说，无聊之处很多，有价值的也还不少。篇幅都不长，均简短。现挑选几个故事来看：

（1）盘瓠故事：盘瓠是高辛氏时的五色神犬。高辛氏宫中老妇人耳疾，医为挑出一虫，养于盘瓠中，化为五色神犬。时戎吴强盛，高辛氏募天下有能得戎吴将军首者，赐金千斤，封邑万户，又赐以少女。盘瓠衔戎吴将军头来。群臣认为畜类，不可以官，又不可以妻。少女以为不可失信。王惧而从之。少女从盘瓠至南山。产六男六女，盘瓠死，自相配偶。于是开蛮夷之区，而盘瓠为蛮夷的祖先，其俗祭盘瓠。（今即梁、汉、巴、蜀、武陵、长沙、庐江郡夷。）（卷十四）

这可能是西南少数民族的祖先传说与图腾故事。来源甚远，故事亦有种种，此为一种记载而已，并不见得有诬蔑意义。

（2）蚕马故事：蚕神是马。此故事很美。是农民中间的传说，可以见到农民珍视蚕种，认为是神马与女子恋爱的悲剧所产生。其道德教训：勿轻视畜类，畜类和人一样有感情，有能力，有益于人。（卷十四）

（3）鸟妻：豫章新喻县一田夫种田，见有六七女，皆衣毛衣。不知是鸟。藏去一毛衣，一鸟不得去，留为妻，生三女。后使女问

父,得毛衣,飞去。三女亦飞去。(卷十四)

很好的童话,惜太简短,无发展。

(4)吴王夫差小女紫玉的恋爱故事。(卷十六)

这是阶级不同的悲剧。有情致。较长。

(5)东海孝妇条:太守枉杀孝妇,郡中枯旱三年。又孝妇名周青,死时立誓血缘幡竹而上标。此为《窦娥冤》之本事,最古之传说。于公理此狱云。(卷十一)

(6)宋康王舍人韩凭妻何氏,美,康王夺之。囚韩为城旦。凭得妻书,自杀。何氏阴腐其衣,王与之登台,自投台下,左右揽之,衣不中手而死。遗书于带求合葬。王怒勿听,埋之,冢相望。生连理树,树上有雌雄鸳鸯,交颈悲鸣。今睢阳有韩凭城,其歌谣至今犹存。(卷十一)

此反映封建主的残暴,民间夫妻被拆散。人民的愿望托于神话,是悲剧。敦煌石室中的《韩朋赋》也记载了这一民间故事。

(7)燕昭王墓前的斑狐幻为书生,见张华,辩才无对。张华与门客雷焕谋,以燕昭王墓前千年华表木燃之,以照书生,显原形而伏,乃烹之。此为狐精故事,是较早而情节曲折者。(卷十八)

(8)孝子董永妻织女故事(卷一)。敦煌有《孝子董永传》。

(9)范式(巨卿)、张劭(元伯)为死友。元伯卒,式梦见元伯告以葬期。式素车白马驰往赴之,未及到而丧已发引。既至圹[1]而柩不

---

[1] 圹,墓穴。——编者注

肯进。待式至，执绋[1]而引，枢乃前。（卷十一）

（10）秦始皇时王道平与唐叔偕女小名父喻者恋爱。道平被差征伐，九年不归。女家以女别嫁，三年不乐而死。道平归，哭于女冢。女魂出，道平开冢复活。（卷十五）

又，晋武帝时，河间郡男女私悦，许相配。男从军，积年不归。女被父母逼嫁，不得已而去，寻病死。男还，哭于冢，发冢，女苏活。（卷十五）

此类故事，反映当时爱情不得自由，与《华山畿》故事约略同时，但天从人愿耳。

又有陶渊明所作《搜神后记》，凡十卷。其中故事如：

（1）晋安帝时，侯官人谢端，少丧父母，为邻人所养，躬耕力作，得大螺，归贮瓮中。螺中出女为炊煮（乃天汉中白水素女）。见形乃去。于是乡人以女妻端。今道中素女祠是也。（卷五）

（2）桃花源记故事：有两条。其一，与《桃花源记》文字稍异，注明渔人名黄道真。文末无南阳刘子骥数语。其二，刘骥之字子骥，好游山水，采药至衡山，见一涧及石囷。或说囷中有仙药。子骥其后寻访，不复知其处。

或《搜神后记》非陶渊明作，而陶所作《桃花源记》乃偶并此二条为一也。

又吴均有《续齐谐记》。

---

[1] 绋，古代出殡时拉棺材用的大绳。——编者注

（三）隋唐五代（600—1000）

1. 唐传奇

魏晋南北朝的小说只产生了些谈神仙、鬼怪、琐言、杂事、笑林的书籍，其中有些很可宝贵的民间传说和故事，没有得到很好的加工制作和处理，反映社会现实也不够。篇幅又很短促。连篇累牍的冥报和冤魂的故事，受了民间的鬼报冤和佛教思想影响，也充满了迂腐的道德教训。直到唐代，文言短篇小说方始发展到最高峰。胡应麟说："变异之谈，盛于六朝，然多是传录舛讹，未必尽幻设语，至唐人乃作意好奇，假小说以寄笔端。"（《少室山房笔丛》卷三十六）这话是正确的。例如干令升[1]在《搜神记·序》上说："若使采访近世之事，苟有虚错，愿与先贤前儒分其讥谤。及其著述，亦足以发明神道之不诬也。"（前边又说："况仰述千载之前，记殊俗之表，缀片言于残阙，访行事于故老。将使事不二迹，言无异途，然后为信者，固亦前史之所病。然而国家不废注记之官，学士不绝诵览之业，岂不以其所失者小，所存者大乎？"）那么干宝作《搜神记》竟是补史之阙，采录些神话传说，而他自己搜集异闻竟是相信鬼怪的。他并不是有心创造虚构的小说，否则他可以更添饰情节，写得更生动了。《搜神记》的故事是民间所传，是朴素的，只有轮廓。到了唐代文人笔底下的小说，才是有心的创作。

唐代文人笔底下的小说，故事总是离奇曲折的，不平凡的，有浪漫好奇的作风，无论长短。所以后来称为"传奇"文。在当时只称为"小说"，或者称为"杂记传"。"传奇"两字是裴铏所作几篇小

---

[1] 干宝，字令升。——编者注

说的一部集子名。以后文学史家借用他的书名作为唐宋这类文人创作的小说的总名称，称为唐宋传奇。（鲁迅编有《唐宋传奇集》，在他的小说史里也特立一章为"唐之传奇文"。）

这类传奇文的突然兴起和突然兴盛，分析起来可有几种原因：

（1）继承六朝神仙志怪，如《搜神记》《续齐谐记》等类书中的短篇故事，创造发展，增长篇幅，主题更集中，情节更曲折，例如王度的《古镜记》、沈既济的《枕中记》、李朝威的《柳毅传》等，都是单篇杰作。

（2）由于古文运动，使散文得到合理地发展，促进记事文的发达。古文名家如韩愈、柳宗元等都试作小说。韩作《毛颖传》，柳作《种树郭橐驼传》和《河间传》，诙谐讽刺。

（3）由于进士制度，文人练习笔墨，投文谒见前辈以求推誉。赵卫彦《云麓漫钞》卷八："唐世举人，先藉当世显人以姓名达主司，然后投献所业，逾数日又投，谓之'温卷'，如《幽怪录》《传奇》等皆是也。盖此等文备众体，可见史才、诗笔、议论。"

（4）从隋朝开始，进士制度是文人向上爬的途径。文人的来源比较广泛，接近下层阶段[1]，不完全是贵族门第出身。他们都经过漫游、浪迹江湖的阶段，见闻广，生活经验丰富些，所以有得写，所以多知这些江湖异人、豪侠故事。也由于长安洛阳多妓女，进士们和妓女交际往来，多知道些女性，所以能写出哀感顽艳的爱情小说，如《莺莺传》《李娃传》《霍小玉传》等。

---

[1] "阶段"应为"阶级"。——编者注

（5）由于唐诗的发达，诗和散文结合，唐人小说充满诗意。既叙事，又抒情，富于感染能力，又有具体形象，可以补诗的境界所不足。《唐人说荟》例言引洪迈语："唐人小说不可不熟。小小情事凄婉欲绝，间有神遇，而不自知者。与诗律可称一代之奇。"确实如此。有些小说和诗歌是互补不足的，例如有元稹的《会真记》，便有李绅的《莺莺歌》（杨巨源亦有诗），元稹又有《会真诗》；有白居易的《长恨歌》，又有陈鸿的《长恨歌传》。诗和散文结合，使得散文更美化。唐代文人都能诗，他们笔下的散文自然是非常流丽，这些都是改革俪体文而开创新文体的尝试。

文言小说，唐代到了高峰，宋人就不及。直到清代也只有蒲松龄的《聊斋志异》，可以争一日之短长。

《虬髯客传》，写唐开国时的英雄故事，风尘三侠，李靖、红拂、虬髯客。在这三位英雄背后，写李世民的为天命所归。是豪侠故事，而有真命天子的思想。此篇一作张说撰，一作杜光庭撰。《枕中记》和《南柯太守传》，都以人生如梦、道家出世思想为主题。《枕中记》传李泌或沈既济所撰，写有名的黄粱梦（吕翁点化卢生）故事，后为马致远剧本所本，亦借作全真教道家的祖师的故事。《南柯太守传》为李公佐所撰，把人生的富贵功名比于蚁穴中的争斗。反映当时文人看破功名，是社会不安定，郁郁不得志的文人所写。思想消极，而讽刺意味很深，在热衷功名的人们身上浇冷水。譬如说吧，卢生本来衣短褐，乘青驹，将适于田，是接近劳动人民的，但是他有往上爬的英雄思想。他认为："士之生世，当建功树名，出将入相，列鼎而食，选声而听，使族益昌而家益肥，然后可以言适乎？吾尝志于学，富于游艺，自惟当年青紫可拾。今已壮适，犹勤畎亩，非困而何？"他看重出将入相，而以勤畎亩为苦。吕翁给他一个枕头，他便身入枕中，得偿所愿。得娶清河崔氏女（婚于高门），举进士，出将入相，竟为同列所嫉害，下狱，几死。幸得救，年寿而死。死时梦醒，逆旅主人方蒸黍未熟。然后悟到"宠辱之道，穷达之运，得丧之理，死生之情，尽知之矣"。唐代文人爬不上去的非常多，爬上去而跌下来不得全终、迁谪至死者，也非常多，这些都是现实的。《枕中记》故事，霍世休《唐代传奇文与印度故事》引《杂宝藏经》卷二娑罗那比丘为恶生王所苦恼缘，及《大庄严论经》卷十二中素毗罗太子娑罗那的故事，均同。鲁迅小说史引《搜神记》焦湖庙祝以玉枕使杨林入梦事。此记实是合佛道两家传说而融合虚构，极尽其妙者。作者沈既济，又作有《任氏传》，写郑六遇妖妇，后知乃狐。其后又遇之市，谓郑六曰："人间如某之比者非一，公自不识耳，无独怪也。"讽刺不少。而此妖狐居然能使郑六享受夫妇美满生活，并拒绝强暴，讽刺意味更深。作《南柯太守传》的李公佐，写淳于棼梦入宅南古槐树底蚂蚁洞中，做槐安国王驸马，做南柯太守，经历险难，度过一生，乃是一梦。末后假托李肇作结曰："贵极禄位，权倾国都，达人视此，蚁聚何殊。"唐人小说兴于中唐，凡此皆反映安史乱后，国家由盛而衰，朝廷中多斗争，文人的厌薄名利、避世思想。李公佐又有《谢小娥传》，记女子复仇事，反映当时商业发达，而江湖中多盗贼。小娥父为富商，而父、婿均为盗所杀。《聂隐娘》（裴铏作）与《红线传》（袁郊作），反映当时藩镇间互相兼并猜忌，阴蓄刺客。虽是剑侠浪漫故事，也暴露现实社会。

《莺莺传》中有门第阶级、礼教爱情冲突的现实问题。

《李娃传》解决这矛盾成为悲喜剧。

《霍小玉传》暴露这矛盾，成为悲剧。

这三篇使读者多同情于女性，提高了女性的地位，使娼妓的感情、人格被人所推重，是有进步意义的，是积极的浪漫主义或现实主义。

其他如陈玄祐的《离魂记》、李朝威的《柳毅传》、薛调的《无双传》、裴铏的《裴航传》，都是积极的浪漫主义题材，情节曲折，动人听闻。

传奇文是受俗文学影响的。如《李娃传》即因当时流传有"一枝花"故事而写作的。其他采取、融合民间故事的也必不少。同时，唐人传奇也影响了俗文学的发展。如元稹的《会真记》，到宋代有说话人说"莺莺传"的，诸宫调及杂剧更据此作《西厢记》。《太平广记》（公元978年）为唐前小说的总汇，宋代小说人采取其中材料编造短篇小说就很多。

2. 唐人的俗文学小说

话本小说虽始于宋代，唐代已有萌芽。

在中唐，《元氏长庆集》卷十《酬翰林白学士代书一百韵》有云："翰墨题名尽，光阴听话多。"自注："乐天每与予从游，无不书名屋壁，又尝于新昌宅说《一枝花》话，自寅至巳，犹未毕词也。"《一枝花》话本即李亚仙郑元和故事。说故事者是谁，注文太简，无法明了。说话甚长，已有一定艺术水平，可证唐代社会中已有说书艺人，在人家第宅中供应说书作为消遣。这是讲短篇小说，是宋代小说派的渊源。白行简的《李娃传》或是听说话人说此故事而写成的，未必是白行简写成后使说话人说书也。在唐代此李娃成为郑公子的正妻，在事实上或不可能，亦小说家言耳（至多纳为妾而已）。张政烺有《一枝花》考证，见《申报·文史》（民国三十七年[1]6月26日）。

段成式《酉阳杂俎》续集卷四《贬误篇》也说："予太和末因弟生日观杂戏，有市人小说，呼扁鹊作褊鹊字，上声。……市人言二十年前，尝于上都斋会设此。"此当是说春秋故事的。

从李商隐《骄儿诗》"或谑张飞胡，或笑邓艾吃"来看，可能唐代已经有"说三分"的。此为宋代演史派的滥觞。

唐代宫廷中亦有讲史官，敷演史事，以后宋代更发展，民间讲史，往往有供应官廷者。

唐代寺庙有俗讲。元和末至会昌间，俗讲僧文溆最有名。俗讲是用通俗韵散相杂的底本，演说佛书，有讲经文（唱经文）、变文、押座文三类。押座文似引子，讲经文或唱经文是长篇，变文是短篇的一段故事。寺院俗讲后为宋代说经派的祖师。

赵璘《因话录》卷四："有文溆僧者，公为聚众谈说，假托经论，所言无非淫秽鄙亵之事。不逞之徒转相鼓扇扶树，愚夫冶妇乐闻其说，听者填咽寺舍，瞻礼崇奉，呼为和尚。教坊效其声调以为歌曲。"

段安节《乐府杂录·文溆子》："长庆中，俗讲僧文溆善吟经，其声宛畅，感动里人。乐工黄米饭依其念四声'观世音菩萨'，

---

[1]　即公元1948年。——编者注

乃撰此曲（指《文溆子》）。"

本来佛经是诗和散文夹杂的。经中多偈，需要用声调来唱，名梵呗，唱经动乐器。同时佛经中原本也多譬喻和因缘（缘起），是小说成分。文溆僧的俗讲，耸动听众。原为宣传佛教，却带有极大的娱乐性，为迎合仕女心理，故事也中国化了，离经叛道了。听者买椟还珠，只在听故事，不厌倦，正如后世的听做法事。僧人借此求多得布施。讲经文如《维摩经讲经文》《佛本行集经讲经文》等。变文中多转变为中国故事，开后世弹词、说因缘一派。

在敦煌发现的还有通俗的故事赋、词文等唐代民间说唱文学的写卷，如《韩朋赋》《燕子赋》《季布骂阵词文》《季布歌》《伍子胥》《孝子传》等，是否唐代寺院俗讲文学的一部分，不能断定。似为受僧侣们影响而产生的俗文学。

《韩朋赋》见敦煌写卷伯字第2653号。较《搜神记》韩凭妻故事为曲折。说韩朋出仕宋王处，其妻贞夫寄书，甚有文辞，为王所得。梁伯出计，使王使人到韩家骗取来王所，迫为妃。贞夫曰："鱼鳖在水，不乐高堂。燕雀群飞，不乐凤凰。妾庶人之妻，不归宋王。"梁伯曰，贞夫爱韩朋，为韩年少有风姿。宋王遂打韩朋，落其二齿，使衣破衣，板筑清凌之台，使贞夫见之。贞夫望见韩朋而悲，寄书射于韩朋。朋得书自杀。贞夫亦自杀。宋王出游，找贞夫不见，唯得青白二石。石又生桂树梧桐，伐树，变成双鸳鸯（按，其中贞夫跳台事，竟不明白，似有落漏）。

说话与话本

（一）什么是话本

话本就是说话人的底本。说话人就是说书的人。"话"有故事的意思。《东坡志林》说到"王彭尝云：涂巷小儿薄劣，其家所厌苦，辄与钱，令聚坐。听说古话"。说古书叫作讲古话，这是宋人的俗语。话本是民间文艺作品，乃是白话小说的滥觞，白话小说的祖先。

说话人说书讲故事，他们是有底本的。师傅传徒弟，徒弟再传徒弟，并不见得印出来。如果印了出来，就变成供阅读的文学作品，就成为小说书。不过撰作的人，不为人所知，而且多数是好几代的创作，不是一个人所编造的。

说话人是职业的说书人。职业的说书人，在唐代已萌芽，只是记载缺乏，在宋代都市中非常活跃，史料记载详细。但是现在流传下来的话本，宋、元两个时代很难分别。讲史家话本刊于元代的多，向来称为宋刊的，近人考订恐是元刊。小说家的话本，刊于明代，但可确知为宋元旧本，而且多数是宋代说书家所说的故事，所以合称为宋元话本小说。

此类话本材料不多，却很重要，为后来伟大的《水浒传》《三国演义》《西游记》《金瓶梅》《儒林外史》《红楼梦》等这么多的白话古典小说的源头。

所谓宋元时代，实际此类话本故事当属于12—14世纪这一时期。开始是人民口头创作，原为师徒相传的底本，由于印刷业的发达和市民识字者的增多，而后由书坊编印成书，于是发展为阅读的话本文学。

（二）汴京和临安的京瓦伎艺

宋代说话人中的四个家数（小说、说经、演史、合生）在唐代都已有渊源。不过到了宋代发展得更兴盛，这是和市民经济的繁荣分不开的。北宋的都城汴京[1]和唐代的长安面貌不同。长安是文化中心、政治中心，是贵族和大官僚们聚居之地，寺院势力也大。达官贵人生活豪华，歌伎应酬贵族，应酬进士们。庶民娱乐场所少，有也不发达。这种背景，发展了传奇小说那一类的文学。而汴京商业繁荣，平民抬头，娱乐场所多。贵族官僚的生活也有平民化倾向，士大夫出入庶民场所不以为异。如宋徽宗喜欢微服游行，赵明诚、李清照常到大相国寺买碑帖书画。宋人生活习惯同近代没有多少分别，同唐以前大不

---

[1] 北宋都城为开封，称为东京。后金人攻破开封城，改称为汴京。——编者注

同。此乃是贵族阶级崩溃以后的新兴形势，经过中、晚唐及五代形成的。自然，士大夫入平民游艺场所不过是偶然光顾。而说话人的对象是一般市民，包括小商人、军人、小知识分子等。宫廷和官僚要听说书，大概是另有供奉和宴乐的。

据孟元老《东京梦华录》记载，汴京皇城东南有桑家瓦子、北瓦、中瓦，出旧曹门有朱家桥瓦子，此外还有保康门瓦子、新门瓦子等，这些都是小商业发达的繁昌之区，是庶民汇集之处。

据周密《武林旧事》载，临安便门外有便门瓦，候潮门外有候潮门瓦，嘉会门外有嘉会门瓦，荐桥门前有荐桥门瓦等。

各色伎艺人包括说书人在内，便活跃在瓦子这个区域。瓦子是平民市场，是百货买卖和酒楼、茶肆、勾栏等娱乐场所荟萃之区，是上下各阶层所乐意涉足的。《东京梦华录》把各色伎艺人记载在《京瓦伎艺》条内。京瓦就是京城的瓦肆，它犹如长安的草市，只是更其繁荣而已。京瓦伎艺即是市民的娱乐。当时商人、手工艺者都有行会组织，他们常以茶肆为聚会场所。说话人便活跃在瓦市的茶肆中。论到讲故事的艺术、戏剧杂耍的艺术，本是各地方人民大众所创造，不过他们的发展是靠了都市繁荣。市民有经济力量能够供养这一班为市民服务的诸色伎艺人。宋元俗文学的发达便是建筑在这样一个物质基础上的。

据孟元老《东京梦华录·京瓦伎艺》记载：有孙宽、孙十五等，讲史；李慥、杨中立等，小说；毛详、霍伯丑，商谜；吴八儿，合生；张山人，说诨话；霍四究，说三分；尹常卖，五代史。

南宋临安的繁华，比之汴京更有过之。南方经济本来超过北方，江南的商业和手工业发达，又在强敌压迫下，便出现了畸形发展的都市繁荣。临安的茶坊更为发达。第一流为士大夫社盟会场，第二流为商人、劳动者、游艺人所聚。

据《都城纪胜》《梦粱录》《武林旧事》所载，说话人分四个家数。《武林旧事》中所开名单，演史家有二十余人，小说家有五十余人之多，皆举其有名者，而可能都是同一时代人。

在两宋时期，说书业并非只在两个都市里活动。大凡经济繁荣的城市，当然有说书的人，如扬州、成都等，不过记载缺乏而已。只有《东京梦华录》《梦粱录》等几部笔记保存了可贵的宋代社会史料，都是记载都城的繁华的。

《水浒传》第五十一回有插翅虎枷打白秀英一段，说郓城县有东京新来的行院（歌妓）白秀英在勾栏里说唱，"招牌上明写着这场话本，是一段风流蕴藉的格范，唤作'豫章城双渐赶苏卿'"。白秀英说了开话又唱，唱了又说。可见像郓城县那样的小城市也有说唱故事的人，在做场面。虽说《水浒传》是小说，而且是元明之间人所作，其描写北宋末年的社会情况，却颇为真切。这也可以作宋代社会史料看。双渐赶苏卿故事在宋代甚为流传，所谓"风流蕴藉"，与西厢故事同属浪漫的爱情故事。这里明说话本，可能是小说家的话本，小说一名词话，可以夹唱，但也可能是诸宫调的本子，水浒作者混称话本。

此外陆游诗："斜阳古柳赵家庄，负鼓盲翁正作场。死后是非谁管得，满村听说蔡中郎。"这是说农村说书的。盲人说唱琵琶记故事，在浙江山阴县附近。〔此诗一本作"身后""听唱"。或引作刘后村（克

庄）诗。但陆游集中有之，而刘后村集中未检得，待查。〕

洪迈《夷坚支志》丁集卷三："吕德卿偕其友……出嘉会门外茶肆中坐，见幅纸用绯帖尾云'今晚讲说《汉书》'。"可证明说书在茶肆中。嘉会门是当时临安的一个城门。

（三）说话人的家数

《东京梦华录》并未提到说话人分若干家数，此因简略之故。而《都城纪胜》与《梦粱录》则大同小异，说说话人分四个家数，各有门庭。因为古书没有标点，而这两书文章不很讲究，分划得不清楚，所以研究小说史的便有好几种分划法。其中以鲁迅先生《中国小说史略》分划得最好。赵景深、孙楷第与他意见相近。但鲁迅只用《梦粱录》，不用《都城纪胜》，有所省略，今参用两书，做以下划分：

1. 小说，一名银字儿。如烟粉、灵怪、传奇、公案、朴刀杆棒[1]、发迹变态[2]之事。说铁骑儿，谓士马金鼓之事。

2. 说经，谓演说佛经。说参请，谓宾主参禅悟道等事（又有说诨经者）。

3. 讲史书。谓讲说前代书史文传、兴废争战之事。

4. 合生，与起令、随令相似，各占一事。商谜，猜诗谜、字谜、戾谜、社谜等。

（鲁迅在1项下，略去说铁骑儿。3项下谓讲说《通鉴》、汉唐历代书史文传、兴

---

[1] 朴刀杆棒，朴刀也叫博刀，杆棒也作赶棒，是两种武器。这两个说话小说类的分支主要是讲持刀弄棒的人物故事，故用两种武器名命名。——编者注

[2] "变态"应为"变泰"，后同。——编者注

废争战之事。4项下略去商谜）

另，陈汝衡《说书小史》分：

1.小说，一名银字儿。烟粉、灵怪、传奇。

2.说公案——搏拳提刀赶棒、发迹变态之事。

说铁骑儿——士马金鼓之事。

3.说经。说参请，说诨经。

4.讲史。

此说亦可参考。盖略去合生与商谜，认为非说话人也。但据《新唐书》卷一百十九武平一传"胡乐施于声律，本备四夷之数。比来日益流宕，异曲新声，哀思淫溺。始自王公，稍及闾巷，妖妓胡人，街市童子，或言妃主情貌，或列王公名质，咏歌蹈舞，号曰合生"等语，则合生亦有故事。赵景深谓合生始于唐中宗时，戴望舒引施蛰存语曰："合生为阿剌伯Hajan一字之译音，意为故事。"然唐时以歌咏为主，兼以舞蹈，或与宋代作为说话中一派的合生不同。又据《醉翁谈录》，则说公案亦在小说门中。

《武林旧事》未分四个家数，其卷六《诸色伎艺人》所列名单中与说话有关的有演史、说经诨经、小说、弹唱因缘、说诨话、商谜、合笙七项。

弹唱因缘亦是一派。它以弹唱为主，此与后世之弹词宝卷有关，内容多涉道家神仙下凡等事。

《醉翁谈录》（罗烨编）卷一，舌耕序引中《小说引子》一段，注云：演史、讲经并可通用。为此，他只分小说、演史、讲经三个家数。合生、商谜性质不同，不用此引子也。

（四）小说和讲史的区别

说经一门，沿着唐代和尚们的俗讲而来，渊源很早，到了宋代，渐不占重要地位。在发展上看，小说和讲史最为重要。二者的区别是：

1. 讲史依据历代史书，说得很野，但主要人物皆为历史上的人物。民间艺人加工改造历史人物，形成历史人物野史化。中间穿插故事都属演史家所编造，师徒相传，创作了历史小说。小说家或依据前代志怪传奇，或依据社会新闻，而不据史传，故事的创造不受限制，可以脱空捏造。在周密《武林旧事》所记说话人名中，小说家最多。正如《梦粱录》所说："最畏小说人。盖小说者，能讲一朝一代故事，顷刻间捏合（《都城纪胜》作'提破'，此处'捏合'比'提破'好）。"小说的故事更允许虚构成分，有典型性格，更能描写社会真实，因而更富文艺性。

2. 讲史是长篇的。一部书要讲个一年半载。小说都是短篇的。一篇故事，只讲一回、二回，即一天、二天内讲完一个故事。可能说书的根据底本再为敷演，讲说七八天也讲完了。此后又须另换一个故事。

3. 小说，一名"银字儿"。"银字"为管乐上名称，此必因小说夹有弹唱、吹唱之故。又小说一名词话。今小说话本往往夹有诗、词、歌曲，当时入乐歌唱。即所谓"说了又唱，唱了又说"。同当今上海说书的"弹词""小书"差不多。不过据话本看，基本上是说的，诗词夹入不多。不像上海的以韵文为主或说唱并重。（《西游记》明刊本中多韵文，还是小说古制。）

讲史的话本，一般均称平话，恐即是评话。不夹歌唱，如当今上海的说"大书"，只用一个醒木，但凭口说。所谓评话，乃是书中夹有诗句，评赞古人是非得失之意，即评论古今之意。

在宋元时代有此两家分别，后世说书业中也还分别着。可是明以后文人所作小说，亦多长篇，变成章回小说了。又明代文人亦渐泯灭界限。如《尧山堂外纪》："杭州瞽女，唱古今小说平话，谓之陶真。"已不知小说、平话之别。

（五）说话人的出身和思想

说话人似乎很杂。有和尚们说佛经，有书生们说书史，有书生及一般市民书卷较少而生活经验丰富的说小说，有道士们弹唱因缘。有男的，也有女流，也有歌伎。但是他们同属于"伎艺人"一个阶层。与唐代不同，随着说话场所由寺院变为瓦肆，说佛已退居不重要的地位。单说小说和讲史两家，则有儒生及一般市民。此类儒生，不是进士们、举人们，而是略通书史，并未中过进士的。可以想象得知，所谓张解元、刘进士、陈进士等皆是美称，犹之秀才、贡士、书生之类，未必实为进士、解元也。

此类称书生、进士、贡士者在《武林旧事》名单中都属于演史一门。演史门要敷演历代书史，书本的知识较多，故以书生为重。而首列乔万卷，当推其博学耳。但此类人中亦有宋小娘子、张小娘子等，为女流。北宋时代说三国者为霍四究，说五代史者为尹常卖。常卖是宋时俗语，《云麓漫钞》卷七："方言以微细物博易于市中自唱曰常卖。"此说五代史者当初或曾做过小贩，故而得此名称。则演史家亦非均是书生出身。而在科举上失意的或根本绝意功名的文人、落魄的读书人，到瓦子里去说书，当然也是在经济上很贫穷的。

　　至于小说家，则是社会下层的市民。他们舌辩滔滔、谈论如流，书本知识不多，而接触社会现实，生活经验丰富。但是照《醉翁谈录·小说开辟》上说，也要熟悉《太平广记》《夷坚志》《琇莹集》《绿窗新话》等书，要知李杜韩柳诗句、欧苏黄陈才词，似乎也要相当高的文化。观小说家中颇多俚俗名字，如故衣毛三、枣儿徐荣、粥张二等，恐原是卖故衣、卖枣、卖粥的小贩，其后改业说书的。

　　伎艺人的地位在封建时代是低微的，属于市民阶层。他们为了市民娱乐，所创造的是市民所喜爱的文艺。至于听众，那么从皇帝、贵族起，下至一般商人、手工业者、士兵都包括在内。有御前说书人。《武林旧事》特为注出以抬高身份，此则先在市场中说小说，有名后偶尔供应内廷，当非专为御前说书。所以这类文艺，绝非宫廷文艺而是市民文艺。

　　他们的思想意识也是小市民的思想意识，也有封建思想。因为那个时代是封建时代，封建思想统治着、制约着人们的头脑。可是他们是被剥削、被压迫的，在他们的文艺创作中，就有反封建的、民主的思想的萌芽。他们谈爱情故事，是反礼教的；他们说公案，是替人民控诉冤狱、希望有清官的；他们讲发迹变态朴刀赶棒，宣扬武艺、称赞草莽英雄；他们讲书史、评论古今，反对杀戮功臣的、残暴的统治者，歌颂人民所喜爱的帝王将相。他们刻画市民形象，描写市民生活，真实而不歪曲，能反映社会现实。因为他们的生活、思想、感情是接近人民大众的。

同时，他们免不了有宿命论、出世思想，封建道德如忠、孝等观念。

（六）话本的取材和编制

说书的人，需要先有一个底本，这些底本是师徒相传的。最早有创制的人，由他一人说，此后传给徒弟，渐渐又加穿插，加以增删变化，所以话本原是口头文艺，好几代传下来，没有定型。同一部书，各人所说，各地所说，都有不同。

话本的取材很广。讲史家取历代史事，取材于正史及野史。他们尤其喜欢战争变乱时期，如三国时代、春秋战国时代、秦汉之际、隋唐之际、唐末五代之类。太平盛世，无话可说。变乱时代，人物众多。战争、英雄故事，人所乐道，也是人所乐听的，比较热闹。讲史家虽标榜正史，如演说《汉书》、三国之类，其实说得很野，往往取一段有趣味的史事，加以敷演，结合许多野史、民间传说的材料。我们看《三国志平话》及《五代史平话》即可明了。不仅限于前代史事，即当时历史事实，亦可取材。《梦粱录·小说讲经史》条："又有王六大夫，原系御前供话，为幕士请给，讲诸史俱通，于咸淳年间，敷演《复华篇》及《中兴名将传》，听者纷纷，盖讲得字真不俗，记问渊源甚广耳。"即是讲南宋初年抗金英雄如岳飞、韩世忠等故事的。咸淳为南宋度宗年号（1265—1274），距离南宋初年有一百年左右。王六大夫能自编自说，为不可多得的人才。

小说家的取材多根据前代小说。《太平广记》《琇莹集》等其中多爱情、神仙、灵怪故事，可以取材。从《醉翁谈录·小说开辟》所列话本篇目看，题材来自唐人传奇的很多。此外还有捏合历史人物加以敷演或根据民间传闻故事铺叙，乃至凭空创造的。取材于社会新闻的，亦必有之。小说类话本必定很多，但散失亦多，今存宋元话本不过数十篇而已，多数连篇目也未留下。

最初，话本是说话人自编的。后来师徒相传，因袭前人话本，增删敷演，不尽自己编书，否则来不及应付。演史家尤可，如果小说家每天要讲故事，一年得预备二三百篇小说，哪能这样丰富呢？比如演剧，一个剧本可以演几回。又如弹词，靠唱，不全听故事，重听也不厌。小说就不行。例如《碾玉观音》，只能两天讲完。讲完又得换别篇，在一两个月内，不能再讲这篇，否则听众听腻了，知道这些人是鬼，便没有意味。《武林旧事》记说小说的有五十二人，一个人讲百篇，也有五千篇，事实上没有那么多的。他们所讲必定也重复，靠增插、靠说话艺术吸引听众，但其中粗制滥造、无聊的一定不少。有些未经艺术加工就随时代淘汰了，留到后代刊印出来的，总是精品杰作，又经过名手编订的。

后来有了分工，文人撰作话本，长于说书者说。南宋时说书者有书会组织，如雄辩社，内中也有才人，有一定的文学修养，专业编书而不说书。说话受人欢迎，书坊开始刊印话本，书坊托人，取说书家的底本进行加工编撰，并加入插图，这使一些话本得以存留至今。

（七）口语的提炼

说话人以口讲说故事为技艺，精益求精，善于谈说。所用的语言是人民大众的语言。京都说书的主要以汴京、临安的普通话为标准，所以说书人对语言起提炼作用。说话人的话本可以是半文半白的，可以是纯粹白话的。半文半白是因求简略之故。话本的发展为近代口语的小说文学奠定了基础，开辟了文学语言的新路。

（八）现存的宋元话本

从北宋开始到元末明初章回小说作者的兴起，中间说话人的说书事业兴盛不断有三百多年，话本数量依理应有很多，实际流传至今者却极为稀少，原因是：

1. 说话人的底本，师徒相传，或书会才人所编，原是抄本，且无定型，还停留在口头文学阶段。当时亦有专利性，不愿公开。由书坊刊印此类话本实始于南宋时期，为时较晚。

2. 元蒙灭宋，中原文化蒙受损失与摧残，战乱中话本被毁。元代印刷业又不如宋代发达。

3. 此类市民文艺，刊本简陋，文字俚俗，得不到藏书家的重视。书坊印出后虽大量流行，但只是一时，未能很好保留，就随时代而淘汰了。《永乐大典》有平话一项，抄集尚多，而大典在清代亦散失，平话门数册，无一存世，极为可惜。现存有些话本是日本藏书家所保存的。

4. 有些小说内容被认为有伤风化，不为封建礼教所容，还有一些作品触犯统治阶级，因而不能保留下来。

讲史类话本失传的，如南宋咸淳年间王六大夫讲过的《复华篇》《中兴名将传》，二者均有爱国主义思想，可惜未传下来。后世的《说岳全传》可能根据了一部分南宋话本所流传的材料。

在罗烨的《醉翁谈录·小说开辟》中列举了许多小说类话本的篇名，可惜大部分未流传下来。如其中有《莺莺传》，可见当时已说西厢故事。另外尚有《李亚仙》《崔护觅水》《芭蕉扇》（可能是西游中的铁扇公主事），属于朴刀杆棒的有《戴嗣宗》《青面兽》《石头孙立》《花和尚》《武行者》等，还有妖术类的《骊山老母》《贝州王则》等。有些话本更不知名目。它们未经艺术加工，就随时代淘汰了。

今存宋元话本有：

1. 说经：

《大唐三藏取经诗话》

2. 小说：

《京本通俗小说》

《清平山堂话本》

《雨窗欹枕集》

"三言"中的宋元旧篇

3. 讲史：

《五代史平话》

《全相平话五种》

《宣和遗事》

以下择要加以介绍。

《大唐三藏取经诗话》

　　《大唐三藏取经诗话》，分上中下三卷，十七章，缺首章与第八章之前半部分。日本高山寺旧藏，归三浦将军所有，是巾箱本[1]。另本藏德富苏峰处，为大字本，较巾箱本所缺尤多。书末有"中瓦子张家印"字样，此为临安书肆，应为宋椠本[2]。鲁迅先生认为或系元刊，因为此书铺至元代亦可能尚存在也。此说固可通，不论宋刊元刊，这个话本的时代应该是较早的，是宋人的话本。它的体制比较古：

　　1. 分章（即分节）标题称"行程遇猴行者处第二""入大梵天王宫第三"，等等，是佛经体例。

---

[1]　巾箱本，一种书型短小而方便携带的书册，可以装在巾箱中，故名。巾箱是古人用来装头巾的小箱。——编者注

[2]　宋椠本，指书的宋代刻本。椠本，用木板雕字印刷的图书。——编者注

2. 文字简洁，散文部分是略带文言笔调的白话文。正如佛经体例，当时亦即为白话文，但非纯粹口语，文言也是通俗文言。

3. 称为"诗话"，因为中间夹有诗句之故。全书只夹七言诗句，不夹入词。甚至作为唐人俗讲话本看，亦无不可。

此书性质介于说佛与小说之间。今宋人说佛门话本不传于世，此本或即说佛门之话本，较小说家所说为长，是一中篇小说。

唐玄奘法师至印度求取佛经，回国后展开佛经翻译事业，此为中国佛教史乃至文化史上一件大事。他亲身经历西域、印度许多国家，著有《大唐西域记》，为亚洲交通史、历史地理研究者的重要史料之一。他的一生史实有慧立、彦琮的《大唐大慈恩寺三藏法师传》，记叙甚详。至于佛教徒所装点附益的种种故事和民间传说最早就见于这本取经诗话。以后更变化成为《西游记》杂剧和《西游记》小说。

此书所以重要，因为是小说《西游记》的滥觞。

此书叙玄奘去西天取经，遇猴行者，护送到西天。猴行者是花果山紫云洞八万四千铜头铁额猕猴王，但是他打扮着做一个白衣秀才，见和尚施礼，对话，并以诗对答。他神通广大，能做法术，抵敌妖法，如化新妇为青草之类，又能使老虎肚中生出猕猴。在《入王母池之处》（第十一）章内，说猴行者少年时曾在此做贼，偷吃蟠桃树上蟠桃，吃一颗享年三千岁。此时为了唐僧，他又取蟠桃。蟠桃三颗落入池中，猴行者取金镮杖向盘石上敲三下，即在池中出来一个孩儿，三千岁，他不用。又敲五下，出来一个孩儿，面如满月，五千岁。行者说，不用你。又敲几下，一孩儿出来，问曰："你年多少？"

曰："七千岁。"行者放下金镶杖，叫取孩儿入手中问："和尚，你吃否？"和尚闻语心惊，便走。被行者手中旋数下，孩儿化成一枝乳枣，当时吞入口中。（未言是和尚吃，还是行者吃？）后归东土唐朝，遂吐出于西川。至今此地中生人参是也。（此为《西游记》偷桃及吃人参果所本。）

书中并未大力宣传佛经，只是写取经路上冒险的奇异经历。玄奘经过狮子林、大蛇岭、九龙池、鬼子母国、女人国……历尽魔难，取回佛经，富传奇性。此书尚有深沙神，即沙和尚，但无猪八戒。书末最后一章述王长者故事，乃唐僧回国后的故事（此为《西游记》所无）。王长者后妻孟氏与其婢春柳，趁王长者出行，定计思杀其前妻之子痴郎（那）。先使其入钴镂[1]中，用火烧之，不死。其次又用铁钩钩断其舌根，此儿又无恙，会言语。又使其入库中，闭门欲使其饿死，又不死。最后使其登楼推堕水中。王长者回，法师等七人赴长者斋，法师说今日不欲他食，思得大鱼。长者遂为买鱼，得大鱼。法师自以刀剖开，长者之儿从鱼中出。长者抱儿惊喜倍常。

此书故事性浓厚，实际上非宣扬佛教，而内容与佛经中故事颇为类似，实为中印文学结合的成果，可以定为说佛俗讲之话本也。

---

[1] 钴镂，温器，指用于加温的容器，类似锅炉等。——编者注

小说家的话本

　　小说一门在宋代说话人中是最为活跃的。当时小说门的话本必定很多，因为一天、两天讲一个故事，如果连续讲一年半载需要大量的话本，而况小说业中在一地方说书的人数也不止一个。（有时讲一篇故事不止一天、两天。例如《西山一窟鬼》有云，"变作十数回跷蹊作怪的小说"，似乎可以讲十数回。但照此篇话本内容看，似乎难以讲十几天。）可惜流传至今的不多，现存在《京本通俗小说》《清平山堂话本》《雨窗欹枕集》三书中，共有三十余篇。此外"三言""二拍"中尚有些宋元旧本。总数不过四五十篇。（"三言""二拍"中需赖考证。）

　　此三书，一为影元抄本（？）清人刊，二为明中叶刊本。今前两种皆有重印本。

　　《京本通俗小说》现存卷第十至第十六。全书原有多少卷，作者何人，今都不可考。现存《碾玉观音》《菩萨蛮》《西山一窟鬼》

《志诚张主管》《拗相公》《错斩崔宁》《冯玉梅团圆》等七卷为缪荃孙（江东老蟫）《烟画东堂小品》所影刊。尚有《海陵王荒淫》《定州三怪》（过于破碎）未刊。《海陵王荒淫》另有铅印本，而亚东所排《宋人话本八种》中亦印入。但此回或谓抽自《醒世恒言》者。《定州三怪》见《警世通言》。

郑振铎《明清二代的平话集》文云："就平话丛刊的进化史迹看来，元代而会产生那么篇幅至少合有十余卷以上的内容纯粹且又编次井然的《京本通俗小说》，实是不可能的事。""而集合了许多小说杂著成为一部丛书的，也到了嘉靖时候，方才风气大开。清平山堂所刻话本集尚是各种自为起讫，没有分卷的。""缪氏的'影元抄本'云云，不过是一个想当然的猜想，绝不是一个定论。"但是我们从内容上考察，这几篇确乎是南宋说话人的底本，看不出掺入元以后人的手笔。这也是很奇怪的。

《碾玉观音》属烟粉灵怪类，是残存的《京本通俗小说》的第一篇，独分上下两部分，比较的长，乃是上下两回书，预备在两天内说完的。这是说话人的底本，而文章优美，已经是加工制作过，不是粗糙的底本了。

这是小说中的优秀作品。前面有一个很长的"入话"，引用许多名人诗词，互相关联钩串而出，极有情致。凡小说开始都有入话。《京本通俗小说》中，以此篇与《西山一窟鬼》最好，都用诗词作入话，是有机的、剥茧抽丝式的，不堆砌，不肤泛。而此篇为宋人小说中入话最讲究、美丽的一个。这是引子，未讲本文以前，先唱诗词，伴以乐奏。词在宋代是唱的，七言诗入乐歌唱也非难事，所以小说有

"词话"的别名。

三首春词《鹧鸪天》，前两首未提作者姓名，无考。小说所引诗词，往往无考，乃是当时流行传唱的俗词，未入文人选本。黄夫人亦不知何人，未必是有名作者。王荆公诗，未必可信，待查。其余诸人诗也都靠不大住，乃是搬了些名人出来。曾两府是曾布（？）。苏小妹词乃是相传的苏小小词，见《钱塘佳梦》小说，也见《阳春白雪》前的大曲苏小小词。是宋人词。《黄金缕》就是《蝶恋花》的别名，因欧阳修一首词而得名。王岩叟是宋哲宗时人。集了这些春词，组织关联，极尽艺术上的巧妙。正所谓最畏小说人，能顷刻间捏合，顷刻间提破。可以想见当时弹唱此入话作为本文开篇之引人入胜。因此入话，连接到咸安郡王的游春，于是进入故事本身。

本篇用"碾玉观音"作题目也很好。用诗句作回目，最初开始于说书人的招牌，而古本尚不用诗句作回目。这一题目，只是俗称，并非作者自拟的标题。题目不说明白故事内容（明人改题为《崔待诏生死冤家》，则点明故事内容），使人不可捉摸。实则玉观音并非主要情节关键所在，全篇小说属于当时所谓"灵怪"类。讲个鬼故事，出神入化；其艺术特点，在于非讲完此故事不知秀秀与其父母在后半部实是鬼而非人。这种Suspension（留下悬念的宕笔法）为吸引人、动人的艺术。（即卖弄关目，直到最后方始揭露。）

这篇的主角是秀秀养娘和崔宁，属于虚构，可是中间有三个南宋初年的历史人物。咸安郡王指韩蕲王韩世忠，秦州雄武军刘两府是刘锜，杨和王是杨沂中，皆抗金名将，而当时被闲废着的。小说家讲故事，要使其逼真，配合历史上人物似更为有据，这是所谓"顷刻间捏合"。当时有说《中兴名将传》的，所以他们三人的名字，尤为听众所熟悉。这故事背景在南宋初绍兴年间，说书的时代，应该也在南宋，不会迟至元代，否则咸安郡王、刘两府等官员称谓不易习知。

　　说书人尽管讲着一个鬼故事，中间渗透着当时社会的生活气息。它让我们看到当时的阶级矛盾。秀秀出生于手工业者家庭中，是裱褙铺璩大夫（待诏）之女。而璩大夫不能不把他心爱的女儿卖给王府去做养娘（女婢），他说："老拙家寒，那讨钱来嫁人？将来也只是献与官府。"这一半是惧势，不能不如此说；一半是实情，可见其生活穷困。当时朝廷南迁，大批贵族官僚需要婢女，竟可以指定购买良家女为婢。

　　秀秀被卖入王府，便开始其不幸的、不自由的生活。秀秀与崔待诏是很好的一对，都青春美少，都属于手工艺阶层，爱好自由生活，而可以用他们自己的劳动来养活自己的。当初郡王有过一句话，引起了他们天真的情爱（精神上的）。于是在一个失火的晚上，偶然遇到，秀秀便决定跟着崔宁跑，很大胆地提出了做夫妻的要求。这里，秀秀所以决定要走这条路，为了爱着崔宁，为了找寻自己自由幸福的道路，厌恶自己在王府的生活（她愿出身于一个手工艺的家庭），为了郡王虽然有过那句话，将来也未必认真实行，说不定要有变故，或者留在府中不嫁，或者随便给别人。

　　他们的私奔是情有可原的，是博得我们同情的，然而结果是造成了一个悲剧。已经远走高飞，还是不能逃过封建统治者的魔爪，为多嘴的郭排军所发现，报告给郡王。秀秀被郡王打死，埋在后花园中。此后秀秀的鬼魂，仍旧跟着崔宁，并且报复了郭排军。

这篇作品写出封建社会统治者的强暴，手工业者的被压迫，下层人民无论男女，生活都不自由（包括婚姻的不自由在内），尤其是封建时代的女性，更遭受着残酷的压迫。作者的爱憎倾向始终在同情秀秀与崔宁方面。这个悲剧具有必然性、典型性。因为封建力量之强大，手工艺者还依附封建地主而生存着，不足与之抗衡。

人物性格的描写，也相当地成功。秀秀坦率、善良、有勇气，敢于争取爱情和婚姻的自由。变鬼也跟着崔宁，可见她爱情的热烈，死后还要团圆。她变鬼又报复了破坏她自由幸福的郭排军，具有坚强反抗与复仇的精神。她的形象是鲜明可爱的，值得同情。崔宁，善良、老实而怯懦怕事。郡王，脾气暴躁。郭排军，朴实而多嘴，不识利害。

璩公璩婆听见了女儿被打死，非但不伸冤，反而投河死了，可见一般小民害怕郡王到如何地步。小说家只是暴露社会现实，他所说的是真的、可信的。甚至"鬼"，那听众也不是完全不相信的。作者说鬼是一形式，主题是爱情婚姻问题，并非迷信恐怖的鬼魂。说话人没有借以劝世教训人的地方，似乎为艺术而艺术。为艺术而艺术的文艺，在今天看来是应该批判的，在当时是指单为了民间的娱乐，有进步性，因为并不是为统治阶级服务的。如果他有教训，只教训了像郭排军那样搬弄是非、口不谨慎的人。至于作者为什么不使秀秀报复咸安郡王呢？一则作者受时代限制没有看出主要矛盾；二则韩世忠在南宋人民心目中是抗战[1]英雄，不过是性如烈火、脾气不好，大家也还

---

[1] 指南宋抗击西夏、金朝的战争。——编者注

崇拜他，所以不多加贬辞。

说鬼故事，最为灵奇，大众爱听。这篇的技巧在乎隐藏了主角已经死去变成了鬼的事实，最后方才暴露。中间说："秀秀道：'自从解你去临安府断罪，把我捉入后花园，打了三十竹篦，遂便赶我出来。我知道你建康府去，赶将来同你去。'崔宁道：'恁地却好。'"讨了船，直到建康府。押发人自回。若是押发人是个学舌的，就有一场是非出来。因晓得郡王性如烈火，惹着他不是轻易放手的；他又不是王府中人，去管这闲事怎地？况且崔宁一路买酒买食，奉承得他好，回去时，就隐恶而扬善了。"这一段很巧妙地使读者不疑秀秀是鬼，故事才能进展。到最后暴露，不但秀秀是鬼，连璩公璩婆也都是鬼。情节曲折，布局留有悬念。

在《京本通俗小说》中，同样属于灵怪类的尚有《西山一窟鬼》《志诚张主管》两篇，都很好。《西山一窟鬼》入话优美，引用名人词，互相关联，艺术手腕亦高。作品叙述一位吴教授[1]同一个朋友（王七三官人）在（杭州）西湖西山游玩，遇着一阵大雨，天晚不能回家，在山路上避雨，遇见许多鬼。连吴教授的妻子、婢女都在那里，也都是鬼。此篇写得令人毛骨悚然，鬼气森森，酣畅淋漓，生动灵活；也运用了起初不知是鬼，后来方知道是鬼的艺术手法，是鬼故事的上乘，是浪漫主义作品。不过就思想性而论，意义不多，没有清楚的主题。作者的思想归结到看破红尘，离尘办道，吴教授舍俗出家，云游天下。如果说有现实的成分，则是写出吴秀才的贫穷落魄，反映

---

[1] 教授，宋代对私塾先生的尊称。——编者注

当时贫儒生活之苦和人生苦闷的情绪。但这个矛盾，作者并没有好好解决。

《志诚张主管》描写市民生活与道德观念，很真实。开线铺的张士廉，六旬年纪娶了王招宣府里出来的妾。此小夫人嫁一老人，在爱情上不能满足，对年轻的张主管暗中示好，死后鬼魂还苦苦追求他。张主管为人老实，不受诱惑，同时却也尽礼以待，终于不受其祸，足见商人伙计的道德准则。小夫人也有值得人同情之处。应该谴责的是那个年过六旬而娶年轻老婆的张员外。作品暴露封建社会的矛盾，颇有现实意义；也是烟粉灵怪类的代表作，同样结构极佳。

《西湖三塔记》见于《清平山堂话本》，亦属灵怪类。虽为《白蛇传》的一个祖本，但思想性不高。白蛇、乌鸡、獭三精是作为迷惑奚宣赞而终于被龙虎山奚真人所降服的妖怪来处理的，并无后来《白蛇传》的人情味和生活气息。

《郑意娘传》，现存《古今小说》第二十四卷，题为《杨思温燕山逢故人》，实为宋人小说，也是鬼故事，而结构特佳，思想性、艺术性都高，很有唐人传奇风味。开篇入话用元宵词，说宋徽宗时汴京元宵节风俗，转入北宋亡国汴京破后，杨思温在燕山（即北京）看元宵，不免凄凉感叹，有故国之思：

"一轮明月婵娟照，半是京华流寓人！"

整篇小说等于一首抒情诗，凄凉哀怨。诉说乱离中夫妇相失、男女思慕，至于一生一死、阴阳相接而泣诉平生，此后男女相誓，幽明相随，而男的终于不能坚守而背盟的故事。女的遂施以报复。这也是悲剧。小说主要是写爱情的，然而有情人的失散系因战乱之故。而男子负心在当时社会也是很普遍的问题。

这类小说一出现即质量如此之高，是十分可贵的。

传奇类小说以《冯玉梅团圆》为代表。开始用吴歌"月子弯弯照九州，几家欢乐几家愁，几家夫妇同罗帐，几家飘散在他州"，引起两个夫妇离散而复圆的故事，是喜剧。短故事作为入话，长的故事是正故事。故事背景是南宋初年福建建州范汝为起义，范侄希周救了冯忠翊失散的女儿冯玉梅，遂为夫妇。以鸳鸯宝镜为聘礼，夫妻和顺。此后范汝为军被韩世忠镇压下去，乱军之中夫妇分离。冯玉梅自尽未死，为冯忠翊所救，父女重逢，玉梅矢志不再嫁。冯公升官至都统制，遇广州守将差指使贺承信送公文，玉梅窥见，疑即建州范郎君。冯公私问之，始吐真实，知已投岳飞部下。出鸳鸯宝镜为证，夫妇重复团圆。此篇写悲欢离合，属传奇小说类。在反映现实深度上不如《碾玉观音》《郑意娘》，但其中写范汝为起义并未歪曲，称范为"草头天子"，说他"仗义执言，救民水火"，也写了起义军中的人物范鳅儿（希周）的真诚性格。

《菩萨蛮》有说佛成分，但其中也反映了一定的社会现实。

《拗相公》把王安石作为题材，写他罢相判江宁府，从汴京到江宁一路旅途所见。有人认为这是失败的作品，歪曲了历史人物。但是小说中的人物形象并不等于历史人物。小说中的王安石性格是执拗的。在隐姓潜名赶路途中，他亲自遇到许多困难，皆其新法所致，亲自听到人民痛骂新法，痛骂王安石。这一话本，不是演史，乃是小说，是政治性的讽刺作品。主题思想是反映宰相施政，不亲民，施虐政，受人民唾骂，有强烈的反抗性。所写有北宋丞相卢多逊事、王安石事，创造典型，亦写出王安石的高傲性格。当然将此全加之于历史人物王安石是不对的。这主要是因为南宋时代人们痛恨蔡京一辈绍述派人物，连带恨及王安石。此应是南宋末年的作品，小说中有佛教思想，但也非说佛话本。

《快嘴李翠莲记》是一篇风格质朴的作品，见于《清平山堂话本》，难入门类。小说绍介[1]婚姻风俗，描写一个女子有口才，说话出口成章（像快板）而为封建社会所不容。她有强烈的反抗性，而只能逃入空门，这正是作者找不到出路的结果。其中快板式的语言近于韵文，应以唱说为主，突出表现了词话的特点。

公案类话本以《错斩崔宁》为代表。此篇在《醒世恒言》中则题为《十五贯戏言成巧祸》。

此回书亦有入话，用一短故事说戏言之祸，引起正故事。作者垂戒勿戏言，书末又有"劝君出语须诚实，口舌从来是祸基"，似在强调出言谨慎，以故事作为鉴戒，作为处世之道的教训。可是作者在开首一首诗中，又提出人心叵测、世路艰难的主题，不免纠缠牵扯，不够清楚。其实这都是次要的，并非本书的主题。本篇的主题是描写一个糊涂公案（公案，即刑事案件），一个冤狱，故以"错斩崔宁"为主题，作者明白地插入了一段文章：

> 看官听说，这段公事，果然是小娘子与那崔宁谋财害命的时节，他两人须连夜逃走他方，怎的又去邻居人家借宿一宵？

---

[1] 绍介，即介绍。近代以前常用"绍介"，之后使用越来越少，至五四运动时使用频率有所上升，今已不用。——编者注

明早又走到爹娘家去，却被人捉住了？这段冤枉，仔细可以推详出来；谁想问官糊涂，只图了事，不想捶楚之下，何求不得？冥冥之中，积了阴骘，远在儿孙近在身，他两个冤魂也须放你不过。所以做官的切不可率意断狱，任情用刑，也要求个公平明允。道不得个"死者不可复生，断者不可复续"，可胜叹哉！

这使人联想到窦娥的唱词"衙门自古向南开，就中无个不冤哉"。这段说书人的评论道出小说主题。这一主题具有现实性，因为封建社会冤狱多，清官少。此类公案小说不仅因故事吸引听众，而且也因反映了人民的要求而受到欢迎。

此篇揭露出当时社会的实况、社会矛盾。

刘官人的没落，临安附近即多盗贼、剪径的人，小娘子得知被典卖而信以为真，大娘子被抢……都反映了南宋时代社会的黑暗，人民的穷苦。大娘子、邻居、糊涂官促成了冤狱，而冤狱的得伸，却是偶然的事。在现实中，冤狱的昭雪毕竟也是少数。

小说无性格描写，也无主角。贯穿小说的是情节，真是无巧不成书，但是情节太巧了。小说不是人物性格的发展而是故事情节的发展，这是作者着意安排的，小说的吸引人正在这里，而其缺点也在这里。

此故事原系话本，但此回书已用"看官"字样，可知是为了读者而改写的了。

小说在清初经朱素臣改写为戏剧《双熊梦》，今天又改编成《十五贯》，主题为反官僚主义。可见此话本影响之大，至今仍有现实意义。

《山亭儿》，此故事托于唐代襄阳府之事，实亦宋人话本。后入《警世通言》，题为《万秀娘仇报山亭儿》。《醉翁谈录》以此入朴刀类。由此可见说公案与朴刀赶棒的关系：说公案皆是朴刀杆棒（杆棒一作赶棒）及发迹变态之事。篇末说，此话本亦名《十条龙》《陶铁僧》《孝义尹宗事迹》。此回书情节曲折，也暴露了社会现实。至于孝义尹宗，襄阳尚有他的庙宇，可见系民间传说已久的。小说的生活气息很浓，人物性格较鲜明，比《错斩崔宁》为优。

《沈鸟儿画眉记》，现存《古今小说》，题为《沈小官一鸟害七命》。情节更为曲折离奇，但也是当时社会中可能有的。其中二子杀父一段尤惨。暴露社会现实，人的生命一无保障。《错斩崔宁》与本篇皆有两道结论不同的圣旨，这是对于朝廷的嘲讽。且破案者皆出于百姓而非清官，可见宋元时代的官吏的糊涂了事、官僚主义。

《杨温拦路虎传》是赶棒的代表作，见于《清平山堂话本》。杨温（杨三官人）是杨令公之后代，同《水浒传》里的杨志。笔墨也有仿佛《水浒传》处，例如他和马都头使棒，在岳庙里和山东夜叉李贵比棒，赢了利物等，写得生动。后世小说《水浒传》正是此类小说的汇集。但全篇结构不严谨，脉络不甚清楚，有的人和事未得到交代。

《宋四公大闹禁魂张》就风格看，也系宋人话本。主题不够明确。

《雨窗敧枕集》中有《花灯轿莲女成佛记》与《董永遇仙传》，均宣扬佛教思想，缺乏现实性。

讲史家的话本

关于讲史家的记载，《东京梦华录》载，北宋时已有霍四究说三分、尹常卖说五代史等。《夷坚志》也记有南宋茶肆中说《汉书》的事实。《梦粱录》还特意提到，有王六大夫敷演《复华篇》及《中兴名将传》，听者纷纷的盛况。但宋人原作话本没有流传下来，我们今日所见，都系元刊本和元人改编的。讲史家的话本比较简陋，不像小说话本经过才人加工，因而不及小说话本细致。

一、《新编五代史平话》

在北宋时即有说五代史的尹常卖。北宋距离五代最近。此战乱动荡的时期，人物众多，战争热闹，民间传说亦富，故为可以吸引听众的讲史之绝好题材。

今存话本，号称宋本，恐是元刊本。（由其俗体字的式样决定之。）

（曹元忠谓原是宋巾箱本，董氏诵芬室据以影刊。）刊于元，而编撰人或为宋人。原为十卷，梁、唐、晋、汉、周五代，各有上下两卷，今残存共八卷，其中梁史、汉史各缺下卷。各卷书名标云："新编五代某史平话。"（于宋讳，不能尽避。）

平话不分段落，而每史前有目录标出大纲节目，用六言七言标节目。（即为后来回目之始，较之《大唐三藏取经诗话》之分章并标某某处第几者已不同，此无第几之次第。）

书中文辞文白夹杂，尚通顺。其中夹有散文表章、书札及五七言诗句，尚简洁雅驯，叙述简单，不细致，缺乏心理描写、人物刻画。

书前引子从伏羲画八卦讲起，至唐太宗命袁天纲推测国运止。接下正文，首叙黄巢起义。像黄巢那样一个人物，这部小说没有能够写得很突出，反而把起义的叛将朱温作为正面人物。甚至把黄巢与朱温始亲终离、两人决裂的原因写成黄巢要调戏朱温的妻子张归娘，不成，张氏告知朱温，因而使朱温叛离，大大歪曲了黄巢这个形象。这是讲史者不能摆脱正统观念[1]所造成的。对于石敬瑭的献媚契丹、在契丹的扶植下建立一个王朝一无贬辞。把契丹人也写得很好，并无民族意识。据此看来，此本当非北宋时宋辽对峙成敌国时所说，而是南宋人或蒙古统治下的汉人据五代正史、野史材料及民间说书流传故事而重编的。

此书又多迷信成分，常有白兔、白狐，或留诗句，或作人言。

---

[1] 即封建正统观念。——编者注

写平民做皇帝，但有真命天子的观念。

此书写刘知远与郭威的出身，较为生动。刘是流浪汉，随母跟慕容氏，后来流浪；遇农村中地主李长者，入赘，与李三娘结婚；遭受三娘两兄的压迫；三娘辛苦生子；刘与三娘离别，发迹后与三娘复合，并报复二兄。此段故事为《刘知远诸宫调》及《白兔记》所盛传，情节与戏曲文学大同小异，唯没有岳小姐招亲事。郭威为农民出身，诨名郭雀儿；为柴仁翁所招赘，妻柴一娘，也与其兄柴守礼、柴守智不合；后来投军发迹。两段情节，大致雷同，但后来郭威事隐，而刘知远、李三娘故事则广泛流传。这两节写得比较细致生动。

此书叙述战争，无生动场面。比之《三国志平话》，文笔较雅洁而缺乏艺术上的创造。此书大事本正史，点染若干传说，虽是野史，同正史还距离不远。

二、全相平话五种

1.《武王伐纣平话》　三卷

2.《七国春秋平话》（后集）　三卷

3.《秦并六国平话》　三卷

4.《前汉书平话》（续集）　三卷

5.《三国志平话》　三卷

此五种平话，皆无名氏所作。中国已失传，是在日本发现的。原为蝴蝶装[1]，每页上面有图，下面为文字，故称"全相"。扉页

---

[1]　蝴蝶装，将纸上有字的一面对折，以中缝为准对齐所有书页并粘贴而成书的一种装订方式。——编者注

标"至治新刊"（至治，元英宗年号，1321—1323）或"建安虞氏新刊（建安，今福建建阳）"，可知为14世纪的刊本，是大众通俗读物。各书均不分章回，但每图有画题，亦等于回目作用，与《五代史平话》相似。唯《五代史平话》无图，此五种有图，有连环图画意味，为"绣像小说"之最古者。这些平话（历史小说）现存的不过是一鳞半爪而已。有后集必有前集，有续集必有正集，其他像《开辟演义》《列国志传》《隋唐志传》等后世历史演义小说所叙历史故事，在元代也必有平话，惜已不存。

《武王伐纣平话》写商周之际的战争。中有狐狸精化为妲己的故事：纣王在玉女观进香，悦玉女形貌。此后命天下进美女。苏护进女，驿中为狐狸精所杀。狐狸入妲己尸中，被进献。纣王宠妲己，引起朝野战争。又有姬昌收雷震子、姜尚垂钓遇文王故事。书中写纣王暴虐，施炮烙、置酒池肉林等，迫害姜皇后及太子殷交（郊），迫害姬昌、伯邑考，武王伐纣，描写颇为生动，而神话意味浓厚。此书为后来《封神传》一书所本，足见《封神传》来源之古。

《七国春秋平话》（后集），既标后集，当尚有前集。此三卷有小标题曰"乐毅图齐"，中心故事为乐毅与孙子战斗的一段。人物有乐毅、田单、孙子、鬼谷子等。所写为战国时代历史的片段——燕、齐交战史，战争激烈复杂。

《秦并六国平话》标"秦始皇传"，实际上是从秦灭六国叙起至秦为汉所灭为止。书中写六国的不齐心，不能一致抗秦乃至为秦所灭。中有燕太子丹荆轲刺秦王故事。揭露秦始皇的暴虐、荼害人民。

以上两书内容为后来的《东周列国志》所包括。当时春秋战国的讲史话本可能是齐备的，而此不过是残存的两种。两书中多写战阵，比《三国志平话》还野。

《前汉书平话》称为续集，小标题为"吕后斩韩信"，此三卷亦只是当时说汉书的话本的一部分。书中叙汉刘邦灭秦、灭楚以后杀戮功臣，即吕后斩韩信，刘邦杀彭越、英布的故事。英布曾射中刘邦一箭，此后被杀。刘邦看英布头，英布双目睁开，一道黑气，冲到高祖。高祖遂病。此书极叙三人被杀之惨，揭露刘邦、吕后的残暴无遗。说韩信归世时，天昏地暗，日月无光；说英布头能把高祖吓病。足见人民对于英雄人物的崇拜，对于统治者残暴的无限愤怒，这代表了说书者以及一般百姓对于历史人物的爱憎，是同情于被压迫者的。唯本书内归罪于吕后者多，责刘邦者薄。其中萧何赚韩信一段，亦为歪曲。

以上四种，史事大都取材于《史记》，取轮廓加以创造，采用野史，而讲史家造设者多。

《三国志平话》在五种中最为重要，为后来《三国演义》所本。虽不能说包括北宋以来说三分话本的全部内容，至少能代表宋以来说三国故事的梗概。

此书文笔通俗朴质，文言部分不多。

此书开始有因缘（楔子），是为后来《三国演义》所删去的。讲史家说汉光武帝刘秀春天三月三日赏御花园，知道是洛阳黎民所修，乃与民同乐，开放花园。有一书生司马仲相秀才在园中喝酒读史，愤愤不平，大骂秦始皇暴虐，筑长城、焚书坑儒。忽有人请去，奉上王冠，至报冤之殿，断阴间冤狱。遇韩信、彭越、英布三人控诉汉高祖杀戮功臣。司马仲相宣汉高祖吕后至，得玉带敕，断汉高祖复生人间为献帝，吕后为伏皇后，韩信得中原为曹操，彭越为刘备，英布为孙权，三人分汉朝天下，蒯通复生为诸葛亮，司马仲相复生为司马仲达。此段故事为小说家所捏造，说明汉末三分天下的因缘，乃是当初刘邦杀戮了三个功臣之故，其间虽有果报循环的观念，但是也说明了人民对于刘邦杀功臣的憎恨之情，而且是接上了《前汉书平话》。

书中次叙汉灵帝时黄巾起义。张角医道从孙学究来。孙学究患癫疾，自杀，投地穴中，得天书医道，传徒众。张角复传数万人。以后是黄巾起义。

此外，此书内说到刘、关、张平黄巾立功后，因朝廷赏罚不公，埋没功劳，愤而至太行山落草。后来汉帝杀十常侍，以十常侍首级去招安刘备。此故事虽荒诞不经，也可表现人民对于朝廷赏罚不公与奸臣弄权的仇恨。同时也说明说书者出于北宋末年、南宋初年。太行山为当时忠义军的根据地。水浒故事原也有水浒英雄在太行山落草的说法。此为说书者本色。人民把刘、关、张当成了自己时代的草莽英雄，并希望英雄能为国家所用。而说忠义书者大都有这样一个观念：杀奸贼以招安英雄。

这一段与司马仲相断狱均十足表现宋代讲史家的风味，但因其距正史远而为后来的《三国演义》作者所删。"三言"有单篇小说题为《闹阴司司马貌断狱》。

当时说书者根据者少，而出于编造者多。如桃园结义、三战吕布、关公斩颜良文丑、千里独行、古城聚义、三顾孔明、长坂坡、黄盖诈降、赤壁鏖兵、诸葛助风、关公单刀会等，《三国演义》中主要情节，这书里已具梗概，唯较为简陋而已。有好些故事是《三国演义》所没有的，如黄鹤楼故事。有些则与《三国演义》有差异，如说诸葛亮本是一神仙，能呼风唤雨，撒豆成兵；写蒋干到东吴，见黄盖，盖言蔡瑁投降，无偷书事。同时在此书内张飞比关羽更重要，张飞的性格和《三国演义》里的不同。如古城聚义一段，叙说张飞占住古城，自号"无性大王"，立年号曰"快活年"，是人民口头传说中的张飞，显出一个草莽英雄的本色。张飞听得关公来到，大叫："叵耐髯汉，尔今有何面目！"跃马持枪直取关公。十足表现其莽撞与有正义感的性格。此回书虽然简短，写得生动。在话本小说中，人物性格是通过无数说话人长期逐渐生长形成的。

此书无回目，但某些段故事有标题，如"张飞独战吕布""关公刺颜良""曹公赠袍""关公千里独行"之类，即是回目。也有说"名曰'古城聚义'""名曰'十鼓斩蔡阳'"等，亦为讲史家的回目。又，开始往往用"却说"，结尾往往有"诗曰"，也可以知道段落。文中多插诗句。

书中多误字，如"糜竺"为"梅竹"，"马骝"为"马骔"等（建安虞氏刊本）。此书颇简陋，系坊间刻本，非说话人底本之详者也。

我们比较《三国志平话》与《三国演义》，可以见到话本小说的渊源与发展，也可以见到《三国演义》如何就民间所传的话本加工而成为一部杰出的历史小说，进一步了解罗贯中《三国演义》的继承性与创造性。

三、《宣和遗事》

《宣和遗事》〔又题《新刊大宋宣和遗事》，此书原定为宋刊本，但亦有可疑之点，以定为元刊本为妥（原本见士礼居丛书中）。大概是宋人所编，经过元人有所增益的。版本有几种，略有出入〕，此书分几个部分，文笔不一，有取材于不同的书本（野史）拼凑而成的痕迹。此书叙说北宋末年徽、钦两朝的史事，到宋高宗南渡绍兴年间为止。涉及时间不长，描写比较细致，是一部白话的野史。开始有讲史家的通例，开篇先讲治乱兴亡的大道理，并从唐尧虞舜夏商周讲起，直到宋朝。接着细致写宋徽宗一朝的荒淫事迹。宋徽宗佞信林灵素，佞信道教（中有真神仙吕洞宾出现的情节），任用蔡京、王黼等，兴花石纲之役，骚扰百姓，引起方腊起义。此下接叙梁山泊英雄故事。此为今存水浒故事见于话本之最早者。此段文字与下面一段宋徽宗幸李师师的细致描写，均为小说家的笔墨。所以《宣和遗事》实是结合讲史与小说家两派的话本，而由一个无名文人所编集的。后半部主要叙述金人入侵，汴京失陷，二帝及后妃被掳北去，受尽种种耻辱，情形十分惨酷。徽、钦帝到北国的情况，有近于日记的记载，直到他们死亡为止。书中说是汉人而归于女真的一个看守阿计替所记述，好像是真事，其实是小说。此部分大体上出于相传是辛弃疾所作的《窃愤录》（一名《南渡录》或名《靖康纪闻》《南烬纪闻》，无名氏所作笔记小说），亦可证明《宣和遗事》是杂凑成书的。

此书文字半文半白，通顺，描写细致，各部分均有一定艺术性，是通俗文学中的佳作，也是足以代表南宋市民思想观点的文艺作品。

《宣和遗事》中的水浒英雄故事，是很重要的。有以下重要情节：

1. 杨志、李进义等押送花石纲，杨志卖刀；

2. 晁盖、吴加亮等劫取生辰纲，"酒海花家"的酒桶为线索；

3. 宋江杀阎婆惜，宋江得天书，梁山泊三十六位英雄聚义；

4. 宋江受招安。

是水浒英雄故事约在南京末年所流传的梗概，为后世《水浒传》的蓝本，也是缩本。书中写徽宗、李师师一段，暴露统治者的荒淫。徽、钦二帝被掳北去的一段野史传闻，是残酷的故事。此书揭露了北宋末年封建统治者的腐朽及由此造成国破家亡的后果，也尽情描写了统治者自食其果的惨状及女真人的残暴，使人叹息痛恨，激起爱国思想。这表现了作者对北宋末、南宋初这一阶段历史的愤慨情绪。

此外，具有爱国思想的还有《中兴名将传》《复华篇》，惜不传。

王实甫和他的《西厢记》

（节选）

一、从《会真记》到《西厢记》

《西厢记》的故事出于唐代诗人元稹的《会真记》，一名《莺莺传》。

《会真记》写张生为人美风容，内秉坚孤，年二十三，未近女色。游于蒲之普救寺。时军乱，军人掠蒲，崔氏孀妇止于寺。崔氏妇，郑女也。张生亦出于郑，续亲为异派之从母（疏的姨母）。崔氏妇财产甚厚，惶骇不知所托。张与蒲将善，请吏护之，不及于难。郑德张甚，饰馔命张，出子女欢郎及莺莺。莺莺辞病，崔氏怒，强而后可，见礼。张惑其色，以游词导之，不对。私礼红娘，红娘欢之，因媒氏而娶，张不能待。婢出一计，谓莺喜文辞，盍为喻情诗以乱之。张缀春词二首，莺报以"待月西厢下，迎风户半开。拂墙花影动，疑是玉人来"。张因攀杏花逾墙，认为莺莺召之。莺责以礼义，词义严正，谓："以乱易乱，其去几何！"言毕，翻然而逝。张绝望。数夕，红娘携枕至，莺莺来，度一夜。张疑梦，赋《会真诗》三十韵，遂安于西厢者一月。其后张生之长安，不数月复游于蒲。莺独夜操琴，张窃听之，愈惑之。张生复以文调及期，又当西去，愁叹崔侧，崔阴知将诀，谓："始乱之，终弃之，因其宜矣，愚不敢恨。必也君乱之，君终之，君之惠也。"其后张志亦绝。张认为崔为尤物，"不妖其身，必妖于人"。"予之德不足以胜妖孽，是用忍情。"

岁余，崔已委身于人，张亦别有所娶。适经所居，因其夫言于崔，求以外兄见。夫语之，崔终不为出。赋一章："自从消瘦减容光，万转千回懒下床；不为旁人羞不起，为郎憔悴却羞郎。"又赋一章，以谢绝之曰："弃置今何道，当时且自亲；还将旧来意，怜取眼前人。"

《会真记》是一篇动人故事，元稹写来，文笔优美，情节曲折细腻。据后人的考证，可能是元稹自己的恋爱经验，而托之于张生的。今日尚可存疑。同时期的唐代诗人李绅有《莺莺歌》，白居易也有些诗篇，为元稹的莺莺故事而作。元稹的《会真记》是一篇爱情小说的杰作，不过这篇小说的结局，不能使人满意。一对情人，始合终离，始乱终弃，张生另有所娶。鲁迅在《中国小说史略》里指出："篇末文过饰非，遂堕恶趣。"张生为什么要抛弃莺莺呢？他自己说："大凡天之所命尤物也，不妖其身，必妖于人。""予之德不足以胜妖孽，是用忍情。"意思是说他一时感于崔氏之美而有才，此后又懊悔，认为不足为其德配，为始乱终弃作辩护。这是文过饰非的话，事实上是一个男人在得到爱情之后，不尊重女性，为了婚姻的功利企图，另娶别人而已。据陈寅恪先生的意见，唐代文人看重婚宦，讲究门第。莺莺可能是低微出身的歌妓一流人物。因为《会真记》的"真"是神仙的"仙"，唐人称妓女也为"仙"。说莺莺是妓女是不对的。莺莺出身富有家庭，门第未必高，是小家碧玉。照《会真记》所写：（1）郑老夫人介绍女儿见张生，以谢其救护资财之恩，此事如属高门闺秀，是非礼的，所以莺莺不肯见，而母亲强之；（2）张生惑于莺莺之色；（3）莺莺与张生偷情，往来一月，张生出去后又回来，复有来往，老夫人未曾加以干涉，置之不问，看来颇有使莺莺嫁张生之意，如果张生得举；（4）张生考试失败，留京不回，他们通过一次信，莺莺颇有表示绝望而有情之意；（5）张生忍情不去娶她，她先嫁人，张生其后别有所娶；（6）后来张生又因其夫而要会她，她不见；（7）文中说，"张生自是惑之"，"以是愈惑之"，又认为"予之德不足以胜妖孽"。张生认为一时惑于色不能自持，遂有此事，其后克制自己，"时人多许为善补过者"。张生因文战不利，功名未遂，而崔氏遇合富贵，不知其变化，是尤物。他不敢要，要了非福，他们的结合是不幸福的。

这里可见，（1）作者对于礼教和爱情的矛盾，指了出来，无所偏袒，抱客观主义，没有强烈的反抗性，竟使读者对于张生也有同情心，此乃元稹自述其私事之故，没有自己深刻检讨，批判不够，回护自己。（2）但是，写莺莺十分可爱，是一完人，她一方面维持礼数，一方面有深情；在封建时代，女子地位低，她谦抑，自我牺牲，也不肯强嫁张生，她也没有强烈的反抗性。（3）唐代尽管比较自由，但私情也是不被礼教所容的。（4）这故事除了诗文点缀外，乃是真有其事，是真实的，这种事情在唐代社会中可能发生得很多。（5）女子有才色，能操琴、作诗，比较普遍，唐代歌妓均能之。（6）以《会真记》和同时的《霍小玉传》相比，《霍小玉传》故事是悲剧，大责备李十郎负情，此因十郎考试胜利，另选高门，与张生文场失意不娶莺莺大不相同。《霍小玉传》将爱情突出来写，表现女性的美德，赞赏女性人格之美，《霍小玉传》思想性比《莺莺传》高。

张生前后人格不一致，偷情时是才子作风，而此后又有迂腐的道德观念。当时士流对于张生的"忍情"是惋惜的，但却不加以严厉的责备。唐代文人认为私情是不好的，他们虽惑于才色，但不是以此论嫁娶。这类的事，虽然是传奇艳遇，但并非空想。《聊斋志异》虽然写在清代，但那些人和事在唐代社会是可以实际发生的，这是人性、人情所不能已。礼教是束缚人性的，礼教也是重男轻女的，张生薄情而人不以为非，便是明证。张生认为女子有才色，是尤物，必妖于人，那么女子无才便是德，就是那时代的金科玉律。而对于莺莺来说，是一个悲剧。

《会真记》起初在士大夫阶级里流传，以后走向民间通俗说唱。北宋时期文人赵德麟（令畤）有《商调蝶恋花》鼓子词以咏其事，赵氏说："至今士大夫极谈幽玄，访奇述异，无不举此以为美谈；至于倡优女子，皆能调说大略。惜乎不比之以音律，故不能播之声乐，形之管弦。"因之，他用十二支《蝶恋花》曲调，比附《莺莺传》以歌诵其事。作为通俗说唱文学，于故事并未改动，且甚简略。

在北宋、南宋之间，有杂剧《莺莺六幺》，用大曲歌舞故事，想来也是简短的一折，故事未改动。而《醉翁谈录》中的传奇小说话本《莺莺传》，其内容如何不可知，可能已有所发展了。

金代董解元《西厢记诸宫调》是一大创作，把始合终离的一个不完整的爱情故事改造成为爱情胜利的团圆结局，已经体现了反封建礼教的思想。他把士大夫阶级的文艺作品变成了完全能够代表市民阶级思想意识的文艺作品。

这个故事，按照市民的道德观念，应该有两个结局。一是张生中举以后别娶，莺莺报复他的负心，如王魁桂英、秦香莲、赵五娘、《霍小玉传》式的；一是张生始终如一，如《西厢记》的结局。民间流传，对这故事，采取了后者的方式，把爱情与婚姻统一起来。

宋元社会更看重女性贞操。莺莺并非妓女，元代戏曲、话本中对妓女的才子佳人故事，尚给予团圆结局，对于崔、张，更乐于作合。这样不但莺莺可爱，张生亦成一鲜明的爽朗乐观的形象。与《会真记》原文相比，更其光辉灿烂了。这样，一篇文人的进步作品，一篇还不能完全摆脱封建思想的作品，到了人民大众手里，有了更高的、更活泼的发展，成为一部杰出的民间文艺作品、说唱文学。元代王实甫的《西厢记》是因袭董西厢而产生的，但不是如有人说的那样是抄袭。诚然，没有董西厢的基础，王西厢达不到今天的高度，但王西厢毕竟比董西厢跨进了一步，有它的创造性。

王西厢因袭董西厢是很多的：（1）王西厢的基本情节已为董西厢所有，说明王实甫取材于民间说唱本以创造此剧，非直接取材于《莺莺传》。（2）王西厢在辞章上因袭董西厢亦不少，比读两种可知。如王西厢第一本第一折，张生唱《油葫芦》《天上乐》二支，描写蒲州附近的黄河气象阔大，此从董西厢改进；第二折描写张生见到红娘，有"胡伶渌老不寻常"之句，说灵活的眼睛，董西厢有"虽为个侍婢，举止皆奇妙。那些儿鹘鸰那些儿掉"，又有"小颗颗的一点朱唇，溜汩汩一双渌老"。"鹘鸰""渌老"皆金元时代俗语，本不易懂，可见王西厢有所本。又如莺莺送别一节，董西厢有"莫道男儿心如铁，君不见满川红叶，尽是离人眼中血"，为王西厢"碧云天，黄花地，西风紧，北雁南飞，晓来谁染霜林醉？总是离人泪"所本。

比较董、王西厢，王西厢有改进处：（1）董词俗语、方言多，王词更为典雅；（2）董作于法聪与孙飞虎战斗一节写得太多，冗长支蔓，离题远，而王作更为集中主题。说唱文学重铺叙，戏剧重结构，主题集中；（3）人物性格，王西厢完整，董作张生、莺莺皆有软弱可笑处，如张生失望上吊为红娘扯住；张生与莺莺同时在法聪房里要上吊，为法聪策划救出；董作写张生思之："郑公，贤相也。……吾与其子争一妇人，似涉非礼。"怕得罪他，意在退让，皆与人物性格不符。

董、王西厢的故事差不多一律，把决绝变为团圆，肯定张生、莺莺、红娘为正面人物，郑氏、郑恒、孙飞虎为反面人物。王实甫《西厢记》与《会真记》相比，人物情节发生很大变化：张生是尚书之子，莺莺为相国之女，门当户对；彼此一见倾心，十分顾盼。真的爱情，定于初见，很像小说里写的浪漫派；孙飞虎包围普救寺，要抢莺莺为妻，郑氏说明谁能救莺莺，许配他，因此张生、莺莺的结合属于正义的一边；张生救了他们一家，郑氏以崔相国在时崔将莺莺许配郑恒为由悔婚；张生气愤而病，莺莺托红娘问病，张生寄柬，红娘传简，莺莺酬诗约见，责以礼义，这是受《会真记》的影响，莺莺顾忌礼教，表现女性心理矛盾，礼教与爱情的矛盾完全体现出来，以后酬简私奔，是强烈反抗礼教的，这是很大的变化和发展；红娘反责备郑氏失信一段，为剧中主眼，词严义正，大快人心，她是不受礼教束缚的健康的女性，一个不识字的丫环，通透女性心理；张生进京考试，反映科举时代看重功名，而莺莺惜别表示女性重爱情；后来虽有小波折，但终以团圆结局。

元稹《会真记》面世以后，从士大夫走向民间，经过历代人民大众和文人的创造，到董、王西厢的出现，达到了现实主义创作的高度，而且做到了现实主义和积极浪漫主义的完美结合。董西厢过去不受重视，不太流行。王西厢被人看作出于董西厢，文辞也有抄袭，而影响却超过董西厢。实则应该看到，从董解元的说唱文学到王实甫的戏剧文学，改变了一个文学类型。有些地方，可以抄袭，大部分要自己创造。此所以董西厢反被湮没之故。

西厢故事历来在小说、戏曲、说唱艺术中的发展，概说如下：

1. 元稹的《会真记》（一名《莺莺传》）（唐代《太平广记》及近代各种选本）。

2. 北宋赵德麟的《商调蝶恋花》（《侯鲭录》，刘刻《暖红室汇刻传奇》本附）。近于抒情诗，并不铺叙故事，不团圆。

3. 两宋说话人的底本《莺莺传》，小说家传奇类，所说内容不详。

4. 南宋官本杂剧中的《莺莺六幺》，内容不详，以大曲铺叙故事。

5. 金代董解元《西厢记诸宫调》。

6. 元代王实甫《西厢记》北杂剧五本二十折。

7. 南《西厢记》，李日华、陆采（天池）二人皆有作品。现在昆曲所唱的几出，是根据李日华本，由俗人删改的。李本保存北《西厢记》之处甚多，改北词就南曲。陆本不上舞台，文人制作。此两本皆见《暖红室汇刻传奇》中《西厢十则》。

8. 卓珂月《新西厢》、查伊璜《续西厢》等。

9. 今地方戏中，如越剧改编的《西厢记》。

10. 今苏州人说书弹词中的《西厢记》。

从故事内容看：

1. 元稹《莺莺传》，不团圆，赵德麟《商调蝶恋花》同。

2. 董解元《西厢记》，团圆结局，以后王西厢一直沿续下来，遂成定局。

二、《西厢记》的结构

《西厢记》采用五本杂剧相连而构成一个长篇巨型的剧本，在元人杂剧中是独一无二的。《西厢记》虽然是长篇剧本，但是与南戏或后来的传奇有别。《西厢记》整本二十折（或二十一折）皆用北曲，这二十折可以分划开来，是四折一楔子，合乎杂剧体例的五本。其中遵守着元杂剧的体例，而稍稍加以变化，有末本与旦本，及旦末合本。

第一本　楔子（老旦唱），一、二、三、四折皆张生唱——末本戏。

第二本　第一折（旦唱），楔子（惠明唱），二折（红唱），三、四折（旦唱）。此本是莺、红分唱——旦本戏。

第三本　楔子（红唱），一、二、三、四折皆红娘唱——旦本戏。

第四本　楔子（红唱），一折（末），二折（红），三折（旦），四折（末），此本变化较多，莺、红、张生各有主唱之折——旦末合本戏。

第五本　楔子（末），一折（旦），二折（末），三折（红），四折（末、红、末、旦、红），此本亦是旦末合本，而更有变化，第四折以张生主唱，而插入旦、红分唱几支曲子。

《西厢记》整个剧本主要角色是张生、莺莺、红娘三人，其中张生主唱八折，莺莺主唱五折，红娘主唱七折。三个主角，分配平均。

元剧中有不少以爱情为主题的剧本，例如《曲江池》《倩女离魂》《青衫泪》《张生煮海》等等，均以女性为主角，是旦本戏。主要因为受元剧体例的限制，只限于一人主唱。而此类爱情剧本，选择女主角主唱，来得细腻，可以有许多优美动听的歌曲，可以充分表现恋爱的情绪，动人心弦。这种安排是适宜的，但是美中不足的地方是作为爱情的对方的男人，陷于配角的地位，没有主唱的部分，显得被动而无力。《西厢记》不是这样的，以爱情为主题，而使张生和莺莺都作为主角，都有歌曲可唱，都有戏可演，使观众充分看到张生热烈地追求的一方面，也看到莺莺对于张生热情的反应，以及复杂的心理变化，面面俱到。红娘为主角中的辅导角色，为相国女儿展示爱情所必需的活泼、生动。《西厢记》所再现的生活面是完整的，没有遗漏。《西厢记》的结构是立体式的，它变平面的抒情歌剧为主体的两方对照，更有戏剧性。

以情节而论，《西厢记》故事并不比《曲江池》等特别曲折复杂，假如要以一本杂剧四折一楔子来写，也是可能的。不过由于董西厢的创造，已经把这个故事发展为一个巨型的说唱本了，描写得特别细致了，所以必须采取五本的长剧，方始能够达到艺术创造上的完整性。我们可以说是内容决定形式。采取了这样一个长本戏的形式，使张生、莺莺、红娘三个角色来分别主唱，又丰富了剧本的内容。

因此，我们可以把《西厢记》的结构作为文艺理论上内容决定形式、形式反作用于内容的一个定律的证明。

这是王实甫《西厢记》的独创性之一。

《西厢记》五本：第一本写张生见到莺莺，一见倾心，引起热情地追求，这是故事的开端；第二本写孙飞虎包围普救寺，崔家陷入困难的境地，赖张生设法退兵，老夫人许婚而又变卦，这是故事的发展，是热闹的剧情、紧张的场面；第三本展开生旦双方心理活动的具体的描写，莺莺心理上的矛盾冲突，充分表现受封建礼教束缚下的闺秀，对于爱情有强烈要求的矛盾心理，是静的场面，而巧妙地以红娘主唱，关联双方；第四本是全剧的顶点，青年男女为了追求爱情，终于摆脱封建礼教的束缚，达到胜利，《送别》《惊梦》完全是抒情；第五本是余波，以团圆结局。此本较为平弱，但也是必需的。董西厢已有此结局。非此，故事不完全。全剧结构谨严，引人入胜，无冗淡之处，胜于明代传奇，竟有一折不可少之感。

三、《西厢记》的思想性与艺术性

《西厢记》是元曲中最通俗流行的一个剧本，从王实甫到现在已经有六百多年。西厢故事是为中国人民所普遍爱好的。不过向来一般人爱读《西厢记》，因为它是写才子佳人的文学作品，故事情节曲折，王实甫的辞章华美而已。贾仲明吊王实甫云："作词章风韵美，士林中等辈伏低。新杂剧，旧传奇，《西厢记》天下夺魁。"金圣叹推王实甫《西厢记》为第六才子书，而切去它的团圆结局，至草桥惊梦为止，对前四本也不少改窜。金圣叹批改《西厢记》，《第六才子书》是通俗流行的，他的批改本是宣传他的唯心论的世界观的，归结成人生如梦，无可奈何的消遣。他把《西厢记》不曾当作淫书，是他的进步，而是把它当作闲书，当作非现实的东西，是文人才子梦境的书！

向来古典文学不少优秀的作品，伟大的创作，是被封建时代的正统派批评家所歪曲了的。例如《诗经·国风》里面充满了健康的爱情诗，或者被看作"后妃之德"，或者被看作淫奔之诗。

《西厢记》在旧社会，或被看作淫书，或被看作闲书。《西厢记》不是一部淫书，因为《西厢记》里面的爱情是真挚的，不是玩弄性的。男女是平等的，一对一的，爱情与婚姻是统一的。《西厢记》不是一部闲书，因为并不单是提供勾栏里面演出娱乐消遣的东西，这里面有血有泪，展示了在封建礼教的压迫下，一对青年男女，如何地为了追求自由幸福的生活而斗争，终于达到完全胜利的、符合人民大众愿望的喜剧效果。《西厢记》是古典现实主义和积极的浪漫主义结合的文艺创作。《西厢记》有浪漫主义成分，因为莺莺的美貌多才，张生的才学和热烈追求，红娘这一个丫头角色，以及孙飞虎的包围普救寺，郑恒的触阶自杀等，都是不太寻常的。说它是现实主义的作品，因为人物性格都是真实典型，而情节布局都是入情入理，没有巧合和离奇古怪的部分。

《西厢记》以才子佳人为主角，这是采取了前代相传的传奇故事。元人杂剧的爱情剧，从唐人传奇和话本小说中取材，男女主角以才子佳人为多，一般的平民老百姓的爱情还没有被取为题材（直到明代小说），这是时代的限制。《西厢记》中有"才子佳人信有之"的曲文，但是我们不能把它当作才子佳人剧。因为后世的才子佳人戏剧、小说越来越趋于公式化、概念化，而《西厢记》反映了生活真实，是追求人性解放，不庸俗的。事实上，爱情并非只是才子佳人的特权，这部作品有反封建的普遍性。作者发下一个宏愿："愿普天下有情的都成了眷属。"张生、莺莺的故事不过树立了一个斗争的典范而已。

反对父母之命、媒妁之言的门当户对的封建婚姻制度，冲破礼教束缚，追求以爱情为基础的自由美好的婚姻是《西厢记》的主题。

《西厢记》的主题是爱情。爱情也是文学中的一个主要题目。欧洲文学从荷马史诗开始，十年战争为了男女爱情的争夺。中国《诗经》里面也多情诗。后来中国诗的发展，和民歌距离远，成为士大夫抒情达意的工具，因此在正统派的诗里面，充分反映士大夫的思想意识、士大夫的生活。政治是重要的题材，大诗人杜甫、李白、白居易很少写情诗。散文方面，尤其是古文，文以载道言志，很少写爱情的。古典文学在这方面显得贫乏，主要由于：（1）中国封建社会礼教严，男女接触很少，没有社交，没有交际；（2）中国古典文学中的士大夫文学，作者没有爱情生活，只有政治生活，没有生活，就写不出东西来。俗文学，也是市民大众文学的戏曲、小说中以爱情为主题的作品，非常之多。所谓言情之作，如《西厢记》《牡丹亭》《红楼梦》，是其中突出的。以爱情为题材的文学来自人民大众，原始社会中就有情歌、舞蹈；《诗经·国风》、汉乐府的情歌都很健康；《楚辞》湘君、湘夫人的情歌，缥缈空灵，爱而不见，情志缠绵的；南朝乐府中的民歌，如《子夜歌》《懊侬曲》等，都以男女欢爱、诀别为内容，是天真的。而此时产生的宫体诗，不免有轻艳。唐宋小曲由妓女歌唱，都是言情之作。元代散曲有许多采自民歌，或由通俗文人所作为妓女歌唱，庸俗的也不少，色情、秽亵的部分也不免。狎客妓女的接触，缺乏精神上的恋爱，因此情歌就流于色情。所谓风流，原本是一个好名词，后来成为偷香窃玉的代名词了。

在中国漫长的封建社会时代，在旧礼教的统治下，青年男女没有公开社交的机会，爱情成为一种禁忌，婚姻不自由，必须服从礼教，或者是买卖式的，或者是掠夺式的婚姻，给女性以压迫和迫害。《西厢记》反对这些。老夫人是代表封建礼教的典型人物，把一个女儿"行监坐守"，提防拘系得紧，只怕她辱没了相府门第。莺莺处在精神牢狱里面。《西厢记》描写了在旧礼教压抑下的女性，如何地想挣脱这精神牢狱的枷锁。孙飞虎是想用暴力欺压女性、企图实行掠夺婚姻的反面人物。豪强掠夺，尤其在金元时代异族统治下，这种现象是普遍的。《西厢记》里的莺莺、张生、惠明是向掠夺、残暴的统治势力斗争的。老夫人在普救寺被围时，无可奈何，说要把莺莺许配给能退贼兵的人，但是孙飞虎退了，她又反悔起来："先生纵有活我之恩，奈小姐先相国在日，曾许下老身侄儿郑恒。即日有书赴京唤去了，未见来。如若此子至，其事将如之何？莫若多以金帛相酬，先生拣豪门贵宅之女，别为之求，先生台意如何？"这是她的自私自利，不遵守信义，把婚姻当作一件买卖的事。事实上是她看不起张生，只看见他是一个穷秀才。张生和莺莺有了私情之后，经过红娘的说服，她才无可奈何地把婚姻许了，但是要张生上京去赴考，表现了庸俗的功名思想。

在唐人传奇里有著名的爱情故事，如《李娃传》《霍小玉传》《任氏传》等，托之于妓女和妖狐。名门闺秀，礼教森严，不能有爱情的举动，一般文人也是不敢写的。才子与妓女的爱情是不平等的，是男性中心社会的产物。《西厢记》却不同。莺莺不是妓女，不是妖狐，而是相国的女儿。作者更为大胆，更能达到反封建的效果。它揭穿了封建礼教的虚伪与残酷，指出其软弱性，是可以动摇的。

《西厢记》第四本第二折，俗名"拷红"。红娘对老夫人一段话，义正词严，又晓之以利害："信者人之根本，'人而无信，不知其可也……'当日军围普救，夫人所许退军者，以女妻之。张生非慕小姐颜色，岂肯区区建退兵之策？兵退身安，夫人悔却前言，岂得不为失信乎？既然不肯成其事，只合酬之以金帛，令张生舍此而去。却不当留请张生于书院，使怨女旷夫，各相早晚窥视，所以夫人有此一端。目下老夫人若不息其事，一来辱没相国家谱；二来张生日后名重天下，施恩于人，忍令反受其辱哉？使至官司，夫人亦得治家不严之罪。官司若推其详，亦知老夫人背义而忘恩，岂得为贤哉？红娘不敢自专，乞望夫人台鉴：莫若恕其小过，成就大事，捆之以去其污，岂不为长便乎？"这是威胁而带恳求的话。

红娘的机智、勇敢，救了张生、莺莺二人。红娘说服老夫人的话，是代表作者和观众对于这个社会现实的批评，是一种进步的思想。

《西厢记》的反礼教、反宗法社会达到了一定的深度和广度。宋元社会，作为封建统治的上层建筑的是虚伪的儒家思想，即程朱理学思想，还有佛教的宗教势力。《西厢记》蔑视圣经贤传，看轻功名富贵，向儒家思想斗争。同时这个浪漫的男女偷情的行动，在一个佛寺里发生，把一座梵王宫，化作了武陵源，给佛教的统治势力以无情的讽刺。

《西厢记》的艺术性：

1. 故事情节的安排是为主题思想服务的。长至二十一折，均为必需的情节，不支蔓冗沓。是一部建立纯粹爱情婚姻关系的典型代表作品。如《拜月亭》《牡丹亭》等长本的爱情为主题的剧本，加入别的题材太多，有不必要的杂乱的感情。

2. 人物的刻画，赋予鲜明的形象及其真实性。人物的性格随着故事情节的发展而发展，不是孤立的、静止的、抽象的，而是具体的、有发展的。不追求离奇曲折的悲欢离合情节以吸引人。如《荆钗记》《春灯谜》《风筝误》等离奇变幻，故意造设。《西厢记》非在写事，而是写人，展示人物心理变化，极其成功。

3. 辞章的华美。《西厢记》辞章美丽似"花间美人"。因为戏曲是歌剧，歌曲部分很重要。王实甫的文学修养高，语言有其特殊的风格，俏皮、诙谐、大方、泼辣、有变化，雅俗共赏。《西厢记》题材是美的，而王实甫又把辞章美化、理想化，而文笔又服从内容的要求，不追求辞藻的泛美，《西厢记》的美是天然的美，语言和人物性格是协调的。特别精彩的是《送别》一折。整部《西厢记》是一首长诗。《西厢记》是歌剧，也是诗剧。王实甫是戏曲家，同时也是一位大诗人。他的创作比之唐代诗人元稹的《会真记》高。

《西厢记》有浪漫主义的成分。取材于唐人传奇，爱情为主题，一见倾心的爱情。莺莺的美貌、张生的痴情、普救寺的环境、孙飞虎抢亲的情节、中状元的团圆结局，整个故事好像一篇抒情诗歌，风格接近李白的风流、浪漫、豪放。是李白型，非杜甫型。王实甫的风格，非关汉卿的风格。当然《西厢记》基本上仍是现实主义的。

四、《西厢记》对后代文学的影响

《西厢记》在戏曲史上有很高的地位。当时的演出详情不得而知，但它为人所爱读，它是早期的完整的长本剧作，影响到《牡丹亭》《红楼梦》，是作为有高度价值的文学作品而流传下来的。到了明代，李日华、陆采根据王西厢改编为南《西厢记》演出，一直流传到现在。弹词中也有《西厢记》唱本。曹雪芹《红楼梦》中有"西厢记妙词通戏语"，黛玉与宝钗对《西厢记》的态度不同，显示出反抗派与正统派、性灵与道学的差异。《西厢记》是抒写性灵的自然的佳作，在现实主义的发展上，它空前，但不绝后，《红楼梦》比它更进一步。《西厢记》的生命力是永久的。

《西厢记》的缺点。《西厢记》写的是上层社会的爱情，太细致。今天看来有不健康的成分，有某些色情的部分。这是历史条件的限制、戏曲才子佳人题材的限制、市民趣味的限制的结果。今天地方戏、京剧中的《西厢记》已有不少改进。

关于《西厢记》的版本，现在找不到元代刻本，然明代刻本很多。最早的有弘治本《西厢记》，有带图的，有附西厢诗词文的。中间当然会有改动，整理较好的有二种：暖红室翻刻本、王伯良校注《西厢记》。此外还有毛西河校注《西厢记》。现在的本子，比较好的是王季思校注《西厢记》。

白朴与马致远

一、白朴

白朴，字仁甫，号兰谷（1226—1312?），河北真定人（初本隩州人。隩州，金置，属河北东路，今山西河曲县）。约与关汉卿同时，为元剧前期作家之一。元剧四大家，一云关王马郑，一云关白马郑。马是马致远，白是白仁甫，郑是郑德辉。

白朴之父白华为金哀宗时枢密院判官，军政大计，多出其手，亦时遭书生之妒，无所迁引（《金史·白华传》）。

仁甫生于1226年。蒙古伐金，金主出奔河北时，仁甫七岁。赖元遗山挈以北渡，初居山东，数年后父子卜居滹阳。及长，博览群书。有文才，尤善词曲。仁甫中年以后南下，曾至岳阳，至建康（在公元1280年，即至元十七年庚辰，宋亡后一年，蒙古统一中国之第一年），时年五十五岁。六十六岁春游杭州西湖。大德十年（公元1306年）到扬州。暮年北返。1312年八十七岁，游顺天。此后无事迹可考。其生卒年应为1226—1312（？）。

白朴在元朝似未曾仕，从诸遗老放情山水间，日以诗酒优游（明孙大雅《天籁集序》）。王国维《元戏曲家小传》云："后以子贵，赠嘉议大夫，掌礼仪院太卿。"

著有《天籁集》二卷（词）及杂剧十六种，散曲见《阳春白雪》等。杂剧仅存《唐明皇秋夜梧桐雨》和《裴少俊墙头马上》二种，以《梧桐雨》最为有名。

《梧桐雨》为历史剧，写帝妃故事。剧取唐明皇、杨贵妃的一段为大众所熟悉的故事。取材于《长恨歌》《长恨歌传》，唐史及其他唐人笔记中材料（似未采《太真外传》），自己剪裁，演为此剧。此为后来洪昇《长生殿》所依据，有开创之功（当时还有王伯成的《天宝遗事诸宫调》，亦叙明皇、贵妃故事）。

楔子叙安禄山征讨奚、契丹大败，失机将斩，被张守珪解送长安取圣旨。唐明皇赦了他，贵妃收为义子。明皇欲以为平章政事，为杨国忠所阻，遂任他为渔阳节度使。而安禄山与杨贵妃已有一段私情，所以他到渔阳后便练兵秣马，有反叛朝廷的意思。

第一折，七夕乞巧。宫廷场面。唐明皇与杨贵妃对牛、女两星盟誓。（此从《长恨歌》"七月七日长生殿，夜半无人私语时"二句诗来。后为《长生殿》之《密誓》一出所本。）

第二折，安禄山入寇。明皇与贵妃在御花园中小宴。贵妃吃着四川所进贡的鲜荔枝，登盘舞霓裳羽衣舞。李林甫奏禄山入寇。明皇慌急无计，遂决定幸蜀。（从《长恨歌》"渔阳鼙鼓动地来，惊破霓裳羽衣曲"二句来，为《长生殿》《舞盘》《惊变》二出所本。）

第三折，入蜀途中至马嵬驿，士兵哗变。杀国忠，赐贵妃死。六军马践杨妃。（从《长恨歌》"六军不发无奈何，宛转娥眉马前死"二句来，为《长生殿》《埋玉》一出所本。）

第四折，禄山乱平，明皇返京，在西宫中养老。思念杨妃，挂起真容，十分伤悼。睡梦中梦见杨妃，醒来依然寂寞，孤家寡人一个。听秋雨打梧桐，倍觉凄凉。此折意境与马致远《汉宫秋》末折"闻雁"相似，描写雨声最为美妙。（从《长恨歌》"秋雨梧桐叶落时"句来，为《长生殿》《哭像》《雨梦》二出所本。）

明皇、贵妃故事，为诗歌词曲的题材，是普遍的动听的。此剧以简短的四折，首尾完整，全剧均很精彩。论结构，有宫廷场面，有动乱场面，前热闹，后凄凉，都有戏情。其中惊变、埋玉剧情紧张，比之《汉宫秋》人物多些。论辞章的高雅活泼，不亚于《汉宫秋》。此剧揭露帝妃的淫乐生活与其悲剧的结果。末后一折抒情意味浓厚。作者同情于贵妃的死，明皇也作为正面人物。全剧仍以爱情为主题，而结合历史。但与《汉宫秋》相比，两剧效果不同。《汉宫秋》中昭君那样一个纯洁而被牺牲了的女性，值得歌颂而同情，因而汉元帝的闻雁一折，达到悲剧的效果。而《梧桐雨》首先点出了贵妃与安禄山的私情，把她丑化了。如此，贵妃便死不足惜，明皇哭妃也不能博得观众的同情。所以作为一个爱情悲剧是不完整的，这与《长恨歌》的主题思想不同。写私情为《长生殿》作者洪昇所非，加以删削。《长生殿》后出，超过了白仁甫的剧作。白作在元剧中仍有一定的地位。

《墙头马上》叙唐代裴行俭之子少俊与皇族小姐李千金的恋爱故事。两人墙头马上，四目相觑，各有眷心。约定幽会，为嬷嬷闯破。后来放他们私奔成亲。匿居于裴家花园七年，生下一双儿女。其后为父亲所发觉，逼令离弃，而留下其儿女。千金归家守节，少俊状元及第得官后接她回家，公婆也去赔罪，双方取得谅解。此也是写青年男女私行结合而遭受父亲压迫的曲折动人的故事，新鲜有味。其中跳墙一节颇似《西厢记》，而此剧出于《西厢记》后。

二、马致远

　　马致远，大都人，号东篱，任江浙行省务官。他大约与王实甫同时，务官是监酒税的官，非大官，亦非小吏。是高级知识分子，比之关、王两人，读书必更多。其作品文辞高雅。本人爱慕陶渊明，故号东篱，以隐士自命。大概做过一任官吏，即退隐家居，肆志词曲。所作散曲甚多，其《秋兴》散套脍炙人口。任讷辑为《东篱乐府》。《尧山堂外纪》录其《夜行船·秋思》一套，称为元人第一。又有《天净沙》小令云"枯藤老树昏鸦，小桥流水人家，古道西风瘦马。夕阳西下，断肠人在天涯"，最为有名（或云此无名氏作）。他加入元贞书会，为一书会才人。元贾仲明《凌波仙》吊词云："元贞书会李时中、马致远、花李郎、红字公，四高贤合捻《黄粱梦》。"元贞，元成宗年号（1295—1296），是大德之前一个年号。元贞大德年间，为元剧作家最兴盛时期。马致远既加入元贞书会，则生活在1300年左右，至1300年尚未卒也。亦是第13世纪的作家，卒年约在1320年左右。

马氏有杂剧十四种，今存七种，而以《汉宫秋》为代表作。《太和正音谱》列元人作家以马致远为第一，评其词"如朝阳鸣凤"，言其不同凡响。又臧氏《元曲选》，首列《汉宫秋》。此剧亦为元剧的代表作。马致远剧作风格与关汉卿不同，是文人游戏之作，辞章极美，但现实性差。有浪漫主义风格，甚至颓废成分。其人有潇洒出尘之想，所作杂剧或为神仙故事，如《陈抟高卧》《黄粱梦》《三醉岳阳楼》《三度马丹阳》《误入桃源洞》是也；或为高人逸士故事，如《酒德颂》《踏雪寻梅》《孟浩然》是也。其富丽堂皇如《汉宫秋》，文人牢愁如《荐福碑》《青衫泪》，皆偶一为之，而便臻上品。

　　《汉宫秋》是一历史剧，也以帝妃为题材。采取民间所流传的昭君故事，距离历史事实是很远的。王昭君，名嫱，实有其人，汉元帝时以良家女入选后宫。其出嫁匈奴呼韩邪单于，为和亲的策略。事见《汉书》《元帝纪》及《匈奴列传》。《后汉书》《南匈奴传》又有之，而稍加渲染，谓同时出嫁匈奴者有宫女五人，而昭君"丰容靓饰，光明汉宫，顾影徘徊，竦动左右。帝见大惊，意欲留之，而难于失信，遂与匈奴"云云。毛延寿者，见《西京杂记》。谓元帝以昭君故而斩画师数人，毛在内。亦小说也。

　　历经魏晋南北朝隋唐，昭君常为乐府歌曲之题材，而琴曲、琵琶曲中皆有《昭君怨》。乐府有《昭君怨》。变文有《王昭君变文》。杜甫、王安石、欧阳修皆有咏昭君之诗。其家在湖北秭归（《后汉书》谓南郡人）。昭君与西施，皆为历史上美人之代表。

　　马致远取此题材为剧，得普遍的爱好（关汉卿亦有《汉元帝哭昭君》

一剧，今不传），他又加以很好的处理，有创造性的场面。此剧为末本戏，汉元帝主唱。

在历史上王昭君是一宫女，赐给服从汉朝的南匈奴单于为妃，是和亲政策。昭君和元帝素来没有谋面，只有在遣嫁时召见过一次。剧本中的王昭君则是汉元帝妃。第一折写汉元帝在宫中月夜闻琵琶声，寻声而至昭君所居冷宫，一见惊其美貌，即与定情。这是一幕富丽堂皇的宫廷场面。第二折元帝正宠幸昭君，而匈奴入寇。此因画师毛延寿逃到匈奴，把美人图献于匈奴王，故使之来侵，指名要昭君和番。文臣武将，一筹莫展，劝元帝割爱。元帝大骂文武百官，但也无可奈何。昭君自愿和番。谓："妾既蒙陛下厚恩，当效一死，以报陛下。妾请愿和番，得息刀兵，亦可留名青史。"为了国家大计，不能不行。帝妃两人，都难割舍。由于外力的压迫，拆散鸳鸯。第三折送别场面。此折歌曲最美，与《西厢记》送别折，可以并传。第四折汉元帝一人寂寞汉宫，梦见昭君，闻雁凄凉。昭君行至黑江头跳江自杀。匈奴愿意讲和，送奸人毛延寿来。元帝命将他斩首，以祭明妃。此折文辞亦佳，凄凉之至，与《梧桐雨》末折意境相仿。

这是悲剧。以爱情结合爱国主义思想为主题。爱憎分明。虽是元帝主唱，但昭君形象比《梧桐雨》中的杨贵妃要完整、美好。昭君是被歌颂的人物，她农家出身，纯洁、贞烈，是有爱国思想的。红颜薄命，此为民间所热爱的人物。汉元帝亦非反面人物。一个风流天子，多情而无能，是悲剧中的人物。恩爱不终，是由于外患，也是被压迫的。他们的美满恩情，是被奸人谋害，暴力毁坏的。匈奴王，代表外力，但也还有良心。毛延寿为奸人，反面人物，最令人憎恨。文武百官则成为讽刺的对象。

在汉朝，国力开张。汉元帝遣嫁宫女，是为了使南匈奴归顺朝廷之故，并无入寇之事。此剧虽取材历史，实为宋朝的朝廷政治写照。它是历史剧而有现实意义，它产生在元代，广大人民受蒙古贵族统治之时，暗中宣泄了爱国主义思想。剧作鞭挞毛延寿那种私通外国的小人，骂文武百官的无用，歌颂王昭君，同情汉元帝，思想性比《梧桐雨》高些。

四折的结构安排都好，辞章也十分华丽。第一折境界华美，第三、四折愈来愈凄凉，富于感伤成分，反映封建社会趋于没落，而人民在异族压迫下的悲哀的命运。代表宋元社会的时代特点，也代表了马致远的感伤情绪和消极思想。此剧可谓昭君故事在文艺作品的最高成就。

《荐福碑》，在马致远剧本中称佳作。剧为知识分子命运之恶劣做有力的控诉。"时来风送滕王阁，运去雷轰荐福碑"，宋人原有此语。此故事原流传人口，非马氏所造作。原来的故事简单，只有范仲淹遇一寒饿书生，救济之，使其拓荐福寺碑，售于京师。纸墨已具，而一夕雷轰其碑。此剧更多曲折。说秀才张镐，是范仲淹之友，未遇，范给予三封书信，使投洛阳黄员外、黄州团练副使刘仕林、扬州太守宋公序。张镐投第一信，黄员外害急心疼而亡。至黄州，第二信尚未投，刘仕林病故，他把第三封信搁下不投了。宿于荐福寺中，寺僧收留他，劝其上京赴考，要拓颜真卿碑文以为路费。不料刚议此事，半夜雷轰寺碑。全剧主要情节如此。以后虽然遇到范仲淹，又得赴考，中了头名状元，但此剧基本上也是悲剧，结局是非现实的。剧中有不少精彩部分，可取的是作者为一般文人的命运多舛写照，发泄牢骚。剧中说"如今这越聪明越受聪明苦，越痴呆越享了痴呆福，越糊突越有了糊突富"，讽刺当时现实，封建社会埋没真才。

《青衫泪》取白居易《琵琶行》的题材，加以改造。叙此商妇原为长安名妓，名裴兴奴，与白居易原来相识。《琵琶行》明云"同是天涯沦落人，相逢何必曾相识"，此剧却作为原来相识，且有感情。白居易贬为江州司马后，裴兴奴被卖与浮梁茶客刘一郎为妻。第三折写白居易在浔阳江头送别元稹，听到船上琵琶声，听出是裴兴奴的指拨。于是相会弹曲。裴兴奴乘茶商醉卧，跟了白乐天私逃："我教他满船空载明月归。"此折最好，浔阳江头一段，辞章优美。末折奉旨成婚，使裴兴奴认出白居易一节，有幽默味。全剧情节尚为动人，文章亦优雅诙谐。是游戏之作，非现实的。

《陈抟高卧》，第一折，陈抟在汴梁城竹桥边卖卜，有赵匡胤与其结拜之交郑恩同来卜卦。陈一见即识天机，此二人一为真命天子，一为五霸诸侯之命，一龙一虎。第二折，赵匡胤既即帝位，命使臣党继恩到西华山陈抟隐居处，请其出山。第三折，陈抟上朝，辞官。第四折，郑恩已封汝南王，奉御命带御酒十瓶，御膳一席，宫中美女十名，寅宾馆管待希夷先生（陈抟）。宫女歌舞劝酒，陈抟不理会，贪眠打盹。郑恩闭门而出。明日天明，郑恩复来，见陈抟披衣据床，秉烛待旦。遂奏明皇上，盖一道观，使陈抟住持，封为一品真人。

此剧有可取处。如第三折上朝辞官，《滚绣球》曲云："三千贯，二千石。一品官，二品职。只落的故纸上两行史记。无过是重裀卧列鼎而食。虽然道臣事君以忠，君使臣以礼。哎，这便是死无葬身之地。敢向那云阳市血染朝衣。[贫道呵]本居林下绝名利，自不合划下山来惹是非。不如归去来兮。"又如第四折《双调新水令》："半生不识晓来霜，把五更寒打在老夫头上。笑他满朝朱紫贵，怎如我一枕黑甜乡。揭起那翠巍巍太华山光，这一幅绣帏帐。"有现实性，文笔亦佳，但有出世思想。

《黄粱梦》系四人合作，李时中，曾经做过工部主事，加入元贞书会，他的地位与马致远不同。红字李二、花李郎则为教坊中人。此剧略取唐人《枕中记》故事，而改去人物。把吕翁点悟卢生的故事，改编为钟离权度吕洞宾的故事。大概是根据全真教中的传说的。梦中十八年，邯郸道客店中黄粱刚熟。

《黄粱梦》《岳阳楼》《任风子》等皆演道教故事，所谓神仙道化科。剧作思想性差，有消极出世思想，人生如梦，看破红尘，含宗教意味。神仙思想的流行反映了当时社会的黑暗混浊。宋末元初，不少人逃于黄冠。唯当时元代三僧四道，道教亦被利用做统治的工具，所以也很难说有进步意义。艺术性也并不高。

　　万里长征，辞却了五朝宫阙，暂驻足衡山湘水，又成离别。绝
徼移栽桢干质，九州遍洒黎元血。尽笳吹，弦诵在山城，情弥切。

　　千秋耻，终当雪。中兴业，须人杰。便一成三户，壮怀难折。多
难殷忧新国运，动心忍性希前哲。待驱除仇寇，复神京，还燕碣。

西南联大进行曲（部分）

罗庸、冯友兰　作

图书在版编目（CIP）数据

西南联大古文课/傅斯年等著.—成都：天地出版社，
2022.4（2022年6月重印）
ISBN 978-7-5455-6720-5

Ⅰ.①西… Ⅱ.①傅… Ⅲ.①古典诗歌—诗歌欣赏—
中国②古典散文—文学欣赏—中国 Ⅳ.①I206.2

中国版本图书馆CIP数据核字（2021）第246234号

本书部分文字作品稿酬已委托中国文字著作权协会转付，敬请相
关著作权人联系。电话：010-65978917，传真：010-65978926，
E-mail: wenzhuxie@126.com。

XINAN LIANDA GUWENKE
西南联大古文课

出 品 人	杨　政
作　　者	傅斯年　等
责任编辑	杨永龙　曹志杰
封面设计	今亮后声
内文排版	麦莫瑞文化
责任印制	王学锋

出版发行	天地出版社
	（成都市锦江区三色路238号 邮政编码：610023）
	（北京市方庄芳群园3区3号 邮政编码：100078）
网　　址	http://www.tiandiph.com
电子邮箱	tianditg@163.com
经　　销	新华文轩出版传媒股份有限公司

印　　刷	北京旺都印务有限公司
版　　次	2022年4月第1版
印　　次	2022年6月第6次印刷
开　　本	880mm×1230mm　1/32
印　　张	10.25
字　　数	227千字
定　　价	58.00元
书　　号	ISBN 978-7-5455-6720-5